胡有清 著

中国现代文学中的纯艺术思潮

南京大学出版社

自　序

　　这本书的核心内容已在二十年前作为系列论文发表。提出中国现代文学中纯艺术思潮的存在并进行研究，在当时被一些前辈与同行认为具有开拓与创新意义。原本应趁热打铁充实成书，却因为种种原因一直延宕至今。

　　二十年过去了，文艺学和中国现代文学研究都有了很大的变化与发展。在这样的背景下，纯艺术角度研究的意义与空间何在，这是我在修改与成书过程中不断思考的问题。

　　十九世纪末二十世纪初中国学界开始接受西方的学科框架与文化形态分类，逐步确立了文学作为艺术中一个门类的地位。人们对于文学以审美为核心，综合形象、情感、趣味诸因素为特点的艺术性质有了认识，开始将文学写作与其他文字写作区分开来，而中国文学的两个传统因此受到冲击并得以改变，一是散文领域里杂文学的传统即实用性文字与审美性写作混杂的状态发生了根本改变，二是小说、戏剧开始受到重视而与诗歌、散文一样获得了平等的地位。这些变化在当时的文学创作和评论中都得到了体现。同时，出现了职业化的文学写作（包括文学评论写作），文学理论及文学史的研究也成为专门的学术与教育学科。在这个渐进与复杂的发展过程中,对文学艺术性、独立性的要求自然而然地突出出来。

中国文学历来缺少独立性,宋代理学家强调"文以载道"以后情况就更为严重,要改变这种传统的观念显然需要经历长期、反复的过程;另一方面,文学以审美为主,但必然承载一定的生活内容,必然包含一定的思想感情,与政治、经济、道德等的关系较之其他一些艺术更为错综复杂,如何在二者之间保持适度的平衡,对于创作者与评论者来说,都是不容易把握的。而当时的中国社会又处在内忧外患、激烈动荡之中,文学及其发展难以有平心静气探索与研讨的环境,也不可避免地遭遇到各种传统的或新生的阻力。于是,文学"纯艺术"性或"纯文学"的要求与努力也就应运而生。

本书所谓的纯艺术思潮,正是在二十世纪初到四十年代末这半个世纪里,坚持文学的艺术性质,反对将文学过度功利化、政治化以及商业化的倾向的文学思潮。参与其中的作家、评论家与文学派别,具体情况各有不同,但对文学艺术本身的热爱是相同的,他们真诚地实践与鼓吹自己的文学主张,对于那些在自己看来属于阻碍纯粹艺术发展的思想观念与文学现象乃至政治力量展开批评。如果说,从世纪初到五四文学革命时期,他们针对的主要是"文以载道"一类文化传统的话,二十年代以后,他们针对的更多是新文学发展中以左翼文学为代表的功利化、政治化的倾向。面对各种阻力特别是政治上的阻力,这一群体呼唤文学发展自由空间的自由主义思想也随之勃发。对于一群或一位作家甚至一篇文章而言,这些不同侧面的吁求往往集于一体,而相应的不同视角的研究正有利于揭示当时这一潮流的整体面貌与复杂内涵。在这些吁求当中,"纯艺术"应当说是根本的、核心的,因为正是艺术包含文学的学科框架决定了现代意义上的文学的地位与特点,艺术性是文学性的核心内容,对于纯粹艺术性的追求正是对纯粹文学性追求的集中表现。看一看当时一些潮流引领者的著述,"纯艺术"、"纯粹的艺术"、"纯粹美术"一类的字眼不时映入眼帘,他们对于文学的地位、性质、功能和文体等方面的纯艺术追求,更是广泛而深入的,本书对于这些情况已经作了一定的揭示,相信如果再做发掘,一定可以发现更多这样的内容。当然,如果拿他们与西方纯艺术派比，拿他们的理论与创作比，拿他们中的此人与彼人比，拿某个人的此时与彼时比，都可能发现，他们的"纯艺术"追求有时也许并不那么"纯"。我们既要承认他们的主张有一定的相对性，又要肯定他们对艺术的纯粹性的追求是绝对的、共同的。可以说，这种纯艺术的追求正是这一时期这一批学者和文学工作者文学追求的突出特点，在自由主义、审美主义、纯文学等诸种视角的研究并行且各有成就的情况下，从功利主义与非功利主义对立角度进行纯艺术思潮的研究仍有其独特的价值。

任何一种角度的研究都不应绝对化和泛化，对其研究对象也不应过于理想化。在研究现代文学中的纯艺术思潮并肯定其历史价值时，同样不应忽视这种思潮本身的不足与局限。对文学艺术性的强调与追求在当时确实是一个大的潮流，但这种强调与追求并不一定导致像纯艺术派那样决绝的态度。鲁迅早期对于文学"不用之用"的性质与特点有非常明确的表述，他后来积极支持并参与左翼文学运动，但仍强调保持文学自身的特质，他指出，一切文艺固是宣传，而一切宣传却并非全是文艺；革命文学要注意内容的充实和技巧的上达，不必忙于挂招牌；革命之所以需要文艺，"就因为它是文艺"。从坚持文艺应该"是文艺"这一基本点来看，他与本书所论某些纯艺术派作家的观点就并非没有相通之处。但是，他与这些作家在艺术观上的分歧清楚地反映出二者在阶级立场、思想观念、思维方法、审美趣味等方面的差异。鲁迅所说所为不一定都正确，但也确实对照出后者认识上的某些不足。现代文学史上许多论争或其他现象都不宜简单地作此是彼非的"纯"化评判，这一点在研究纯艺术思潮的过程中我算是体会更深了。

二十世纪末以来，西方后现代主义特别是解构主义思潮以及文化研究的理论在我国文学界影响广泛，其中反本质主义的思想立场、日常生活审美化的命题对于文学艺术普遍本质和一定边界的否定，自然也对"纯艺术"、"纯文学"观念提出了挑战。2016年诺贝尔文学奖得主鲍勃·迪伦在他的获奖感言中强调："我从来没有时间问自己：'我的歌算是文学吗？'"他断言：莎士比亚可能在创作过程中想到各种问题，但"最不可能想到的问题是：'这算文学吗？'"他还表示："我真的要感谢瑞典文学院,感谢它不仅花时间思考了这个问题,而且,最终给出了这么棒的答案。"作为著名的音乐家与歌词作家,迪伦与前一年获奖的白俄罗斯纪实作家斯维特兰娜·阿列克塞耶维奇一样,其创作使用的文体都属于文学的边缘,不是"纯艺术"的"纯文学"。迪伦或许并没有研究过那些反本质主义的理论,但他的言论无疑是反本质主义一个挺不错的佐证。不过,他不思考自己的作品算不算文学,不等于其他作家不思考;他不思考他的歌词算不算是文学,不等于他不思考自己的歌词是否像歌词,或者说是否适合歌唱;莎士比亚也许没有考虑过他的作品是否是文学,或许那个时代还未将剧本列入文学,但不等于他没有考虑过自己的作品是否像戏剧,或者是否适合演出。看看中国的情况,自古以来,确实只有"文学"一词而无现代意义的文学概念,中国学界接受了西方的艺术、文学和审美等观念至今不过一百多年,但两千多年中华文明史上符合这些观念规定的诗歌、散文、小说、戏剧等各类作品却浩如烟海,作为人类共同性基本精神活动的审美也源远流长,功利与非功利、政治与文学、教育与娱乐关系等问题早已存在并在不断探讨之中。由此看来,这些观念对文学本质的一类探讨甚至规定自有道理和生命力。当然,"纯艺术"或"纯文学"所谓的"纯"只是相对的,但却是对这种规定最严格也是最富于理想化的追求。而文学的发展环境及其自身都不可能是绝对的"纯",因此理论上和创作上对"纯"的追求也自然还会不断发生与继续,最近这三四十年文学发展的现实就是最好的证明。希望本书对于中国现代文学中纯艺术思潮的研究,可以为今后的这类探索多少提供一些借鉴。

是为序。

作者

2017 年暮春于南秀村

目　录

下编 · 个论

附　录

上编　**总论**

第一章
纯艺术：夹缝中生存的现代文学支脉

第一节　作为研究视角和对象的纯艺术思潮

一　功利与非功利视角的历史审视

在中外文学发展的历史过程中，对于文学的功利追求和非功利追求这两种倾向之间始终或隐或显、或多或少、或平缓或激烈地存在着矛盾、冲突和斗争。在中国历史上，儒家的入世哲学与教化观念支配下的文艺思想表现出强烈的功利主义倾向，道家的文艺思想散发着清静无为的非功利气息，共同影响了一代代文人墨客。自汉代以后的两千多年里，儒家传统占据了主要地位，特别是宋代理学家的"文以载道"观念更是影响深远，非功利的文艺思想始终只是作为支流和补充在局部的时空范围内获得发展。

到了二十世纪，中国文学实现了从古典向现代的转变，在许多方面发生了根本性的变革。新文学从萌芽到发展壮大，始终以启蒙、救亡、革命等崇高而神圣的目标作为自己的最高使命和行为规范,而对于文学的地位、功能、性质和特点的认识也以此为基点和最后归宿,文学创作和理论批评无不受此指引、支配和影响。这种倾向的形成与文学传统、外来影响以及当时所处的时代社会环境都有密切的关系。这一带有明显功利化、政治化色彩的文学潮流包括文学理论思潮成为现代中国的文学主潮。当这一主潮挟雷裹电汪洋恣肆地席卷文坛时,也有一部分人对此持反对和批评的态度。他们认为:"不论什么东西,除了对于外界的使命之外,总有一种使命对于自己。""文学也是这样,而且有不少的人把这种对于自己的使命特别看得要紧。"①他们或置身事外,或冷眼旁观,或公开反对,或婉言劝谏,奏鸣出与主潮不相和谐的副部主题,形成了中国现代文学理论发展中延绵不断的对于文学"自己"的使命"特别看得要紧"的纯艺术思潮,成为这一时期文学发展中主潮之外另一股非功利化、非政治化的支脉。

这种纯艺术理论思潮与中国历史上道家文艺思想有着某种联系,但又不是其简单的继续或重复,它吸收了西方艺术本位的观念以及超功利美学等方面的思想营养,具有鲜明的现代色彩。这种理论思潮的主要特点表现为坚持和维护文学作为艺术的独立地位,强调文学以审美为基本内容的独特功能而否定或限定其社会功利性,突出文学纯粹的人性因素而否定或限定其他社会性质,重视文学与其他文字撰述的区别而致力于所谓纯正文体的建设。

围绕着这一基本线索,在半个世纪的岁月里,众多的作家、理论家和批评家从不同层次不同方面加以提倡、阐说,进行了反复的研讨、探索和论争。从新文学萌芽阶段的王国维、蔡元培等人开始,五四文学革命中创造社等文学派别,二三十年代的新月派,周作人,"自由人"、"第三种人",林语堂等论语派,沈从文、朱光潜等京派,以及四十年代末期的九叶派等,都不同程度地参与了这种活动,汇成了一股带普遍性的潮流。排除这些作家和派别各自在漫长历史过程中发生各种变化的因素,仅就其持纯艺术立场的那一阶段来说,虽然他们在政治态度和文学观念上

---

① 成仿吾:《新文学之使命》,《创造周报》第 2 号,1923 年 5 月。

往往也存在着许多差别以至分歧，理论支点和视角各有千秋，提出问题的立场和目的并不一致，涉及的理论范畴有所不同，在具体观点上也颇多差异甚至分歧，但在文学观念的某些基本方面又是一致或接近的。这些一致或接近之处集中到一点，就是追求文学作为艺术在社会生活中的纯粹性和独立性。这一点也成为这一思潮在理论上得以延续发展的基础。以这种共识性内容为基干，以若干互补性内容加以丰满滋润，这一理论倾向自成体系，并在创作上有相应的表现，在整个现代文学发展中贯穿始终，并产生了较为广泛和长期的影响，成为一股不容忽视和抹杀的文学思潮。

说这些作家或派别是纯艺术派或属于纯艺术思潮，所谓"纯"是具有相对性的。中国的这种纯艺术思潮和西方近代讲求艺术纯粹性的种种思想，无论是康德的非功利美学思想，还是十九世纪中后期至二十世纪初期唯美主义等主张"为艺术而艺术"的文艺派别所形成的文艺思潮，都有密切的联系，但又不完全相同。如果完全用西方纯艺术思想作为标准，中国的这股思潮也许就不太正宗不太"纯"了。再就中国的纯艺术思潮本身而言，如果拿其理论和创作相比，拿这个理论家和那个理论家、这个派别和那个派别相比，拿这个观点和那个观点相比，这种"纯"可能也都具有相对性和差异性。但是，可以肯定的是，就追求文学作为艺术的独立性和纯粹性这一主要方面来说，他们都具有确定的共同性。正是由此出发，本书将"纯艺术"作为这一思潮的基本特点来认识。

这种对艺术独立性与纯粹性的追求，也是世界近现代文学发展的重要趋向之一，中国的这一思潮正是对世界潮流的一种响应。当然，与此同时世界范围内也还存在着文学功利化、政治化的强大潮流，功利主义与非功利主义的对立和冲突既是世界性的，也是中国现代文学史上各种文艺思想交集的主要节点之一，本书选取从这一角度出发对现代文学特别是其理论发展中的纯艺术思潮进行研究，试图从中研究和揭示新文学发展的某些重要的经验和教训。

说这些作家或派别是纯艺术派或属于纯艺术思潮，只是从一个特定角度对他们的文学史地位和品格进行界定和分析，对于其中不少人来说，这种分析也只涉及其理论思想的部分内容,并不影响从其他角度和层面对他们进行研究和评价。二十世纪八十年代以后,学界对中国现代文学的思潮研究,在纠正过去的片面性和简单化以后,逐步形成了三种主要的研究角度或思路平行发展互为补充的格局。这包括:第一,从各自所表现的社会政治观念出发来划分和研究文学思潮的传统方法仍在沿用,但有了新的意义,主要是突出了文学本体的意义,强调从艺术的特质、规律等层次去考察文学思潮的特点。第二,以西方文学观念和近现代文学发展为参照,从文学创造审美原则的角度出发,分别研究现实主义、浪漫主义、现代主义等思潮以及它们的相互联系和作用。第三,从文学的文化特征来分析思潮,如常见的对"人的文学"思潮和通俗文学思潮的研究。这三种主要的研究角度或思路是从思潮的不同性质特点切入的,此外也还有其他的角度或思路。① 就本书所论及的对象而言,除了世纪初的王国维、蔡元培等人外,五四文学革命以后的这些作家、派别,上述三种研究中几乎都有涉及。不同角度或思路研究的发展,有利于揭示作家、流派本身的多重内涵与价值,有利于复现现代文学思潮发展历史的复杂性与鲜活性,也为从纯艺术角度进行研究开拓了思路。

同样作为整体性的研究,自由主义文学思潮研究与本书所进行的纯艺术思潮研究虽然在对象范畴上就有所重合,特别是对于二十年代末至四十年代末之间的一些文学现象的重合性更高,当然其中又有文学观念和研究视角及范畴的差别。

从自由主义的角度来研究现代文学思潮,属于上面所说的第一种研究思路,也是二十世纪八十年代以后常见的一种思路。来源于欧洲的自由主义是十八世纪末到二十世纪初的一种政治思想。这种思想主张个人活动和发展的完全自由,并同资产阶级统治下的一系列政治要求与经济要求相联系,这些要求包括:"个人的公民自由;自由的政治制度;宗教自由;经济领域的自由企业和自由贸易";等

---

① 参见本书附录:《中国现代文学思潮研究十五年》。

等。① 这种思想在现代中国有相当的影响，特别是二十年代末国民党政权建立以后，知识分子中自由主义思想的吁求逐步突出，影响也日渐扩大，本书所论的纯艺术派中的一些作家如胡适、梁实秋、周作人、朱光潜、沈从文等人，在政治上都带有这种思想倾向，这也自然影响到他们对文学的认识与态度，因此人们也常以自由主义来界定他们的文学思想。

　　本书采用纯艺术思潮的概念，期待可以更好地接近研究对象（包括其中一部分具有自由主义政治倾向的作家），更准确地揭示这一文学潮流在艺术观念上的特征。这是因为，自由主义毕竟是一个政治性的概念，虽然可以用它来说明一定文学活动的思想倾向或思想内容，但是一旦涉及对文学艺术本体观念的一些问题，又不是这一政治性概念所能包容和涵盖的了。纯艺术思潮文学本体观的主要特征在于强调文学活动的非功利或超功利性质，而自由主义与这种非功利或超功利的追求之间并没有必然联系。西方自由主义思想的代表人物边沁和穆勒等都是著名的功利主义者。另外，就本书论及的主张纯艺术的现代作家而言也并不一定都是政治上的自由主义者，例如王国维、前期创造社就不是。执着于对艺术世界的独立与纯粹的追求，执着于艺术天地与现实政治的疏离，和主体的政治态度是可以而且也应该有所区别的。有人指出在近年的现代文学研究中存在"泛自由主义"的偏向，往往把除了官方和左翼之外的几乎所有文学派别都纳入了自由主义文学的行列，并有上下延伸至古代文学和当代文学的趋势，范围过大，使得本来就不甚明确的自由主义文学概念变得更加模糊，这种意见是有道理的。② 因此，采用纯艺术思潮这一概念的另一意义，也许还在于可以不因政治态度的差别而忽视艺术观念接近甚至一致的作家、流派之间的联系，从而对中国现代文学发展的

---

① 参见《自由主义》，《简明不列颠百科全书》第 9 卷，中国大百科全书出版社 1986 年版，第 580－581 页；[英]布洛克等编：《枫丹娜现代思潮辞典》，社会科学文献出版社 1988 年版，第 322－323 页。
② 参见张体坤：《中国自由主义文学的话语建构与理论阐释——兼对"泛自由主义"倾向的批评》，《北京科技大学学报》（社会科学版），2010 年第 2 期。

总体趋势开拓另一种考察视角和研究思路。

除了自由主义以外,二十世纪九十年代以来,学界对于本书所论的现代文学中的这些现象还有审美主义和纯文学等概括,虽然起步较晚,但在新世纪也逐步有了不少成果。从对中国知网有关数据库所收中国现代文学研究论文标题的检索统计(其中,期刊自 1980 年至 2015 年,博士学位论文和优秀硕士学位论文自 2001 年至 2015 年)来看,从自由主义、审美主义、纯文学等几种研究角度切入的论文数量分别如下:以"自由主义"入题的期刊论文共一百〇三篇,1982 年一篇,1990—1999 年十九篇,2000—2009 年五十七篇,2010—2015 年三十六篇;博士论文两篇;硕士论文二十三篇。以"审美主义"入题的期刊论文十七篇,其中 1999 年两篇,2000—2009 年七篇,2010—2015 年八篇;博士论文两篇;硕士论文一篇。以"纯文学"入题的期刊论文十八篇,其中 1997 年一篇,2000—2009 年八篇,2010—2015 年十篇;博士论文无;硕士论文三篇。从上述数据来看,从自由主义角度切入的研究还是占多数,但其他两种研究本身的数量也是处于上升状态。

现代文学接受西方的影响,突出了审美在文学活动中的地位与意义,这在纯艺术思潮的发展中有多方面的表现,本书也对其中一些作家评论家相关观点进行了梳理与分析。审美主义研究从美学角度切入研究文学,以此作为线索来认识现代文学中纯艺术思潮这一非主流部分的思想脉络,很有启发意义。不过,就现代文学发展的实际而言,许多作家包括本书所论及的一些代表性作家,对于审美与文学关系的重视度并不一致,例如梁实秋就曾明确否定文学与美的关系,最多也只承认文学语言的审美价值;周作人对纯文学的认识更多是从言志即思想感情表达的自由灵动出发的;而胡秋原、苏汶等人重在文艺自由的吁求,也未更多涉及审美问题。在功利与非功利的对立中,审美具有非功利的性质,但非功利并不就等于审美。因此,在梳理现代文学审美主义线索时,还可以更细致地划分其边界,从这个意义上说,审美主义的研究在具体对象与范围上与纯艺术的研究可能既有明显的重合,又有某些不相重合之处。与审美主义接近的,还有论者尝试用"纯美意识"来概括现代文学这一思潮的主要特点,不过未及充分展开。①

　　纯文学的概括与本书纯艺术思潮的对象与范围应该是很接近甚至重合的。纯文学突出的是文学性,力求在文学与非文学的比较和文学内部不同类型的比较中确定文学的地位与性质;纯艺术突出的是艺术性,强调的是要保持文学作为艺术的基本性质与特点的独立性与纯粹性,二者的方向是一致的,侧重点有所不同。现代意义的文学概念是从属于艺术概念的总体框架与基本特性的规范之下的。纯文学之所以纯,就在于它所体现的艺术的共同性质与特点;文学的艺术性越纯粹,它的文学性也就越强,作为文学的纯度也就越高。正因为如此,王国维、鲁迅、闻一多、朱光潜等都曾交叉使用"纯艺术"或"纯文学"的术语来表达对文学性质和特点的认识。

　　对于中国现代文学中这一思潮的理论概括和相应研究,虽然有具体范围的某些差别,但总体都指向了现代文学发展中存在的具有共同理论倾向、前后历史传承和多种文学实践并造成相当社会影响的理论思潮。不同的理论概括和相应从不同的视角切入的研究,反映了这一思潮本身具有的丰富性和复杂性,同时也有利于更充分地揭示这一思潮的丰富性和复杂性。在这方面,纯艺术角度的研究有其不可替代的独特价值。

二　纯艺术思潮与功利化思潮的对峙

　　中国现代文学中的纯艺术思潮经历了曲折的发展过程,其间同功利化、政治化的文学思潮曾经有过四次明显的对峙,也不乏激烈的斗争。

　　新文学萌芽时期的王国维、蔡元培等人大力引进西方非功利的美学文学思想,他们同强调与张扬文学"新民"、"新国"等功利作用的梁启超等人的思想差异构成了纯艺术派和功利派的第一次对峙。

①　参见张堂錡:《纯美的凝望——中国现代作家精神探索的一个面向》,《杭州师范学院学报》(社会科学版)2004 年第 1 期。

在二十世纪初,梁启超和王国维是对文学包括文学理论发展具有最重要影响的两位先贤。当时许多人突出了小说、戏曲的地位,冲击了中国文学独尊诗、文的传统,同时对过去的杂文学传统也进行了批评。梁启超等人这时所强调的主要是文学"新民"、"新国"的社会功利意义,而王国维作为第一位引进西方理论来批评本国固有文学观念的代表人物,则处于与梁启超相对峙的另一端。他认为,当时文学界"不重文学自己之价值,而唯视为政治教育之手段,与哲学无异。如此者,其亵渎哲学与文学之神圣之罪,固不可逭,欲求其学说之有价值,安可得也!故欲学术之发达,必视学术为目的,而不视为手段而后可"[①]。他接受康德、叔本华、尼采等人的思想,强调文学自身的"价值"与"目的",反对将其"视为手段",表现出对文学活动非功利性质和特点的崭新认识。他和梁启超等人之间虽没有发生直接的交锋,但其间的思想差异却构成了中国新文学萌芽阶段中功利派和纯艺术派最初的对峙。

王国维作为一位书斋中的学者,其思想的社会影响在当时还是比较有限的。而蔡元培在二十世纪第二个十年以至以后相当长的时间内却以其社会地位和影响大大推进了非功利、超功利的美学观、艺术观和文学观在中国的传播和发展。他在担任孙中山领导的民国临时政府教育总长的短暂时间里,提出将"美感之教育"即美育作为学校教育的基本内容[②],其思想上的依据正是康德的美学观念[③];五四新文化运动兴起以后,他又提出鲜明的"以美育代宗教"的主张,指出要去除

---

① 王国维:《论近年之学术界》,《王国维集》第 2 册,周锡山编校,中国社会科学出版社 2008 年版,第 302 页。

② 蔡元培提出学校应有五种教育:军国民主义教育、实利主义教育、德育、世界观教育和美育。"五者,皆今日之教育所不可偏废者。"语出《对于教育方针之意见》,《蔡元培美学文选》,北京大学出版社 1983 年版,第 5 页。

③ 蔡元培指出:"美感者,合美丽与尊严而言之,介乎现象世界与实体世界之间,而为之津梁。此为康德所创造,而嗣后哲学家未有反对之者也。""故教育家欲由现象世界而引以到达于实体世界之观念,不可不用美感之教育。"语出《对于教育方针之意见》,《蔡元培美学文选》,第 4 - 5 页。

宗教"激刺感情之弊",而"专尚陶养感情之术","莫如舍宗教而易以纯粹之美育"①,这一主张他长期坚持并反复宣传。

纯艺术、纯文学观念在那一时代的知识分子和知识青年中颇有影响。二十世纪初鲁迅在日本留学时就认识到并指出:"文章不用之用,其在斯乎?约翰穆黎②曰,近世文明,无不以科学为术,合理为神,功利为鹄。大势如是,而文章之用益神。所以者何?以能涵养吾人之神思耳。涵养人之神思,即文章之职与用也。"也就是说,在"功利为鹄"的"近世文明"大潮中,"文章之职与用"在于"涵养吾人之神思",是一种"不用之用"。③ 显然,在中国社会与文化发生根本性转折的关键时期,这种非功利的纯艺术思想倾向构成了对传统的"文以载道"等观念的对立和冲击,推动了中国现代美学观念与文学观念的变革,从一个特定方面为新文学的诞生提供了理论武器并创造了适宜的思想氛围。

五四时期创造社标榜"为艺术而艺术",与主张"为人生"的文学研究会对峙,形成了新文学发展中纯艺术派与功利派的第二次对峙和第一次正面交锋。

五四新文学运动兴起时"白话文学"、"平民文学"、"人的文学"等理论呼唤,带有强烈的启蒙主义的功利性质。这一时期出现的一些文学作品也不同程度地存在着忽视文学自身的艺术性质和特点的缺陷。针对这种状况,"异军突起"的创造社,以纠偏补缺的姿态登上文坛,主张文学活动无目的和超功利,发出了"为艺术而艺术"的呐喊。郭沫若强调:"假使创作家纯全以功利主义为前提以从事创作,上之想借文艺为宣传的利器,下之想借文艺为糊口的饭碗,这个我敢断定一句,都是文艺的堕落,隔离文艺的精神太远了。"④成仿吾提出新文学除了对于时代和国语的这两种使命之外,还应当有"文学本身的使命",表示要"除去一切功利的打

---

① 蔡元培:《以美育代宗教说》,《新青年》第1卷第6号,1917年8月;《蔡元培美学文选》,第70页。

② 通译约翰·穆勒,英国哲学家、经济学家。

③ 鲁迅:《摩罗诗力说》,《鲁迅全集》第1卷,人民文学出版社1981年版,第71页。

④ 郭沫若:《论国内的评坛及我对于创作上的态度》,1922年8月4日《时事新报》副刊《学灯》。

算,专求文学的全 Perfection 与美 Beauty 有值得我们终生从事的价值之可能性"[1]。郑伯奇则表示:"在艺术的王国,我们应该是艺术至上主义的信徒。就艺术的王国的市民看来,艺术是绝对的,超越一切的。把艺术看做一种工具,这明明是艺术的王国的叛徒。"[2]在这种观念的指导下,创造社作家以其奔腾的情绪激流裹挟着对社会现存秩序的愤懑,形成了独特的艺术冲击力,在文坛和社会上都造成了强烈的震动。不过,他们和文学研究会之间虽然存在着"为艺术"与"为人生"的分歧与对立,但是双方在对封建思想传统和黑暗社会现实所持的批判态度上可以说是基本一致的,构成两者分歧的主要原因在于文艺观念的差异,在于要不要、能不能用文艺的手段来改造现实以及应该将这种改造活动置于何种地位的分歧。

这一时期的许多文学青年和文学社团都与创造社一样,不同程度地带有"为艺术而艺术"、"为文学而文学"的倾向。弥洒社出版的书刊上以突出地位反复标榜自己的宗旨是"无目的,无艺术观,不讨论,不批评,而纯发表顺灵感以创造的作品"。朱光潜的美学处女作《无言之美》认为"美术(引者按:即艺术)作品就是帮助我们超脱现实到理想界去求安慰的"[3]。闻一多自称是"主张纯艺术主义者",坚持"艺术为艺术"的倾向。[4] 这一时期,报刊上介绍西方唯美主义等"为艺术而艺术"思潮流派的文章屡见不绝,王尔德等人的名字不胫而走,还出现了滕固《唯美派的文学》[5]这样的专题性论著。二十年代中期形成的新月派中的徐志摩、闻一多、余上沅等一批诗人、作家,孜孜以求地专注于诗歌、戏剧等文艺形式的理论创新与创作实验,形成了颇有影响的具有唯美主义倾向的文学派别。这种现象的出现,虽然有通常所说的知识分子在黑暗现实压迫之下寻求解脱的原因,但也包含

---

[1]　仿吾:《新文学之使命》,《创造周报》第 2 号,1923 年 5 月。

[2]　郑伯奇:《国民文学论》(上),《创造周报》第 33 号,1923 年 12 月。

[3]　《朱光潜全集》第 1 卷,安徽教育出版社 1987 年版,第 68 页。

[4]　闻一多:《致闻家骊》(1923 年 3 月 25 日)、《致吴景超、梁实秋》(1922 年 10 月 10 日),《闻一多全集》第 12 卷,湖北人民出版社 1993 年版,第 161、95 页。

[5]　上海光华书局 1927 年版。

了挚爱艺术的文学青年对艺术本质和规律的探索与向往。尽管那时的中国社会没有给这种探索提供起码的条件和环境，尽管这种探索很快走向了低谷，我们却像很难否定人们在任何时候都会有对美的追求一样，很难否认即使是在当时的条件下，这种追求仍有其合理性。

两种思潮的第三次对峙发生在二十年代中期到三十年代中期。这段时间里，一些作家和文学派别先后与主张为革命而艺术的左翼文学阵营发生冲突，他们从纯艺术的基本立场出发，一方面反对国民党当局对文艺的控制，一方面批评左翼的功利主义文学倾向。这中间包括新月派，周作人，"自由人"、"第三种人"，林语堂等论语派，朱光潜、沈从文等京派。他们与左翼作家之间的冲突和斗争是新文学发展中纯艺术派与功利派之间持续时间最长、交锋最为激烈的一次对峙。

五四文学革命之后，新文学运动逐步从革命转向建设，文学社团和刊物林立，创作上取得了一定的实绩；同时，前进中出现的一些问题，如诗歌的散文化、口语化，戏剧中的"问题剧"过于注重宣传等，也引起人们的注意和反省。由于认识的角度和观念不同，很自然地产生了一些分歧和争论；同时，对于文学未来发展的方向，也有很多探索和追求，特别引人注目的是"革命文学"主张的提出和倡导。在中国共产党成立之后，受当时国际左翼文学思潮影响，从 1923 年开始，邓中夏、恽代英、瞿秋白、蒋光慈等共产党人陆续撰文倡导无产阶级革命文学，在 1924 年大革命兴起和 1925 年"五卅"运动之后，随着社会革命运动的发展，对文学的社会功利性的要求变得更加突出和迫切起来，这种宣传就更为热烈，体现这些主张的"革命文学"也逐步发展起来。革命文学主张具有强烈的功利主义色彩，侧重从内容上对文学提出反映现实、宣传革命的要求。大批知识青年投身大革命，即使是早期曾经主张"为艺术而艺术"的创造社，其主要成员这时也大多开始倾向革命，郭沫若、成仿吾等还先后参加了实际的革命工作，后来他们中的一些人成了左翼文学运动的骨干。

大革命失败以后，由于国内外政治形势和阶级关系的急剧变动，反映在文学理论和创作上的分化和斗争就更为激烈。一方面是左翼文学运动的揭竿而起。

创造社的"转换方向"是其中一个突出的例子，他们检讨自己过去陷在了一个"错误的深渊"里面，"把艺术当作了一个泥塑的菩萨，在所谓艺术至上主义的声浪中我们曾经作过些无意义的膜拜"①。他们的《洪水》、《创造月刊》等刊物提出"我们所要求的文学是表同情于无产阶级的社会主义的写实主义的文学"，表现出"转换方向"的态度②。他们宣布，自己办的刊物"不再以纯文艺的杂志自称，却以战斗的阵营自负"，"我们的文学理论再不是玄妙不可解的东西，而是战争的'指导理论'的文学理论"③。他们激烈地批评自己过去曾经热烈宣扬的纯艺术文学主张，他们要求："二十世纪的中国的新文学家，不是闲散的中国式的文人，不是浪漫时代的歌者，不是发梦的预言家，更不是忧时伤世的骚人，而却是新生活中的战士。"④在理论倡导的同时，创作上也出现了相应的实践。尽管左翼文学阵营内部存在着文学观念、斗争策略等方面的分歧，但并未影响"无产阶级革命文学"即左翼文学运动成为当时中国新文学的主导性潮流。

另一方面，知识分子群体中的困惑、苦闷也在加深，政治思想上的自由主义潮流有所发展，与此相联系，文学上的纯艺术倾向又有了进一步的张扬。三十年代初左翼作家阿英在谈到当时小品文写作状况时写道："忙者自忙，闲者自闲；你可以看到天空翱翔的爆炸机，而另一种作家，是可以把它诗化的作为壮志凌云，呼吸大自然空气的飞鸟。"⑤他的话虽然尖刻，却也正是当时文坛上两种思潮的写照。而这两种思潮之间不可避免地发生矛盾和冲突，有时甚至发生很激烈的斗争。三十年代纯艺术思潮的派别或作家，大多并没有像前期创造社那样标榜"为艺术而艺术"的宣言，倒是经常以批评"为革命而艺术"的左翼文学在理论或实践上功利主义的偏颇而表现出其基本的纯艺术立场和倾向，从而与左翼作家保持文学思想

---

① 独清：《新的开场》，《创造月刊》第 2 卷第 1 期，1928 年 8 月。

② 郭沫若：《革命与文学》，《创造月刊》第 1 卷第 3 期，1926 年 5 月。

③ 《编辑后记》，《创造月刊》第 2 卷第 1 期，1928 年 8 月。

④ 同人：《前言》，《流沙》半月刊第 1 期，1928 年 3 月。

⑤ 阿英：《现代十六家小品序》，《现代十六家小品》，上海光明书局 1935 年版，第 6－7 页。

上的区隔与对立。

　　革命文学倡导初期，随着创造社转向，标榜"健康"与"尊严"的新月派便成为坚持纯艺术倾向的核心力量。其中，梁实秋从新人文主义的理想和原则出发，宣传超阶级的人性论，与左翼文学发生了尖锐的冲突。尽管梁实秋这时对浪漫主义持强烈的批评态度，但他所推崇的新人文主义在反对功利化的追求和庸俗化的社会风气，追求艺术独立等方面，与五四新文学中的浪漫主义仍是一致的。所不同的是后者强调以个性的喷发来冲击现实世界，而梁实秋则强调理性的"自我节制"，要求遵守"文学的纪律"以创造宁静的艺术世界，带有明显的古典主义色彩。

　　稍后出现的"自由人"胡秋原、"第三种人"苏汶（杜衡）等则在与左翼作家的论争中，正面触及文艺与政治的关系以及文艺的阶级性等问题。被苏汶称为"绝对的非功利论者"①的胡秋原是以对马克思主义的学理探讨开始自己的论述的，他一方面认为西方艺术家"由憎恶现实而回避现实"主张"艺术至上"、"为艺术而艺术"的"纯艺术"倾向"自然是一个幻想"；一方面又批评说："将艺术堕落到一种政治的留声机，那是艺术的叛徒"②，强调"文艺自由"的重要性，要求政治"勿侵略文艺"③。苏汶支持胡秋原的观点，批评左翼文坛"显然拿文艺只当作一种武器"④，而"每一个死抱住文学不肯放手的人都要反对"，因为"他们还在恋恋不舍地要艺术的价值"⑤。他们对受国民党当局支持的"民族主义文学"虽然也有所批判，但与左翼文坛的论争却更为激烈，成为当时文坛和文学史上的著名事件。

　　二十年代中期林语堂在北京曾有一段鼓吹新文学运动、支持学生运动的战斗经历，大革命失败之后，按照他自己的说法，成了由"草泽"逃入"大荒"而孤游的

---

①　苏汶：《关于〈文新〉与胡秋原的文艺论辩》，《现代》第 1 卷第 3 期，1932 年 7 月。

②　胡秋原：《阿狗文艺论》，《文化评论》第 1 期，1931 年 12 月。

③　H.C.Y.（胡秋原）：《勿侵略文艺》，《文化评论》第 4 期，1932 年 4 月。

④　苏汶：《"第三种人"的出路》，《现代》第 1 卷第 6 期，1932 年 10 月。

⑤　苏汶：《关于〈文新〉与胡秋原的文艺论辩》，《现代》第 1 卷第 3 期，1932 年 7 月。

人,他要在这"寂寞的孤游"中"认识自己及认识宇宙与人生"①。1932 年他创办了
《论语》杂志,大力提倡"幽默",后来又创办《人间世》、《宇宙风》等刊物,主张"以自
我为中心,以闲适为笔调",倡导写作表现"性灵"的小品文。他和他周围的一些人
围绕这些刊物开展的文学活动,虽然不无艺术探索和学理研究的意义,但更多表
现出在对现实的无奈中寻求解脱的良苦用心,客观上也对当时已经存在的逃避现
实消解斗争的社会思潮与文学思潮起了推波助澜的作用。

　　而周作人作为五四时期启蒙运动的潮头人物,此时已处于深深的失望之中。
他没有同左翼文坛发生正面的理论交锋,但是其反复张扬的个性主义不仅成为林
语堂宣扬"性灵"的一种精神支持,更从思想上为形形色色非功利、超功利的纯艺
术追求提供了思想武器。他有关文学问题的一系列看法,特别是《中国新文学的
源流》等论著所表达的文学史观,更是具体地表现了强烈的纯艺术倾向,造成了相
当广泛的影响。

　　以沈从文、朱光潜分别主编的《大公报·文艺副刊》、《文学杂志》等刊物为纽
带,在平津地区形成的京派应该说是中国现代文学发展中纯艺术理论形态发展最
充分的一个群体。它的成员、思想和风格与前期的新月派有着较多的渊源关系,
但在艺术上的追求更加自觉和广泛。其中,朱光潜的一些著作不但在理论上为纯
艺术思想提供了更系统的说明,而且对这种思想的中外渊源也有了更明晰的揭
示;沈从文等人的文学创作与李健吾等人的文学批评也为这一派别创造了实绩,
扩大了影响。

　　三十年代的这些派别和人物的文学主张虽然有理论渊源、理想目标、具体内
容和客观效果等方面的区别,但毕竟是殊途同归,在与占据主潮地位的以左翼文
学为代表的政治化、功利化文学潮流矛盾、对立以至交锋的过程中,共同发展了纯
艺术的理论思潮。

　　1937 年抗战全面爆发以后,由于战时宣传的功利需要和战争对作家心灵的

---

①　林语堂:《序言》,《大荒集》,上海生活书店 1934 年版,第 1—2 页。

强大震撼,众多的作家接受了文学为抗战服务的观念,本来就并不强大的纯艺术思潮很快走向衰落,对于艺术本质特征等问题客观、冷静和科学的纯学理探讨也几乎无法进行。抗战初期梁实秋的一段也许并无原则性错误的话被演绎为"要求无关抗战的文字"的"抗战无关论",引发了一场轩然大波,就充分反映了当时整个文坛的燥热气氛。但是,在战争缓和期间,特别是在相对和平一些的大后方,在知识分子包括青年学生中,纯艺术倾向也并不是完全没有存在的氛围的。例如沈从文就仍在继续三十年代的话题,反复强调反对"作品过度商品化"和"作家纯粹清客家奴化",要求把文学运动"从'商场'和'官场'中解放出来",实现"重造"①。但这种呼吁在惊天动地的战斗呐喊声中无疑显得十分微弱无力。

毛泽东发表《在延安文艺座谈会上的讲话》以后,文艺为政治服务为工农兵服务逐步成为根据地作家的规范性共识。政治第一的风尚,也影响了国统区的文学思想和创作,"人民文学"的口号也盛行于世。这时中国文学思潮的发展出现了一元化的趋势。沈从文等一部分京派作家无法适应和接受这种变化,自称"对于在朝在野伟人政客的信念,事实上都已完全动摇"②。他们还在坚持纯艺术的理论追求,并试图对"中国文艺往哪里走"③的方向性问题作出自己的回答,但是其艺术观念的追求与"中间路线"的政治主张纠缠在一起,显得越发空虚迷茫。倒是受到他们提携、后来被称为"九叶派"的袁可嘉等年轻人坚持"人的文学"的理论探讨,比起他们那些带有强烈政论色彩的文字更触及文学的深层意义,显示了这一时期纯艺术思潮最后的风采。袁可嘉认为,坚持"生命本位"、"艺术本位"的"人的文学",与坚持"阶级本位"、"工具本位"的"人民的文学"之间,存在着矛盾,但仍可寻求修正与和谐,关键在于通过"艺术本位"来实现工具的功能,"人民的文学"最

---

① 沈从文:《新的文学运动与新的文学观》,《沈从文全集》第 12 卷,北岳文艺出版社 2002 年版,第 51 页。

② 沈从文:《编者言》,1946 年 10 月 20 日天津《益世报·文学周刊》;《沈从文全集》第 16 卷,第 451 页。

③ 此为上海《大公报》1947 年 5 月 5 日社评(萧乾撰稿)的标题。

后归于"人的文学"。他强调的"人的文学"的"根本的中心观念"是:"在服役于人民的原则下我们必须坚持人的立场、生命的立场;在不歧视政治的作用下我们必须坚持文学的立场,艺术的立场。"①不难看出,他所说的"人的文学"正是我们所说的纯艺术文学思潮。如果说,这些可以算作纯艺术派与功利派的第四次对垒的话,那么,其力量和影响都显得相当微弱,而且,袁可嘉的上述观点已经表现出对极端的纯艺术派立场的重大修正和与功利派互相融合的倾向。不过,在当时的政治环境和文化氛围中,这种意见并没有也几乎不可能引起更多的注意。

国共政权更迭前夕的 1948 年,左翼文化思想界把沈从文、朱光潜等人视为所谓文学上的"红黄蓝白黑"诸种"反动"倾向的代表,与政治上的"中间路线"联系起来,当作敌对思想和行为进行批判。② 一言论定,风卷残云,沈、朱等人已完全没有招架之力。紧接着北平解放,新中国定都建国,伴随着一个政治和文艺新时代的来临,这种纯艺术思潮很快便被功利主义的洪流所淹没。直到三十多年的时光过去,到了八十年代,当人们重新来探讨文学艺术的地位、功能、性质和特点时,特别是类似的纯艺术追求又重新泛起时,这些探讨的价值才被经历过或没有经历过上述历程的中国人更深刻地认识到。

通过对以上历史过程的回顾,我们不难看出,在二十世纪前期中国现代文学发展的过程中,确实存在着一种与为人生—为革命—为人民的文学主潮相对立的纯艺术理论潮流。袁可嘉曾经这样描述两种文学思潮的状态与关系:"一方面是旗帜鲜明,步伐整齐的'人民的文学',一方面是低沉中见出深厚,零散中带着坚韧的'人的文学';就目前的实际的活动情形判断,前者显然是控制着文学市场的主

---

① 参见袁可嘉:《"人的文学"与"人民的文学"——从分析比较寻修正,求和谐》,袁可嘉:《论新诗现代化》,三联书店 1988 年版,第 112 - 124 页。

② 郭沫若:《斥反动文艺》,《大众文艺丛刊》第 1 辑《文艺的新方向》,1948 年 3 月;《中国新文学大系 (1937—1949)》第 2 集,上海文艺出版社 1990 年版,第 762 - 766 页。

流,后者则是默默中思索探掘的潜流。"①形成二者对立的原因是多方面的,但其中最基本的一个原因就是文学观念上功利主义与非功利主义的对立。

一些左翼文学工作者当时已经注意到这一点,他们肯定了这一纯艺术思潮的存在,当然他们往往将这种思潮与西方的为艺术而艺术、艺术至上和唯美主义等直接等同起来而简单地加以全面否定。例如:瞿秋白在对胡秋原、苏汶等人进行批评时,就认为他们"无意之中做了伪善的资产阶级的艺术至上派的'留声机'"。② 从当时一些《文学概论》教材对纯艺术倾向的抨击中,也不难看出社会中一部分人对这种思潮的认识,即"时代的无可抵抗的巨浪,已经把文艺的园地里建筑着的,巍峨的,高贵的艺术之宫,与精美的,雅致的象牙之塔,湮没在汹涌澎湃的潮头里,坍颓在人间的废墟上了";"纯艺术的宣传,是现世界的最大毒物,纯艺术的宣传,只是贵族阶级的护身符,平民们的铁锁链";③"主张为艺术的艺术,他们全是站在资产阶级,他们全是抱着玩世态度的"④。而到了四十年代末,左翼作家则是将"朱光潜、梁实秋、沈从文之流的'为艺术而艺术论'"作为"地主大资产阶级的帮凶和帮闲文艺"、"反动统治的代言人"进行批判的。⑤ 郭沫若甚至针对"艺术至上"喊出了"人民至上主义的文艺"的口号,对"纯文艺"作出了自己别出心裁的解释——"纯人民意识的文艺"。⑥ 不管左翼作家的这些批判怎样严厉,至少说明了一个事实:他们认为自己面对着一个"为艺术而艺术"的"纯艺术"思潮。这正是本文所要说明的一个前提性的结论。至于应该怎样来把握这一思潮的内涵和评

---

① 袁可嘉:《"人的文学"与"人民的文学"——从分析比较寻修正,求和谐》,袁可嘉:《论新诗的现代化》,112 页。

② 易嘉(瞿秋白):《文艺的自由和文艺家的不自由》,《现代》第 1 卷第 6 期,1932 年 10 月。

③ 王森然:《文学新论》,上海光华书局 1930 年版,第 6、2 页。

④ 马仲殊:《文学概论》,上海现代书局 1930 年版,第 140 页。

⑤ 参见本刊同人·荃麟执笔:《对于当前文艺运动的意见——检讨·批评·和今后的方向》,《大众文艺丛刊》第一辑《文艺的新方向》,1948 年 3 月;《中国新文学大系(1937—1949)》第 2 集,第 794 页。

⑥ 郭沫若:《人民至上主义的文艺》,1947 年 3 月 1 日上海《大公报·新文艺》。

价这一思潮的价值,我们在对这一思潮的主要理论内容进行梳理分析之后,也许并不难得出和当年左翼作家有所差异的结论。

第二节　纯艺术:不同侧面和层次的理论交汇

纯艺术派的作家、理论家阐发自己文学观念的形式多种多样,从严整的理论著作到零散的作品评论,从即兴的散文小品到自由的书信札记,几乎应有尽有;而他们围绕着文学作为艺术的纯粹性和独立性展开论述的内容又涉及文学活动的不同侧面和层次,既各有侧重又常有交汇,对于文学若干基本问题的认识形成了具有共性和密切联系的体系,具体表现在以下四个主要方面。

一　艺术独立——纯艺术的文学地位论

中国历来的主流文化传统集中表现为"文以载道",将文学视为政治或道德教化的附庸或工具。这一传统在五四时期受到短暂的冲击以后,又从二十年代兴起的"革命文学"身上得到价值的重新肯定。而纯艺术派的作家、理论家们则大都强调文学作为一种艺术,在政治、经济、道德等之外具有自己独立的文化地位,这和传统的"文以载道"观念以及左翼文学思潮的基本理念都形成了明显的矛盾和对立。

王国维在二十世纪初就批评我国传统文学中文学和文学家对政治的依附状况。他指出,中国的大诗人和哲学家一样,大都兼为政治家,都有政治上的抱负。"至诗人之无此抱负者,与夫小说、戏曲、图画、音乐诸家,皆以侏儒倡优自处,世亦以侏儒倡优畜之。"他痛惜地感叹,在中国"美术(引者按:即艺术)之无独立之价值也久矣。此无怪历代诗人,多托于忠君爱国、劝善惩恶之意,以自解免,而纯粹美术上之著述,往往受世之迫害,而无人为之昭雪者也。此亦我国哲学美术不发达之一原因也"①。这一发现鼓舞了王国维和许多后继者自觉地为改变我国文学作为政治或道德附庸的地位而努力。

　　五四新文学运动对文学的内容和形式进行了革命性的变革。但是，那时一方面强调的是民主、科学、人道主义等思想性内容，重视文学的启蒙意义，另一方面突出的是白话语体这一形式上的变革，而对于文学作为一种艺术的自身性质和特点并没有加以充分的注意。胡适后来承认："当时中国的运动尚未涉及艺术"。②老舍也曾指出：五四文学革命运动"没有在'文学是什么'上多多的思虑过"，因此，这一运动还是"局部的，消极的"。③ 但是，这时确实也有不少人接受了西方文学观念，发出了"艺术独立"的呐喊，要求改变文学的地位。仅就 1921 年出现的几篇文章来看，就不难发现这种思想倾向的存在。首先，是沈雁冰在自己主持改版的《小说月报》上的一篇文章中指出："在中华的历史里，文学者久矣失却独立的资格，被人认作附属品装饰物了。"而在西方，"文学者自身对于文学的观念，却和我国大不相同"。这正是"我们中华的文学为什么不能发达的和西洋诸国一样"的原因。沈氏是文学研究会为人生派的代表人物之一，他对"文学者""独立的资格"的重视，虽然和纯艺术派有着眼点的差别，但是无疑仍有相通之处。④ 几乎是与此同时，蔡元培将"由附属到独立"作为"美术（引者按：即艺术）的进化"的必然趋势之一加以肯定。⑤ 而创造社则标明自己的刊物《创造》为"纯文学季刊"，在寥寥数语的"出版预告"中将"主张艺术独立"作为自己的思想旗帜加以宣扬。⑥ 显然，针

---

① 王国维：《论哲学家与美术家之天职》，《王国维集》第 1 册，第 182 页。

② 胡适：《胡适口述自传》，华文出版社 1989 年版，第 193 页。

③ 舒舍予（老舍）：《文学概论讲义》，北京出版社 1984 年版，第 39 页。

④ 雁冰（茅盾）：《文学和人的关系及中国古来对于文学者身份的误认》，《茅盾全集》第 18 卷，人民文学出版社 1989 年版，第 58、60、62 页。

⑤ 蔡元培的原话是："各种美术的进化，总是由简单到复杂；由附属到独立；由个人的进为公共的。"语见《美术的进化》，《蔡元培美学文选》，第 121 页。

⑥ 《纯文学季刊〈创造〉出版预告》，1921 年 9 月 29—30 日《时事新报》。

对"文以载道"的文学传统,这一时期出现了对"艺术独立"的明确追求,并几乎成为新文学圈子内的一种时尚。

在左翼文学运动兴起以后,对艺术独立的张扬有了一种新的针对性和明确性。左翼作家强调文学艺术的意识形态性质,即作为社会意识形态的一般性;而纯艺术派强调的则是文学作为艺术的特殊性。左翼主要强调文学艺术对政治的从属性,纯艺术派则重视文学艺术的独立性。二者注意的层面和角度不同,观念也有不同。除此以外,国民党当局当时对文学艺术的钳制,不但激起了左翼作家的强烈反抗,也引起了其他作家的不满。二三十年代间的一些带有纯艺术倾向的文学派别,大多都很强调文学的独立地位,也与此有关。如果说二十年代末朱光潜的《谈美》是从美学心理学角度分析现实世界与艺术世界的关系,强调美感的世界纯粹是意象世界,超乎利害关系而独立,那么,到了三十年代,他和他所代表的京派对艺术独立性的追求则已经与在激烈的政治风云中持中间或超脱的态度联系在一起了。四十年代中后期,他们在政治上明确提出了中间路线的追求,同时对于文学的独立地位的要求也更为具体和明确:"政治上负责者无从扶助这个部门的正常发展,也就得放弃了它,如放弃学校教育一样,将它一律交给自由主义者,听其在阳光和空气下自由发展。"①在当时的社会条件下,这自然是一种不可能实现的天真的幻想。

与艺术独立相联系的,就是要求艺术自由。三十年代胡秋原、苏汶曾经就这个问题同左翼作家展开过论争,朱光潜等京派在三十年代和四十年代也都强调这个问题。胡秋原等人的"文艺自由论"主要是针对现实而发,强调"不能主张只准某种艺术存在而排斥其他艺术,因为我是一个自由人"②,在理论上未及作深入阐述。而朱光潜的"自由生发"之论,由对文学基本性质的认识而生发开来,显得更富有理论色彩。他在《文学杂志》的发刊词中就提出,"健全的人生观和文化观都

---

① 沈从文:《从现实学习》,《沈从文全集》第 13 卷,第 383 页。

② H.C.Y.(胡秋原):《勿侵略文艺》,《文化评论》第 4 期,1932 年 4 月。

应容许多方面的调和的自由发展",他用"自由生发,自由讨论"八个字来概括对于文化思想运动与新文艺发展的态度。① 他后来对此命题有深入的阐发,认为人类在艺术活动中可以超脱自然的限制和实用需要的驱遣,"无所为而为",从而完全服从自己心灵上的要求,"所以艺术底活动主要地是自由底活动"。与此密切相关的是:"文艺的要求是人性中最可宝贵的一点,它就应有自由的生展,不应受压抑或摧残。"在人性中真善美三种基本价值的要求中,正因为有爱美的因素,才有艺术活动的存在。而一个完全的人在这三方面都应该得到均衡和谐的发展。这样进行分析,便不难得出"自由是文艺的本性"的结论了。"文艺所凭藉的心理活动是直觉或想象而不是思考和意志力,直觉或想象的特性是自由,是自生自发。"② 也就是说,文学自身的性质与特点决定了"自生自发"对于文学的必要性。文艺自由问题固然和文艺所面临的现实发展环境有关,但更和对文艺性质的认识密切相关。纯艺术派对艺术独立和自由问题的探讨,不但是对现实的一种应对策略,更与学理上的追求有关,并且成为他们认识一系列文学问题的基础。

二 无用之用——纯艺术的文学功能论

与文学艺术的地位问题相联系,王国维注意到中西学术文化的另一差异,指出在中国"一切学业,以利用之大宗旨贯注之",而没有实用意义的"美之为物,为世人所不顾久矣"③,因而低估和错认了文学艺术的价值。在王国维看来,"天下有最神圣、最尊贵而无与于当世之用者,哲学与美术(引者按:即艺术)是已。天下之人嚣然谓之曰无用,无损于哲学美术之价值也"。④ 在文学应不应该具有实用、功利意义的问题上,后来的纯艺术论者几乎都和王国维一样,不约而同地接过

① 朱光潜:《我对于本刊的希望》,《文学杂志》创刊号,1937 年 5 月。收入文集《我与文学及其他》时标题为《理想的文学刊物》,《朱光潜全集》第 3 卷,第 436 - 437 页。

② 朱光潜:《自由主义与文艺》,《朱光潜全集》第 9 卷,安徽教育出版社 1993 年版,第 480 - 482 页。

③ 王国维:《孔子之美育主义》,《王国维集》第 4 册,第 6 页。

④ 王国维:《论哲学家与美术家之天职》,《王国维集》第 1 册,第 181 页。

康德的思想武器,强调文学活动的超功利性,要求文学功能的实现以具有超越性的审美为基本内容,不同程度地排斥对文学功能的功利性解释。闻一多曾经提出所谓艺术的"纯形"概念:"艺术最高的目的,是要达到'纯形'pureform 的境地"。如果艺术家让道德问题、哲学问题、社会问题之类的"不相干的成分粘在他笔尖上",艺术便失去了它的"纯","便永远注定了是一副俗骨凡胎,永远不能飞升了"。"问题粘得越多,纯形的艺术愈少"。① 这具体地反映了比较极端的纯艺术论的观点。其实,这种排除一切社会生活内容的"纯",对于文学活动来说实际上是做不到的。而现代中国的社会实际和文化传统更决定了这种"纯形"的实现不过是一种虚幻的理想。即使是属于纯艺术思潮或带有纯艺术倾向的作家,他们中的许多人对艺术功利性的否定往往也是有条件的,并不都像早年的闻一多或西方一些唯美主义的作家理论家那样绝对化。朱光潜二十年代完全肯定康德的超功利学说,到了三十年代则采用布洛的"审美的心理距离说"来加以修正,就是一个明显的例子。

中国的这些纯艺术论者大多并不否认文学具有以美育人,通过促进人的自我完善和全面发展而推动社会进步的功能。即使是激烈地认定"文学是无用的东西"、"无目的可言"的周作人,也承认文学可以"令人聊以快意",达到亚里士多德所说的"被除"即净化作用。② 而朱光潜、沈从文等人到了四十年代则对文学的这种功能相当强调,甚至提高到"重建"国家与社会的高度。从这个意义来说,他们承认文学是有社会意义的,是有用的;但是,另一方面,他们又否定文学具有政治、道德、经济等方面的直接的功利作用。具体地说,就是:"艺术是独立存在的艺术,它的本质是纯粹艺术的,并且是无目的而具有主观性的东西。""艺术除却以艺术自身为内的观照的目的之外,是不能如道德或宗教等以外界的某种作用为目的的

---

① 闻一多:《戏剧的歧途》,《闻一多全集》第 2 卷,湖北人民出版社 1993 年版,第 148 页。

② 周作人:《中国新文学的源流》,北平人文书店 1934 年版,第 27 – 29 页。

东西。"①从这个意义上来说，他们又认为文学是无用的。也许丰子恺的说法更为明确，他认为一切艺术对人生都有用，只是"应用艺术是直接有用的，纯正艺术是间接有用的"②。

中国的许多纯艺术论者在注意文学对人的灵魂、对人类社会的美化净化作用这一点上，和文学研究会之类的"为人生"派的观点是接近的。构成他们和后者的差异与对立的主要之处在于，他们强调这种作用是自然而然产生的，反对有意为之；也就是说，无目的而实现目的，无所为而为。朱光潜指出："有道德影响与有道德目的应该分清。有道德目的是指作者有意宣传一种主义，拿文艺来做工具。有道德影响是指读者读过一种艺术作品之后在气质或思想方面生较好的变化。"③因此，他们中的许多人往往并不一般地反对文学产生道德的甚至政治方面的影响，却坚决反对历史上的文艺寓道德教训说的理论，反对文学直接服务或联系于有既定目的的现实政治斗争以及其他功利性活动。这也成为具有纯艺术倾向的这批作家文学思想的主要共同点之一。老舍曾经指出："以文学为工具，文艺便成为奴性的；以文艺为奴仆的，文艺也不会真诚的伺候他。"④也就是说，这样做既不利于文学保持自身的特性，也不利于文学发挥它可能发挥的社会功能。因此，他们激烈反对工具论，既反对"无产阶级革命文学"，也反对"民族主义文学"或"三民主义文学"。胡秋原表示"艺术不是宣传"，因此"固然不否认文艺与政治意识之结合"，但是"政治主张不可主观地过剩，破坏了艺术之形式"。⑤ 梁实秋在论及革命与文学的关系时，强调说："如以文学为革命的工具，以文学为政治的宣传，干脆说，这便失了文学的立场。我们不反对任谁利用文学作工具，但是我们不愿任谁武断的说只有如此方是文学。文学之能成为文学与否，不在其中有无某种思想之

① 许幸之：《艺术家与农民革命》，《新消息》周刊第 2 号，1927 年 3 月。

② 丰子恺：《艺术与人生》，《丰子恺论艺术》，复旦大学出版社 1985 年版，第 80 页。

③ 朱光潜：《文艺心理学》，《朱光潜全集》第 1 卷，第 318 页。

④ 舒舍予(老舍)：《文学概论讲义》，北京出版社 1984 年版，第 40 页。

⑤ H.C.Y.(胡秋原)：《勿侵略文艺》，《文化评论》第 4 期，1932 年 4 月。

宣传或有某种之实用,无宣传无实用并不能说即非文学,有宣传有实用有时亦能不妨其为文学,文学的精髓在其对于人性之描写。"①不管梁实秋和其他纯艺术论者对文学的"立场"和"精髓"即本质作何解释,但强调文学自身的"立场"和"精髓"却正是他们的共同之处,而这一点正和强调政治的或道德的"立场"的功利主义者形成了对立。

四十年代后期袁可嘉在论述"人的文学"时,非常强调其"文学本位或艺术本位"的内涵,他指出:"(一)文学活动有别于他种活动,因为它接受被先天地赋与的艺术的性质及伴随这一特性而来的长处及限制;(二)文学活动与他种活动的关系同属生命整体的部分与部分间的关系,平行地密切相关,而非垂直地有所隶属;(三)更重要的是,要文学完成作者所想使它完成的使命或作用,必须通过艺术,完成艺术才有成功的希望;一脚把先天的限制踢开,固然很干净利落(也许还有意想不到的效果),但作为创造成果而出现的必然是'非文学'或'坏文学'。"②也就是说,文学作为艺术是决定一切的前提,文学与其他活动是独立平行的,文学发挥社会作用只有以不损害其艺术特性,"通过艺术,完成艺术"为前提,也就是说:"文学必先是文学而后能发生若干作用"。这可以说是在纯艺术派关于文学功能问题的众多论述中比较完整的一种表述。所谓"纯",也就是在任何情况下,都要保持自身的纯洁,即使出入于功利性活动也不受其影响。

纯艺术派都认为艺术(包括文学)的本质是超功利、非实用的,但是对于艺术家、文学家本身是否能够或应该超功利、非实用,主张并不一样。很多人在主张文学超功利的同时,又认为文学家作为一个现实的人,一个社会中的人,并不能完全超功利。青年闻一多曾经表示:"我要替人们 consciously(引者按:自觉地)尽点力。我的诗若能有所补益于人类,那是我的无心的动作(因为我主张的是纯艺术

---

① 梁实秋:《现代文学论》,《梁实秋文集》第 1 卷,鹭江出版社 2002 年版,第 400 页。

② 袁可嘉:《"人的文学"与"人民的文学"——从分析比较寻修正,求和谐》,袁可嘉:《论新诗现代化》,第 115 页。

的艺术），但是相信了纯艺术主义不是叫我们作个 egoist（引者按：利己主义者）（这是纯艺术主义引人误会而生厌避之根由）"。① 许多持纯艺术立场的作家，尽管阶级出身和政治态度有所不同，但都和闻一多一样，对国家、民族、社会怀有强烈的使命感、责任感，也几乎从来没有真正脱离过对社会政治的关注。朱光潜曾经列举雪莱、席勒、雨果、华兹华斯、托尔斯泰、易卜生等西方作家，指出这些"十九世纪比较伟大的作者没有一个甘心坐在象牙之塔里面，而不睁着一双哀怜的眼睛看着十字街头的"②，这也正是他们自己的写照。但是，应该指出的是，纯艺术派对文学活动中政治、道德等因素的排斥，不可避免地带有引导人们逃避现实的倾向，而且有些纯艺术论者的观点就是直接主张人们走上逃避现实的道路的。例如，林语堂鼓吹"性灵"时，批评"必关心世道，讽刺时事"，然后可成为文章的传统观念，主张做现实社会的"冷静超远的旁观者"③，提倡"在东西文化接触，中国思想巨变之时，对于种种人生心灵上问题，加以研究，即是牛毛细一样题目，亦必穷其究竟，不使放过"，认为"须知牛毛细问题辨得清，则方寸灵明未乱，国家大事亦容易辨得是非来。读书养性，正在此等工夫"④。如果从"读书养性"本身来说，这种看法似乎并无不妥，但是在当时具体的社会环境下，如果人们都像林语堂所说的那样，脱离"国家大事"尽是对"牛毛细一样题目""穷其究竟"，应该说，无论是对社会或是对文学自身的发展都肯定是有着消极作用的。

三 健全人性——纯艺术的文学性质论

纯艺术派对文学地位和功能的认识，包含了对文学的审美性和超功利性这两种基本性质的认识。他们以保持文学超功利的审美性为基本点，完全排除或有限

---

① 闻一多：《致梁实秋》（1923 年 3 月 22 日），《闻一多全集》第 12 卷，第 159－160 页。
② 朱光潜：《文艺心理学》，《朱光潜全集》第 1 卷，第 304 页。
③ 林语堂：《论幽默》（上、中篇），《论语》第 33 期，1934 年 1 月。
④ 林语堂：《论小品文笔调》，《人间世》第 6 期，1934 年 6 月。

地承认文学的功利性。除此以外,纯艺术派突出地从人性论的基点出发强调文学的个性因素,否定文学的阶级性等社会性质;反对因表现群体意识而取消作家的独立思考,抹杀艺术个性。

美国学者费正清等认为:"对于许多五四时代的作家,生活就是艺术,艺术就是生活。将作家的个性和生活经历提到这样的高度——对自我如此过分关注——对五四时期文学创作的性质和质量具有关键性的影响。"[1]五四新文学运动高潮中,对个性的张扬呈一种普遍的态势,其中尤以创造社冲决罗网的情感宣泄最为激烈。正如他们自己所说的那样,青年人的热烈的情绪在这黑漆漆的混沌中感受着莫大的苦闷,情火浇不息,懊恼排不开,羞辱忍不住,愤恨扫不去,便借助文学来宣泄,"本着我们内心的要求,从事于文艺的活动"。[2] 郭沫若后来回顾这段历史时说:"他们主张个性,要有内在的要求,他们蔑视传统,要有自由的组织。这内在的要求,自由的组织无形之间便是他们的两个标语。这用一句话归总,便是极端的个人主义的表现。"[3]如果说,在五四高潮时期,这种"极端的个人主义",这种强烈的"对自我的关注",包括由此而引起的对表现自我或满足自我的纯艺术世界的关注,构成对现实社会秩序的冲击的话;那么,到了二十年代中期以后,当社会和文学所关注的中心都集中到轰轰烈烈的群体的革命浪潮上去的时候,当民族存亡的现实抉择摆在每个中国人面前的时候,个性主义的自我关注便不免显得孤寂和晦暗,周作人虽然自始至终在宣传个性主义,却已明显地从五四时期的"十字街头"退回到"路边的塔"里去了。[4]

林语堂的"性灵"说也是沿着个性主义的思路从纯艺术立场对文学性质的一

---

① [美]费正清编:《剑桥中华民国史(1912—1949 年)》上卷,中国社会科学出版社 1994 年版,第537－538 页。

② 参见《〈洪水〉复活宣言》,《洪水》第 1 卷第 1 期,1925 年 9 月;郭沫若:《编辑余谈》,《创造》第 1 卷第 2 期,1922 年 8 月。

③ 麦克昂(郭沫若):《文学革命之回顾》,《文艺讲座》第 1 册,1930 年 4 月。

④ 周作人:《十字街头的塔》,《雨天的书》,河北教育出版社 2002 年版,第 72 页。

种解释。他提出:"文章者,个人性灵之表现。性灵之为物,惟我知之,生我之父母不知,同床之吾妻亦不知。然文学之生命实寄托于此。"他解释"性灵就是自我"①。他所谓"性灵之表现",也就是要求表现作者个人的"本性"、"灵魂"或"精神"。他对要求文学实现政治的功利目的和效用持强烈的否定态度,他对"幽默"的过分宣扬,对"以自我为中心,以闲适为格调"的小品文的狂热鼓吹,都是由此生发出来的。

梁实秋则以人性论来支撑自己的纯艺术立场。起初他曾以白璧德的人性善恶二元冲突论为武器来批评五四新文学运动,宣扬以理性即理想的人性来制约情感。后来,针对宣传文艺是革命武器和工具的左翼文学,他又强调人性的普遍性和共通性(包括自然人性),否定阶级性。他指出:"伟大的文学乃是基于固定的普遍的人性"②,认为无产阶级革命文学理论的"错误在把阶级的束缚加在文学上面","把文学当作阶级斗争的工具而否认其本身的价值"③。梁实秋强调理性的节制,这和个性的张扬存在矛盾,但他完全抹杀人性的阶级差异,要求表现个体"从人心深处流出来的情思"④,因此又从根本上捍卫了纯艺术论。他反对工具论也正是期望从捍卫人性即艺术的本身目的出发从政治的漩涡中来"拯救"文学。

其他纯艺术派作家对于人性的普遍性与共通性一般都予认同。即使是鼓吹"个性"、"性灵",强调新人文主义与浪漫主义在人性问题上观念差别的林语堂,也承认"人类情感,有所同然,诚于己者,自能引动他人"⑤。沈从文则将自己创作的文学世界比喻为"希腊小庙",而"这神庙供奉的是'人性'";"我要表现的本是一种'人生的形式',一种'优美、健康而又不悖乎人性的人生形式'"⑥。他对人性的重

---

① 林语堂:《论文》(上篇),《论语》第 15 期,1933 年 4 月。
② 梁实秋:《文学与革命》,《梁实秋文集》第 1 卷,第 312 页。
③ 梁实秋:《文学是有阶级性的吗?》,《梁实秋文集》第 1 卷,第 322 页。
④ 梁实秋:《文学与革命》,《梁实秋文集》第 1 卷,第 312 页。
⑤ 林语堂:《论文》(上篇),《论语》第 15 期,1933 年 4 月。
⑥ 沈从文:《习作选集代序》,《沈从文全集》第 9 卷,第 2 页。

视是与创作实践紧密联系在一起的。他说:"我以为一个作品的恰当与否,必需以'人性'作为准则。是用在实践和空间两方面者都'共通处多差别处少'的共通人性作为准则。一个作家能了解它较多,且能好好运用文字来表现它,便可望得到成功,一个作家对于这一点缺少理解,文字又平常而少生命,必然失败。"①比起他的言论来,沈从文小说创作中对湘西农村纯朴人性的描绘在当时更有力地扩大了这种人性论的影响。

反对阶级性是纯艺术派由抽象人性论出发的普遍认识,周作人就明确指出:"文学里不会有什么阶级"②。但也有人如苏汶,并不一般地反对阶级性,而是认为阶级性只是作家"有意无意地露出了某一阶级的意识形态",反对将其归之为"有目的意识的斗争作用"。他强调:"假定说,阶级性必然是那种有目的意识的斗争作用,那我便敢大胆地说,不是一切文学都是有阶级性的。"③这种看法当然也为当时不少在阶级论问题上持比较极端态度的左翼作家所不能接受,因为他们正是从"有目的意识"的意义上来强调阶级性的,二者认识上的这种差异和文学与宣传的关系问题联系在一起,成为当时论争的一个焦点。

四 醇正美文——纯艺术的文学文体论

"只要社会转动起来,艺术自然也会跟着社会转动的。反转来说:无论它轮盘怎样的转动,然而辐依旧是个辐自身,辐自身的成立不会因为社会的转动而变异了它的本质的。"④早期创造社成员的这一段话颇能说明纯艺术派作家对艺术与社会生活关系的认识。他们强调文学应该保持自己文体上的独特性,重视从文体特征上将文学与政论、学术著作等相区别,并对不同文学样式(特别是诗歌、散

---

① 沈从文:《小说作者和读者》,《沈从文全集》第 12 卷,第 68 页。

② 周作人:《文学谈》,《谈龙集》,河北教育出版社 2002 年版,第 95 页;参见本书第 121 页。

③ 苏汶:《"第三种人"的出路》,《现代》第 1 卷第 6 期,1932 年 10 月。

④ 许幸之:《艺术家与农民革命》,《新消息》周刊第 2 号,1927 年 3 月。

文）、不同艺术风格（如幽默、冲淡、静穆）的性质和特征进行了理论探索和创作实验。

新文学运动初期重视白话与文言的区分这一文学的形式问题和民主科学与封建专制的对立这一文学的内容问题，对于文学与其他文体的区分则未予足够的重视。创造社的崛起就和对这种状况的不满有关。成仿吾在《诗之防御战》中对五四初期的诗歌创作进行激烈的批评，指责胡适"做诗原来是想写道理"，康白情的《草儿》"实是一篇演说词"，俞平伯、周作人等人的一些作品"不成其为诗"。他的批评从自己对诗的本质和特征出发，强调情感和想象的作用，表示"我们要起而守护诗的王宫，我愿与我们的青年诗人共起而为这诗之防御战"①。显然，这包含有在诗与非诗、文学与非文学之间寻求区别的意味。不过，这时成仿吾等创造社作家的作品和理论主张较多局限于对情感宣泄和想象四溢的追求，尽管他们承认"美的追求是艺术的核心"②，但实际上在理论上与实践上对文学自身以审美为核心的文体特点并没有进行深入的探索。

革命文学兴起以后，对文艺的功利性要求更加直接和迫切，因此左翼作家更多注意作品的思想内容，在艺术形式问题上则主要强调对于一般劳动群众来说如何通俗易懂喜闻乐见。如果说左联时期对于这个问题还时有争论的话，那么到了抗战时期，这就成为更多人普遍的认识和共同的趋向。纯艺术派的成员个体在这种潮流中尽管有不同的变化，但作为一种延续不断的文学思潮，可以说，始终总有人在坚持文学自身的独立文体要求。

二十年代闻一多对新诗格律的提倡和实验在这方面具有典型的意义。他认为如果将写诗等同于说话，那就是"诗的自杀"。他把写诗讲求格律比作戴着脚镣跳舞。"只有不会跳舞的才怪脚镣碍事，只有不会做诗的才感觉得格律的缚

---

① 成仿吾：《诗之防御战》，《创造周报》第 1 号，1923 年 5 月。
② 郁达夫：《艺术与国家》，《创造周报》第 7 号，1923 年 6 月。

束。"①到了三十年代，梁宗岱等京派评论家在批评当时诗坛"充塞着浅薄的内容配上紊乱的形体（或者简直无形体）的自由诗"时，也有类似而且更深入的论述。梁宗岱对作品内容与形式、作家与形式要求的关系作了形象的说明："这种种形式底原素，这些束缚心灵的镣铐，这些限制思想的桎梏，真正的艺术家在它们里面只看见一个增加那松散的文字底坚固和弹力的方法，一个磨炼自己的好身手的机会，一个激发我们最内在的精力和最高贵的权能，强逼我们去出奇制胜的对象。正如无声的呼息必定要流过狭隘的箫管才能够奏出和谐的音乐，空灵的诗思亦只有凭附在最完美最坚固的形体才能达到最大的丰满和最高的强烈。"因此，"形式是一切文艺品永生的原理，只有形式能够保存精神底经营，因为只有形式能够抵抗时间底侵蚀"。他将新诗的出路归于"发现新音节和创造新格律"，也正是仅仅从艺术形式上着眼和入手的。②

此外，余上沅等人倡导"国剧运动"，批评五四时期风行的"问题剧""不成其为艺术（本来它就不是艺术）"③。梁实秋标榜"文学的纪律"即理性的"内在的节制"④，要求以理性"驾驭情感"，"节制想象"。沈从文强调自己的创作是一种"情绪的体操"，"一种使情感'凝聚成为渊潭，平铺成为湖泊'的体操。一种'扭曲文字试验它的韧性，重捶文字试验它的硬性'的体操"⑤。这些意见的共通点就在于追求在外部世界的动荡中，保持文学的超远宁静的古典格调和纯粹独立的品格。

对于现实文学发展中功利主义倾向的畸形膨胀，纯艺术派的忧虑和愤懑与日俱增，他们担心的是过分追求文艺的社会功能将导致文学自身性质和特点的变异。苏汶认为文学如果具有某种政治目的，就会产生"干涉主义"，就会抹杀文学

① 闻一多：《诗的格律》，《闻一多文集》第2卷，第139页。
② 梁宗岱：《新诗底十字路口》，收入《诗与真二集》时改为《新诗底纷岐路口》，《梁宗岱文集》II，中央编译出版社2003年版，第158—160页。
③ 余上沅：《〈国剧运动〉序》，《国剧运动》，新月书店1927年版，第4页。
④ 梁实秋：《文学的纪律》，《梁实秋文集》第1卷，第147、139页。
⑤ 沈从文：《情绪的体操》，《沈从文全集》第17卷，第216页。

的真实性，取消文学的自身价值，他批评左翼文坛"除了武器文学之外，其他的文学便什么都不要"①。这种意见虽然不够全面，但是却很尖锐。苏汶和左翼作家关于连环图画和唱本的争论反映出各自考虑问题的出发点和着眼点的差异，左翼作家考虑的是现实的斗争需要，是"为现在而写"，认为"于现在有意义，才于将来会有意义"②。而苏汶等则坚持文学的品味和艺术特质，坚持"死抱住文学不肯放手"③。在当时的具体历史条件下，这后一种声音自然是很容易被淹没的，但其在当时的代表性和在文学发展史上的意义又都是难以抹杀的。

至于纯艺术派对具体文体问题的探讨的命运，当然也与此相联系。

一种是因政治倾向被否定而忽略了其学理上的价值。例如林语堂在三十年代大力提倡"幽默"，其中确实有在黑暗现实下无可奈何寻求发泄的因素，而且还隐含着对鲁迅为首的左翼作家"为现在而抗争"立场态度的否定，结果也不免带有"为笑笑而笑笑"的表现，因而人们长期对其持否定态度。其实，林语堂的主张从纵的方面扩大了"幽默"的渊源，从横的方面扩大"幽默"的范围，把"幽默"提高到是"一种人生观，一种对人生的批评"的高度；他还通过与机警、讥讽、揶揄等的比较，对幽默的性质和特点加以进一步的说明。他的意见自有其学理的价值。他强调站在冷静超远的旁观者的立场，带着悲天悯人的思想情绪，用庄谐并出、清淡自然的笔调，谈论人生和社会。④ 这些意见虽然有其偏颇，但从美学范畴或文体形态研究的角度来说，是有明显的开拓性贡献的。同样，他对小品文的提倡，虽然有其理论上的局限性和消极的社会影响，但对新文学散文文体的发展仍有其价值，不能一笔抹杀。

另一种就是由于所论内容不在文学运动视野的中心而根本没有引起必要的

---

① 苏汶：《"第三种人"的出路》，《现代》第 1 卷第 6 号，1932 年 10 月。

② 鲁迅：《论"第三种人"》，《鲁迅全集》第 4 卷，第 441 页。

③ 苏汶：《关于〈文新〉与胡秋原的文艺论辩》，《现代》第 1 卷第 3 号，1932 年 7 月。

④ 林语堂：《论幽默》，《论语》第 33 期，1934 年 1 月。

注意。这里值得一提的就是四十年代后期袁可嘉在"人的文学"的总体认识背景下对新诗现代化问题的理论研究。他借鉴西方现代诗的经验,并结合中国新诗创作的经验教训,对新诗现代化的背景、指向、原则和手法等问题作了多方面的阐说。他强调"现代诗歌是现实、象征、玄学的新的综合传统",并以心理学、美学和文字学等方面的科学理论为基础,进一步提出了新诗戏剧化的命题作为新诗现代化的方向。他认为诗歌的意义与作用就在于它对人生经验的推广加深,以及最大可能量意识活动的获致,指出对于诗来说最重要的是把意志或情感转化为诗的经验的过程,也就是设法使意志与情感都得到戏剧的表现,而避免说教或感伤的倾向。① 他的这些论述,与九叶派的诗歌创作实践相呼应,致力于中国新诗与世界诗潮的同步演变和发展,系统而有见地,在新诗理论建设方面无疑是重要的开拓和深化。但是,伴随着一个政治和文艺新时代的来临,这些意见连同整个纯艺术理论思潮都被功利化、政治化的洪流所淹没,直到世纪末才引起人们的注意和重视,对于中国新文学特别是新诗的发展来讲,这不能不说是一种损失。

综上所述,二十世纪前期的中国文学理论发展中确实存在着一种纯艺术思潮。这种思潮要求文学在其地位、功能、性质和文体等多方面,都同政治、经济、道德教化等功利性活动严格区别开来,以保持自身的"纯"。上面所列举的这些文学主张,发自不同时期、不同派别、不同作家。就个别意见而言,往往可能显得零碎,但就这些意见汇成的整体而言,又确实构成了一种相对独立自足的理论体系。这种思潮同西方以主张"为艺术而艺术"的唯美主义等派别——它们也常常被称作纯艺术派——的主张既有相似之处,又有明显差别,反映出中国文化传统和社会现实的影响,具有自己的特点。

---

① 参见《论新诗现代化》等文,袁可嘉:《论新诗现代化》,三联书店 1988 年版。

第二章
纯艺术：中西文化冲撞的必然产物

周作人曾经说过："中国新文学不能孤立的生长，这里必要思想的分子，有自己的特性而又与世界相流通"；"将来新文学之伟大发展，其根基于中国固有的健全的思想者半，其有待于世界的新兴学问之培养者亦半"[1]。他清醒地认识到，"中国固有的健全思想"与"世界的新兴学问"对于中国新文学的发展来说，都是重要的动力与助力，而且作用各"半"，不分伯仲。至于何为"健全思想"，何为"新兴学问"，以及二者的作用高下优劣，新文学史上当然存在过众多分歧与争论，但无论如何，传统文化与西方思想始终是推动新文学各种思想、派别发育成长的思想源流，纯艺术思潮也正是在这两股源流的交相作用下逐步形成与发展的。

---

① 周作人：《汉文学的前途》，《药堂杂文》，河北教育出版社 2002 年版，第 30 页。

第一节　纯艺术思潮与西方文学思想

一　艺术论学科框架规范下的杂取众合

中国现代文学纯艺术思潮是中国现代社会变革和文学现代化进程的必然产物,是历史悠久的中华文化传统与西方现代文明猛烈冲撞的必然产物。中国现代文学纯艺术思潮的发展是不断学习借鉴运用西方思想的过程。人们从零散接触到系统研究,从自发介绍到自觉汲取,从个体学习到群体探求,走过了艰辛的开拓之路。可以说,到了二十世纪三十年代,以朱光潜的论著为标志,中国文学界对西方美学文艺学思想的了解与介绍达到了比较全面的水平,纯艺术思潮在理论上的发展也才显得较为系统和自觉。

中国现代文学纯艺术思潮所受到西方思想的影响是多方面的。

首先,中国文学界在对西方思想的学习借鉴中,逐步确立了文学作为艺术的一个门类而与一般学术、论说、应用文字等相区别的现代文学观念。这为纯艺术思潮的发展提供了总体规范和基本思路,也为其建立一种与政治保持距离以至保持独立的文学世界,并进而探求自身的性质和规律提供了基础和前提。

有的西方学者指出:"中国人关于现代性的概念表现出一些很突出的不同之处。""在中国,'现代性'不但表示对当前的关注,同时也表示向未来的'新'事物和西方的'新奇'事物的追求。"①"艺术"(当时一般称为"美术")的观念也正是中国作家眼中重要的一种"西方的'新奇'事物"。一经接受这一"新奇"观念,中国作家的视野和观念就发生了巨大的变化。在我国的传统中,文学是杂文学的内涵,与戏曲、音乐、绘画等其他艺术形式也并不被视为同类。二十世纪初,章太炎《国故论衡·文学总略》对文学的定义是:"文学者,以有文字箸于竹帛,故谓之文;论其

---

① 　[美]费正清编:《剑桥中华民国史(1912—1949年)》上卷,第561、562页。

法式,谓之文学。凡文理、文字、文辞皆称文;言其采色发扬,谓之彣。以作乐有阕,施之笔札,谓之章。"①可见,这位政治家和朴学大师当时对文学的界定注重的就仍还是其实用意义和技艺性质。梁启超《论小说与群治之关系》等文章对小说的肯定和倡扬,也主要是从其启发民智感奋人心的意义出发的。而王国维、蔡元培等人则接受了西方的观念,将文学作为艺术之一种而与一般学术、论说、应用等文字区分开来,真正接触到文学以及整个艺术的本体意义。

早在世纪初,王国维就认同西方文学理论关于文学是一种艺术的观念,并以此为基点对文学的性质、特点与功用进行了令人耳目一新的分析。他指出:"吾人内界之思想感情,平时不能语诸人或不能以庄语表之者,于文学中以无人与我有一定之关系故,故得倾倒而出之。"真正的大诗人"其势力充实,不可以已,遂不以发表自己之感情为满足,更进而欲发表人类全体之感情";"而读者于此得闻其悲欢啼笑之声,遂觉自己之势力亦为之发扬而不能自已"。所以,文学创作与赏鉴都是为了人的"势力之欲"亦即今天所说的人的主体性得到实现。与人类的其他"嗜好"相比,文学艺术"以人类之感情为其一己之感情",是"最高尚之嗜好"②。王国维认为,人们"感情上之疾病"如苦闷、空虚等,"非干燥的科学与严肃的道德之所能疗",而雕刻、绘画、音乐、文学等艺术活动可以使人"闲暇之时心有所寄,而后能得以自遣",从而得到精神的慰藉,具有特殊的作用,并指出由于传播的"普遍便利",在诸种"美术之慰藉中,尤以文学为尤大"③。

当时在日本留学的周氏兄弟接受了西方文学思想的影响,相继发表文章论及文学的特点与功用。先是鲁迅在《摩罗诗力说》中指出:"由纯文学上言之,则以一切美术之本质,皆在使观听之人,为之兴感怡悦。文章为美术之一,质当亦然,与

---

① 郭绍虞主编:《中国历代文论选》一卷本,上海古籍出版社 1979 年版,第 418 页。
② 王国维:《人间嗜好之研究》,《王国维集》第 2 册,中国社会科学出版社 2008 年版,第 319 页。
③ 王国维:《去毒篇》,《王国维集》第 2 册,第 323 页。

个人暨邦国之存,无所系属,实利离尽,究理弗存。"①接着周作人发表《论文章之意义暨其使命因及中国近时论文之失》,他在比较了西方学者关于文学的不同定义以后强调"文章(引者按:即文学)者,必非学术者也","其所言在表扬真美,以普及凡众之心,而非仅为一方说法"。他指出"意象、感情及风味(引者按:即趣味)"三者是"文章"表现思想的"中尘"即中介,"文章之文否亦即以是之存否为衡"。他的论述触及文学的审美特质,揭示了其与学术性作品的根本区别。他不但明确地将历史、科学等排除在"文章"之外,还对"纯文章"与"杂文章"即纯文学与杂文学进行分别,指出"纯文章"即广义的诗,包括了诗赋、词曲、传奇、韵文、散文等,而"其他书记论状诸属,自为一别,皆杂文章耳"②。到了民国初期,鲁迅在《儗播布美术意见书》中一开始就提出"何为美术"的问题,谈到"美术为词,中国古所不道,此之所用,译自英之爱忒(art or fine art)"。他在文中指出:"美术云者,即用思理以美化天物之谓。苟合于此,则无间外状若何,咸得谓之美术;如雕塑,绘画,文章,建筑,音乐皆是也。"③他们的这些观点,明显表现出对传统文学观念的调整与超越。

在新文化运动兴起前后,不少人都接触到这个话题,把文学的性质地位作为新文学发展的基础问题进行讨论。例如,陈独秀就反对"以文学为手段为器械"以致"必附他物之生存",强调"文学之作品与应用文字作用不同",认为不应"轻轻抹杀""文学美术(引者按:即艺术)自身独立存在之价值"④。刘半农则在承认"文学为美术之一,固已为世界文人所公认"的前提下,进一步提出要区分文字与文学的不同内涵与范围,"凡科学上应用之文字,无论其为实质与否,皆当归入文字范

---

① 鲁迅这篇文章以笔名"令飞"发表于《河南》月刊第 2、3 期,1908 年 2、3 月。参见《鲁迅全集》第 1 卷,人民文学出版社 1981 年版,第 71 页。

② 周作人这篇文章以笔名"独应"发表于《河南》月刊第 4、5 期,1908 年 5、6 月。参见《周作人散文全集》第 1 卷,广西师范大学出版社 2009 年版,第 97 - 98、111 页。着重号为原文所有。

③ 鲁迅:《儗播布美术意见书》,《鲁迅全集》第 8 卷,第 45 - 46 页。

④ 陈独秀:《通信》,《新青年》第 2 卷第 2 号,1916 年 10 月。

围"，而"可视为文学上有永久存在之资格与价值者，只诗歌戏曲、小说杂文二种也"。他在谈到与韵文相对的散文概念时，强调"此后专论文学，不论文字。所谓散文，亦文学的散文，而非文字的散文。"①蔡元培在五四时期的一些讲演、论文中也反复强调文学作为一种美术即艺术的地位。② 到了二十年代以后，文学与艺术的这种关系逐渐成为人们较为普遍的认识。当时出版的一些文学概论类的书籍，一般都将文学在艺术中的地位作为常识加以明确的说明。例如，方光焘、章克标的《文学入门》中说："文艺的范围非常之广，在文学之外，还包有绘画，雕刻，音乐，建筑，演剧，舞蹈等许多的部门，新近还可以加进电影去"。③ 陈北鸥的《新文学概论》中说："艺术包括舞蹈，音乐，建筑，绘画，雕刻，文学等；那是没有问题的"。④

老舍在三十年代初曾经指出：西方学者的艺术论使得"他们对文学的生长与功能全得到一个更高大更深远的来源与根据"，能够将它看作"独立的一种艺术"。而"中国没有艺术论，所以文学始终没找着个老家，也没有一些兄弟姐妹来陪伴着。'文以载道'是否合理？ 没有人能作有根据的驳辩，因为没有艺术论作后盾。文学这样的失去根据地，自然便容易被拉去作哲学或伦理的奴仆。"⑤这种分析是很有见地的。中国传统的非功利倾向是从人与现实的关系出发，即处理入世和出世的关系问题，所谓"穷则独善其身，达则兼济天下"。白居易说自己"志在兼济，行在独善，奉而始终之则为道，言而发明之则为诗"。他写讽喻诗，抒发的是"兼济之志"；写闲适诗，表达的是"独善之义"⑥。在白居易等中国古代文人那里，入世

---

① 刘半农：《我之文学改良观》，《新青年》第 3 卷第 3 号，1917 年 5 月。

② 参见《在中国第一国立美术学校开学式之演说》（原载 1918 年 4 月 18 日《北京大学日刊》）、《美术的起原》（原载《新潮》第 2 卷第 4 期，1920 年 5 月），收入《蔡元培美学文选》，北京大学出版社1983 年版。

③ 方光焘、章克标：《文学入门》，上海开明书店 1930 年版，第 1 页。

④ 陈北鸥：《新文学概论》，北平立达书局 1932 年版，第 7 页。

⑤ 舒舍予（老舍）：《文学概论讲义》，北京出版社 1984 年版，第 42 - 43 页。

⑥ 白居易：《与元九书》，《中国历代文论选》一卷本，第 143 页。

以文学作为工具,出世则以文学作为消遣,前者是功利的,后者是非功利的,但其中艺术的独立地位可以说同样都不存在。而在西方近代美学的观念体系中,艺术具有自身的独立意义,作为艺术一支的文学也就随之当然具有自己的独立地位与价值。这一思路在给现代中国文学的纯艺术思潮提供了新的理论支持的同时,无疑也给它打上了和传统非功利倾向不同的时代烙印。

其次,西方各种美学、文学理论的输入,从不同侧面和层次上对纯艺术思潮的形成产生了具体影响。

西方美学、文学思想本身就有功利和非功利两种基本倾向,其间当然有各种差别。中国纯艺术思潮中,像朱光潜那样系统地研读了西方美学、文学理论的人毕竟是个别的。可以说,直到三十年代朱光潜的《文艺心理学》才比较全面地介绍了西方美学理论,并试图进行综合、提炼,对文学与政治、道德关系等方面的有关理论问题作了探讨。而在此以前,甚至包括在此以后,许多人所接触和接受的西方美学、文学思想往往都是比较零散的。但是他们各自接受的不同西方思想之间还是有着一定的相互联系,总体上说来,这些思想或其中的某些方面与纯艺术思潮的非功利思想之间往往是相通的。而且,当时来中国访问或任教的欧美学者也不在少数,他们常带来西方最新的美学、文学观念,成为中国学界直接了解西方文化动向的窗口。新批评派著名学者瑞恰慈和燕卜荪就曾分别在清华大学、燕京大学和西南联大、北京大学执教,后者时间还颇长,其文学观念对中国同事和学生广有影响。中国的纯艺术论者尽管各自所接触和接受西方思想的渠道与对象有所不同,却共同走向了一个方向,即纯艺术的理论追求。

中国现代纯艺术论者当时所接触和接受的西方美学、文学思想主要包括以下三个方面:

第一,文艺复兴、浪漫主义等思潮所表现的个性解放思想为纯艺术思潮提供了文学独立自由的思想依据。

这是纯艺术思潮产生与发展的大潮流、大背景。个性解放是文艺复兴的时代精神,并伴随着浪漫主义的发展而扩大影响,成为浪漫主义与古典主义以及后来的现实主义相区别的重要标志。五四时期浪漫主义在文坛风行一时，个性解放成为最盛行的口号之一。五四时期的许多作家从尼采、拜伦、雪莱、惠特曼、波德莱尔、施蒂纳等人身上所吸收的多种思想养料中，个性主义思想无疑是最重要的一种。如果说以文学研究会为代表的一部分人注意的是人道主义精神中平等博爱、互助共济的一面的话，那么以创造社为代表的另一部分人注意的却是人道主义精神中重视个人地位与价值的一面。而在文学艺术活动中，个性的张扬显然较之现实世界更为自由。个性主义很自然地成为纯艺术思潮的思想基础之一。正因为如此，早期的郭沫若和后来的林语堂、朱光潜等人都从"个性自然不可抑制的表现"的意义上肯定了克罗齐的表现主义理论。例如，林语堂就肯定这一派"认任何作品，为单独的艺术的创造动作"，"与道德功用无关"；"除表现本性之成功，无所谓美，除表现之失败，无所谓恶"①。如果说，在五四高潮中，创造社的"为艺术而艺术"中所包含的个性主义主要成为一种对封建文化传统的冲击力的话；那么，在五四退潮以后，这种思想就日益同强调集体、阶级的左翼文化思想主潮相冲突而显出它的局限性。在这一点上，周作人思想的变化是一个突出的例子。

第二，以康德为代表的超功利思想从美学理论上支撑了纯艺术思潮同功利主义思潮的对立。

康德从他的哲学体系出发，把审美判断力作为从纯粹理性过渡到实践理性，从现象界过渡到物自体的中间环节，认为美是排除了一切概念、利害关系和目的作用的纯粹对象，主张审美的标准应不受道德、功利和快乐观念的影响。他的这种超功利超现实的美学思想，影响了包括叔本华、尼采、克罗齐等人在内的许多西方美学家，也为十九世纪的唯美主义思潮奠定了哲学基础。康德的美学思想强烈地震撼和影响了中国现代美学和文学理论建设的先驱们，对纯艺术文学思潮的形成具有直接的理论启发和指导作用。早期的王国维、蔡元培接受了康德很深的影响。王国维系统地研究了康德的哲学、美学思想，他的美学、文学思想多方面吸收

---

① 　林语堂：《序言》，《新的文评》，北新书局1929年版，第8页。

了康德的思想并有所发展。而蔡元培对美的普遍性与超脱性的强调,正直接来源于康德。五四时期的郭沫若、闻一多、宗白华、朱光潜等人都受到康德思想的影响,从而增强了自己纯艺术追求的理论色彩。对于与康德有较多相通之处的叔本华、尼采、克罗齐等人的思想,许多论者也从摆脱现实羁缚、求取精神超脱的角度有多方面的介绍和借鉴。朱光潜到了写作《文艺心理学》时,注意到康德到克罗齐一派美学的缺陷,又吸收了布洛的"审美心理距离"说来加以修正,"补苴罅漏",但对于康德美学来说,也并没有根本的对立和超越。

第三,"为艺术而艺术"的唯美主义直接影响了相当一部分作家的思想,为纯艺术思潮的发展提供了直接的思想武器和标本。

对于唯美主义以及它所标榜的"为艺术而艺术",五四时期在《新青年》、《小说月报》等刊物上就有所介绍。唯美主义理论上的代表人物戈蒂耶、佩特和王尔德等人的观点也都有人宣传,有人响应,还出现了滕固的《唯美派的文学》①这样的专题性论著,推崇唯美主义是浪漫主义"惊异之再生"。公开运用唯美主义的理论口号进行呐喊的是创造社,他们侧重吸收的是唯美主义反社会反传统的精神因素。受唯美主义影响更直接的则是新月派。早期闻一多的"纯形"理论等观点就和王尔德有着密切的联系,徐志摩的一些理论性文字中也表露出比较明显的唯美主义思想。甚至连《新月》杂志的版型,都是模仿英国唯美派的著名文艺刊物《黄皮杂志》的,这也从侧面透露了徐志摩等人的趣味倾向。王尔德以及法国印象主义作家法朗士的批评观念对周作人和李健吾等京派批评家都有重要的影响,李健吾根据王尔德"批评本身是一种艺术"的观点强调文学批评的独立性,法朗士的名言"心灵在杰作里面的探险"则被他和朱光潜等人作为阐释文学批评活动性质和

---

① 上海光华书局 1927 年版。

原则的重要依据。①

　　在西方，法国作家戈蒂耶最早提出了艺术至上的思想，强调："我们相信艺术的独立自主。艺术对于我们不是一种工具，它自身就是一种鹄的。在我们看，一个艺术家如果关心到美以外的事，就失其为艺术家了。"②他明确指出，他的理论指向当时的两种文学批评家，一种是认为文学应当有补于世道人心的带有保守色彩的正统批评家，另一种是受空想社会主义影响认为文学应当对社会有用的功利主义批评家。西方唯美主义形成时所面对的两种理论倾向，中国现代纯艺术思潮颇为相似地也都遇到了：一是"文以载道"的文学传统，二是以左翼文学思想为代表的强调文学应对现实政治直接有用的功利主义倾向。从这种处境来分析，就不难理解中国的纯艺术派对西方唯美主义的情有独钟了。

　　欧洲从文艺复兴到二十世纪数百年间出现的各种文学思潮，在短短的二三十年里，在中国几乎都得到介绍，并轮番上演了一通。而中国现代纯艺术思潮在其延续发展过程中也多少有点类似地反映了西方文学思潮的演变轨迹。有的西方学者指出："至于要追溯（为艺术而艺术）这一思潮的历史渊源，毋庸置疑，它是浪漫主义运动的继续。""这一思潮的许多成员都坚持这样一种浪漫主义的观点：美正面临着一个与之势不两立的敌对世界。他们是些幻想破灭的浪漫主义者。"③如果说，中国现代纯艺术思潮早期更多带有浪漫主义的色彩的话；那么到了后来，也就越来越多地表现出"幻想破灭"的特点。由此出发，对于"幻想破灭的浪漫主义"的唯美主义当然也就容易接受了。

　　不过，中国的社会环境和文化传统毕竟都不同于西方，西方学者所关注的是

---

①　朱光潜《谈美》第六章的标题即为《"灵魂在杰作中的冒险"——考证、批评与欣赏》，参见《朱光潜全集》第 2 卷，安徽教育出版社 1987 年版，第 36 页。李健吾在《自我和风格》中将法朗士的说法译作"叙述他的灵魂在杰作之间的奇遇"，并且认为将 aventures 译为"'奇遇'胜于'探险'"，《咀华与杂忆》，中央编译出版社 2005 年版，第 111 页。

②　[法]戈蒂耶：《艺术家》，转引自朱光潜：《文艺心理学》，《朱光潜全集》第 1 卷，第 301 页。

③　[美]吉尔伯特、[德]库恩：《美学史》，上海译文出版社 1989 年版，第 638 页。

如何保持艺术的独立地位,而中国的纯艺术论者首先要解决的是为本没有独立地位的艺术争取独立地位。中国现代作家并不是全盘接受王尔德等人的观点,中国现代文学纯艺术思潮的发展也并不完全同于西方的唯美主义,这一点留待后面再来分析。

除了这三种主要的思想影响以外,各个作家所接触和接受的不同西方思想,往往也对他们产生和坚持纯艺术的倾向具有一定的具体影响。例如梁实秋师承白璧德接受新人文主义的影响,就属于这种情况。梁氏在五四时期是清华大学文学社的成员,推崇唯美主义,对王尔德的作品"至为爱好","以为他在任何方面都是了不起的人物",他留学哈佛时选修白璧德的课程便把《王尔德及其唯美主义》作为课程论文的选题,以至受到白璧德的质疑,论文完成后,白璧德还嘱咐他"不可误入王尔德那种好新立异骇世震俗的歧途"。梁实秋后来回忆说,通过这门课程的学习,白璧德"在我的思想上发生了很大的影响"①,"使我从青春的浪漫转到严肃的古典"②。面对着自己眼中的世风日下文坛混乱,梁实秋将新人文主义与儒家思想传统结合起来,试图以"理性"的"文学的纪律"来规范建设纯粹宁静完善和谐的文学艺术世界。而到了四十年代,袁可嘉面对着他所见到的诗的"政治感伤性"泛滥的现实,就侧重吸收了西方现代主义诗论特别是艾略特、瑞恰慈和燕卜荪等人理论的营养,提出"新诗戏剧化"等主张,企图建设和维护独立自足的"人的文学"的阵地,以与带有强烈功利主义色彩的"人民的文学"相区别。这种由于各人特定经历、修养和际遇而接受的某种思想,因其中的某些因素和纯艺术的理想相通或相合而加强纯艺术倾向的情况,在现代文学的发展中还出现过许多。

由于文学观念上的差异,纯艺术派作家在对待某些具体的西方美学、文学思想的态度上常常是有分歧甚至对立的,例如周作人和李健吾等京派作家对主张批

---

① 梁实秋:《关于白璧德先生及其思想》,《梁实秋文集》第1卷,鹭江出版社2002年版,第547-548、546页。

② 梁实秋:《岂有文章惊海内——答丘彦明女士问》,《梁实秋文集》第5卷,第528页。

评无标准的印象主义大加推崇，而梁实秋就对印象主义批评持反对态度；梁实秋认为文学中美并不重要，美学的原理不能应用到文学上，就遭到朱光潜、李长之等京派作家的强烈批判，而同属新月派的新秀陈梦家也对文学的美大加强调；梁实秋推崇白璧德的新人文主义，强调"文学的纪律"，而提倡表现主义的林语堂则批评说："纪律主义，就是反对自我主义，两者冰炭不相容"，生动地体现了他自己所说的"文学解放论者，必与文章纪律论者冲突"①。不过，这些都并不妨碍他们从各自不同的角度坚持与功利主义文艺倾向对立的共同的纯艺术基本立场和观念。

二十世纪外来思想影响的复杂性，决定了我国新文学团体和作家美学观、文学观的复杂性。因此，可以说，中国的作家和理论家是在文学是艺术这一总体观念之下，以杂取而众合，吸收西方美学、文艺学各种相关派别的思想，从而形成中国的纯艺术思潮。

二　文化传统与社会现实制约下的联通变异

在中国现代文学史上，"艺术至上"、"为艺术而艺术"和"唯美主义"历来是一种严重的罪名。这一方面是由于受苏联文学思想的影响，形成了一种思维定式，认为这些都是资产阶级没落颓废的思想；另一方面也和中国的文学传统有关。在多数现代中国作家看来，文学总是应该担负有崇高社会使命的事业。五四时期，沈雁冰等人就曾经将"游戏态度"与"文以载道"一起作为"中国旧有的"两种文学观念进行批判。他们认为"把文学当做游戏"的名士态度，是我国文人的通病。这样创作出来的作品"没有什么意义"，而这种文人在社会上也"实在是废物，是寄生虫"。沈雁冰将现代受西方影响"崇拜无用的美"的"唯美派"视为这种名士的同

---

① 林语堂：《论文》（上篇），《论语》第 15 期，1933 年 4 月。

类,认为他们"其实已经落了中国古来所谓名士风流的窠臼了"①。鲁迅也曾经谈到自己当时"深恶先前的称小说为'闲书',而且将'为艺术而艺术',看作不过是'消闲'的新式的别号"②。周作人在分析新文学中的"人生艺术派"与"纯艺术派"时指出:"纯艺术派以造成纯粹艺术品为艺术唯一之目的,接近于古文的雕章琢句",可以"造成一部分的修饰的享乐的游戏的文学",认为"我们也只能将他同钟鼎一样珍重收藏,却不能同盘碗一样适用"。③ 他们很容易地就在唯美主义和传统的游戏或消遣之间找到了共同点,这就是"无用"。这反映出当时他们的文学观念中,社会功利性的"用"占有主要的地位,这本身就和纯艺术的追求与认识存在着明显的差距。同时,他们将唯美主义的意义局限于消遣游戏的认识也是不够深入和全面的。由此不难看出当时和以后一个相当长的时期内中国文学界对西方唯美主义比较普遍的认识。

其实,西方的为艺术而艺术、唯美主义并不能一概否定,对其性质、地位和作用应该全面分析。

为艺术而艺术的倾向在浪漫主义文学中就已存在,朱光潜就将其称为"浪漫主义所附带的""信条"④。十九世纪三十年代以后,法国浪漫主义文学逐渐演变为两种不同的倾向。一种是所谓"社会小说"的潮流,另一种则是"为艺术而艺术"的潮流。作为浪漫主义之后的一种重要的文艺思潮,信奉"为艺术而艺术"的唯美主义经历了从三十年代到世纪末的较长的发展过程,本身构成比较复杂。这个运动是因为反对当时功利主义的社会哲学以及工业时代的丑恶和市侩作风而开始的,其"学说是艺术只为本身之美而存在"⑤。面对艺术商品化和极端功利化的严

---

① 沈雁冰(茅盾):《什么是文学——我对于现文坛的感想》,《茅盾全集》第 18 卷,第 382、385 - 386、389 页。

② 鲁迅:《我怎么做起小说来》,《鲁迅全集》第 4 卷,第 512 页。

③ 周作人:《平民的文学》,《艺术与生活》,河北教育出版社 2002 年版,第 4 页。

④ 朱光潜:《文艺心理学》,《朱光潜全集》第 1 卷,第 301 页。

⑤ 《唯美主义运动》,《简明不列颠百科全书》第 8 卷,中国大百科全书出版社 1986 年版,第 189 页。

重局面,这种唯美主义主张坚持艺术的独立性,捍卫其纯洁性,有利于艺术的发展,在当时是有积极意义的,也是对欧洲历史上强调文艺寓道德教训传统的一种有力的冲击;另外,它专注于艺术本身,重视艺术表现范围的扩大和能力的提高,也在一定程度上推动了艺术的发展。正如有的西方学者所指出的:"颓废的、吹毛求疵的唯美主义者们,决不是心血来潮。他们巧妙地把艺术理论变成了各种有过激危险倾向的观点。这些观点正确地反映了近代世界艺术家们的困境,是艺术家们热烈地探求如何摆脱这种困境的结果。""'为艺术而艺术'这个思潮中的大部分成员,都把美奉为神,因此,他们就犯了过分崇拜的罪过。但是,在他们的过分崇拜中也有真正的贡献。"①

　　作为对虚伪现实和庸俗艺术的反拨,唯美主义具有积极的意义。当然,它也有其消极性的一面。首先是完全否定思想性和功利性,既是不科学的,也是不现实的。其次,它所包含的反理性、形式主义、享乐主义等因素,在后期唯美主义以及象征主义中得到了充分发展,成为颓废主义或世纪末思潮的重要思想表现,欧洲的许多资产阶级知识分子以此来表达对资本主义社会不满而又无力反抗所产生的苦闷彷徨情绪,其作用也是比较复杂的。

　　普列汉诺夫在《艺术与社会生活》中曾对"为艺术而艺术"思潮进行过深入分析。他指出:"为艺术而艺术的倾向是在从事艺术的人们与他们周围的社会环境之间存在着无法解决的不协调这样的地方产生并逐渐确立下来的。在这种不协调帮助艺术家超乎他们周围环境的限度内,它就会对艺术创作产生有利的影响。"普列汉诺夫的分析主要是从作家与社会的关系出发的,实际上作家信奉"为艺术而艺术"还有自身的艺术追求的一面,这一点则往往被人们包括普列汉诺夫在内所忽略了。普列汉诺夫指责当时俄国的"为艺术而艺术的理论的拥护者,变成了以某一个阶级剥削另一阶级为基础的社会制度的有意识的保卫者。因此,现在在

---

① 〔美〕吉尔伯特、〔德〕库恩:《美学史》,第 660 页。

我们这里,以'艺术的绝对独立自主'为名,出现了不少具有社会性的反动的谬论"①。中国的左翼文学工作者在对"为艺术而艺术"、唯美主义的评论中,也很自然地往往忽视了它在不同时期的变化,忽视了其中积极面与消极面的区别,而对与之相接近的中国现代文学(包括理论)发展中的纯艺术倾向,也就几乎是必然地采取一概否定的态度。

中国新文学在短短几年以至几十年间,显现了西方上百年以至几百年的思潮演变,其中的损益变异,很难作简单化的解释。中国文人口中的西方口号,往往也不同程度地失去了原汁原味。那种一味把中国现代文学当作西方文学思潮的衍生物,笼统地用西方的种种思潮来对它进行框定的做法,并不利于准确地认识和把握现代中国各种文学思潮以至整个现代文学的特质。以纯艺术思潮而言,它和西方的"为艺术而艺术"、唯美主义思潮是既有联系又有区别的。由于中国和西方具有不同的思想文化传统包括文学传统,由于现代中国与西方受到不同的现实社会环境的制约,中国的纯艺术论者尽管受到西方唯美主义的许多影响,但在多数情况下一般并没有完全肯定西方的唯美主义。

王尔德等西方唯美主义者主张艺术远离生活,超脱人生,认为凡被人生所拘束者,即非完全的艺术,由实感而生的艺术,也不是好艺术。而中国的纯艺术论者几乎都重视文艺与人生的联系,企图以艺术来美化人生,改造人生,他们的艺术世界不是像西方唯美主义所提倡的那样和现实世界完全对立,而是与现实世界或多或少保持着联系。虽有少数人强调或标榜唯美主义,但情况比较复杂。有的人是自我标榜,实际上并非如此,大多数人都并不否定艺术与人生的联系。就以创造社而言,"他们的'为艺术而艺术'的口号和其在欧洲文学中的含义很不同。在欧洲文学中,这个口号是将更深刻的艺术境界的真实与外部生活和现实的市侩主义相对立。可是在成仿吾看来,艺术'美'的作用是'培养'和'净化'生活:'文学是我

---

① [俄]普列汉诺夫:《艺术与社会生活》,《普列汉诺夫美学论文集》II,人民出版社 1982 年版,第 848 - 849、850 页。

们精神生活的食粮。我们能感受到多少生命的快乐，多少生命的颤动啊！'郭沫若则进一步将这种'生命的颤动'变成了对社会不满的叛逆行为"①。同样，周作人、丰子恺等人一方面反对"为人生而艺术"，另一方面又反对"为艺术而艺术"，自称是人生的艺术派，表示"我们要求'艺术的人生'与'人生的艺术'"，就颇能说明这一点。② 而后来的京派朱光潜、沈从文等人也明显是这种"人生的艺术派"。

　　早期中国的纯艺术派主要是批判封建传统对人生和文学的压迫，到了二十年代后期，他们又主要是反对工具论、阶级性，虽然不能说完全没有对"象牙之塔"的追求，但是也有关心现实的一面。即使是新月派，也自称"我们不敢附和唯美与颓废，因为我们不甘愿牺牲人生的阔大，为要雕镂一只金镶玉嵌的酒杯。美我们是尊重而且爱好的，但与其咀嚼罪恶的美艳还不如省念德性的永恒，与其到海陀罗凹腔里去收集珊瑚色的妙乐还不如置身在扰攘的人间倾听人道那幽静的悲凉的清商"③。朱光潜指出："十九世纪后半期文人所提倡的'为文艺而文艺'在理论上更多缺点。喊这个口号的人们不但要把艺术活动和其他活动完全分开，还要把艺术家和社会人生绝缘，独辟一个阶级，自封在象牙之塔里，礼赞他们的唯一尊神——美。"④朱光潜在这里指出了两点：一是艺术和其他活动不可能完全分开，二是艺术活动和人生社会不可能完全分割，这也构成了中国的纯艺术派和西方唯美主义在认识上的两大差别。朱光潜是从人性的完美发展角度提出问题进行分析的，这和普列汉诺夫对"为艺术而艺术"的批评显然有所不同。

　　西方唯美主义强调美而否定善，将道德因素、理性因素置于艺术之外。王尔

---

① ［美］费正清编：《剑桥中华民国史（1912—1949年）》上卷，第531－532页。

② 丰子恺：《艺术与人生》，丰华瞻等编：《丰子恺论艺术》，复旦大学出版社1985年版，第82页。参见周作人：《自己的园地》，《自己的园地》，河北教育出版社2002年版，第6－7页。

③ 《〈新月〉的态度》（徐志摩执笔），《新月》月刊，创刊号，1928年3月。

④ 朱光潜：《文艺心理学》，《朱光潜全集》第1卷，第316页。

德推崇"美的作品仅仅意味着美"的观点。他认为"书无所谓道德的或不道德的"①,"所有的艺术都是不道德的"②。而中国的纯艺术论者很少这样将善以及真和美对立起来孤立地追求美,而通常将善置于相当重要的地位。蔡元培就认为人对真善美的追求"三者之中,以善为主,真与美为辅",批评"美术家的唯美主义派,完全不顾善恶的关系"③。这种从人性的完整结构和完善发展角度出发的认识,在朱光潜那里得到更明确的说明。他指出:"固然可以在整个心理活动中指出'科学的'、'伦理的'、'美感的'种种分别,但是不能把这三种不同的活动分割开来,让每种孤立绝缘。在实际上'美感的人'同时也还是'科学的人'和'伦理的人'。文艺与道德不能无关,因为'美感的人'和'伦理的人'共有一个生命。"他认为在美感经验前、美感经验中和美感经验后三个阶段中,只有中间一个阶段是排除道德因素的介入的。同时,他还肯定了文艺的道德生成功能,认为文艺可以帮助人"伸展同情,扩充想象,增加对于人情物理的深广真确的认识",从而有助于良好道德的形成。"艺术虽是'为我自己',伦理学家却不应轻视它在道德上的价值。人比其他动物高尚,就是在饮食男女之外,还有较高尚的营求,艺术就是其中之一。"④他认为主张"为文艺而文艺"的"这种人和狭隘的清教徒恰走两极端,但是都要摧残一部分人性去发展另一部分人性。这种畸形的性格发展决不能产生真正伟大的艺术"⑤。出于这种认识,中国的纯艺术论者眼中的美一般总与真和善联系在一起的,他们对作家作为现实的人的道德要求也是明确的,只不过将这种要求同对作品的道德教化的功利性要求区别开来,而对后者持否定态度。但是,他们同时又激烈反对文学创作"完全把道德放在一边","甚至拿那淫丑的东西当作美的"。

---

① [英]王尔德:《〈道连·葛雷的画像〉自序》,《唯美主义》,中国人民大学出版社1988年版,第179页。

② [英]王尔德:《作为艺术家的批评家》,《唯美主义》,第169页。

③ 蔡元培:《真善美》,高平叔编:《蔡元培语言及文学论著》,河北人民出版社1985年版,第240页。

④ 朱光潜:《文艺心理学》,《朱光潜全集》第1卷,第315-316、325、324页。

⑤ 朱光潜:《文艺心理学》,《朱光潜全集》第1卷,第316页。

老舍就认为某些有道德的教训的作品如白居易新乐府中的一些作品也不失为很好的艺术作品，关键在于作品本身是否符合艺术的要求。[①] 应该说，这些见解要比西方唯美主义的那些极端化的认识更合理一些。

与此相联系，强调理性也是中国纯艺术派中许多人的共同特点，新月派、京派尤其是这样。沉溺于形式、非理性主义、享乐主义等等，在中国现代文学（包括纯艺术思潮）的发展中始终是局部或枝节的现象。二十年代前期，留学美国的闻一多在标榜自己是"纯艺术主义者"的同时，也曾经表示："如今青年辄多'世纪末'之烦闷，此事之无可如何者也。然而吾弟当知宇宙虽多悲观之事，可乐者仍不少也。此志尚存，将反抗丑恶，一息不懈，亦一乐事也。"[②]如果说，这时他所具有的主要是创造社式的浪漫的进取的话，那么，当他回国加入新月派后更多的则是古典的凝重，这两种倾向都和颓废主义相距甚远，而这两种倾向在属于纯艺术思潮的作家中都是颇有代表性的。

中国的纯艺术论者常常处于功利与非功利的矛盾之中，即使是在理论上也往往并不完全否定文学的社会使命感。他们只是试图严格地将这种与中国的人文传统相联系的社会使命感和直接的政治、道德宣传区分开来。这也是他们和西方唯美主义的另一个主要的区别。

戈蒂耶曾经斩钉截铁地断言："小说和诗歌不可能、永远不可能、绝对不可能有任何实际用途!!"针对要求文学艺术具有实用价值的观念，他尖锐地质疑说："在我们这个世界上和我们的生活中，难道真有什么绝对有用的东西吗？"他首先釜底抽薪地指出："我们来到这人世间并且生活着，其本身并没有多大用处"；接着，他指出，假设人类的存在与世俱来就是有用的，那么，对于维持这种存在来说，真正有用的无非是吃、住等基本条件，"一所房子里最有用的地方就是厕所"，而这

---

① 舒舍予（老舍）：《文学概论讲义》，北京出版社 1984 年版，第 49－50 页。
② 闻一多：《致闻家驷》（1923 年 9 月 24 日），《闻一多全集》第 12 卷，湖北人民出版社 1993 年版，第 188 页。

些条件的一般满足并不困难;相反,"没有什么美的东西在生活中是必不可少的","真正称得上美的东西只是毫无用处的东西"。但是,美又恰恰是人类生活中不可或缺的。"人们可以铲除鲜花,世界并不因此在物质方面会感到痛苦,然而谁又希望世上没有鲜花呢? 我情愿不要土豆而要玫瑰花。我相信世上只有功利主义者才会把花坛上的郁金香全部拔掉而改种大白菜。"戈蒂耶所说的美主要是形式之美和感官愉悦,而他对实用的看法也过于偏激:"一切有用的东西都是丑的,因为它体现了某种需要。"甚至说:"毫无用处的东西才是必需的东西。我对事物和人的喜爱与他们对我有用的程度恰成反比。……为了能看到拉斐尔的原画,或是一位裸体美女,……我会心甘情愿地放弃我作为法国人和公民的权利。"①

戈蒂耶的这种态度当然是中国的绝大多数纯艺术论者所不取的,他们对于自己作为中国人和公民的权利是像命根子一样重视的。鲁迅、闻一多等人早期思想中都存在着超功利思想与功利主义的激烈矛盾。一方面是对文学本质的理性认识,另一方面是对国家对民族的强烈使命感,二者错综复杂地交织在一起。蔡元培始终坚持"美育代宗教"、"美育救国",其目的则是在"救国"。郑伯奇曾经指出创造社的口号与实践中的矛盾:"若说创造社是艺术至上主义者的一群那更显得是不对。""真正的艺术至上主义者是忘却一切时代的社会的关心而笼居在'象牙之塔'里面,从事艺术生活的人们。创造社的作家,谁都没有这样的倾向。""所谓'象牙之塔'一点没有给他们准备着。他们依然是在社会的桎梏之下呻吟着的'时代儿'。"②在五四时期的文学界常见这种情况,作者在同一篇文章里既坚持艺术的社会功用性,又坚持艺术创作中的超功利性。郭沫若的《文艺之社会使命》、成仿吾的《新文学之使命》、闻一多的《文艺与爱国》等文章都存在这种情况。正如有的西方学者所指出的,这时"中国作家们所说的'先锋派'虽也是从艺术方面对传

---

① [法]戈蒂耶:《〈莫班小姐〉序言》,《唯美主义》,第41、43-45页。

② 郑伯奇:《现代导论小说(三)——创造社诸作家》《〈中国新文学大系·小说三集〉导言》),蔡元培等著:《中国新文学大系导论集》,上海良友图书印刷公司1940年版,第154页。

统的一种反叛，却仍然局限于'生活'的范畴：换句话说，他们的愤怒、挫折和对当前现实的厌恶等情绪，使他们采取一种植根于社会—政治关系的反叛立场。创造社的'为艺术而艺术'的口号，既不是追随戈蒂耶的艺术的非功利主义思想，也不是响应象征主义者对超越现实的优越性的论战性主张——更不用提创造一个比当代生活和社会那种浅薄外部世界更'真实'的新的美学世界这一有特点的现代主义者的主张了"①。

新月派的新秀陈梦家曾对诗歌的内容与形式的关系进行过中肯的分析，他从"外在的形式"与"内在的精神"即韵律与诗感两方面论述诗的特质，指出前者是"诗的装饰"，后者则是"诗的灵魂"，"诗的灵魂乃是诗的生命，若然没有它，就如同金身的泥像。所以不朽的诗，不但具有完美的形象，更有其超乎一般的灵魂"。这种"内在的精神""应当较之外形的修饰更其切要"。② 发表这些意见时，陈梦家还是不满二十岁的一名在校大学生，正沉迷于诗美的王国中，极力主张文艺不应含有功利性的目的，但同时又能作出诗的内容比形式更为重要的判断，正反映出文化传统的深刻影响。

当然，那时也确有一部分人存在逃避现实的倾向。林语堂就表示自己办《论语》，办《人间世》，只是为了提倡幽默和小品文笔调而已，"何关救国"，"吾甚愿人人将手头小事办好，少喊救国，学江湖郎中卖文化膏药，国始有救"，③其中对现实特别是抗日救亡活动的冷漠溢于言表。不过，这种态度一旦表现出来，不但遭到左翼作家的猛烈抨击，也往往为纯艺术派其他作家所不容。

纯艺术派中的大多数人对正宗的西方唯美主义往往不同程度地持保留甚至批评态度。胡秋原指出，在当时的社会条件下，"艺术至上"、"为艺术而艺术""自

---

① ［美］费正清编：《剑桥中华民国史（1912—1949 年）》上卷，第 563 页。

② 陈梦家：《诗的装饰和灵魂》，《国立中央大学半月刊》第 1 卷第 7 期，1930 年 1 月。

③ 林语堂：《今文八弊》（中），《人间世》第 28 期，1935 年 5 月。

然是一个幻想"①。朱光潜指出："十九世纪所盛行的'为文艺而文艺'的主张是一种不健全的文艺观,在今日已为多数人所公认。"②他还联系文艺发展的历史分析了这种"不健全"的文艺观与时代、社会的联系。"我们细看历史,就可以发现在一个文化兴旺的时候,健康的人生观和自由的艺术总是并行不悖,古希腊史诗和悲剧时代、中国的西汉和盛唐时代以及英国莎士比亚时代可以为证;一个文化到衰败的时候,才有狭隘的道德观和狭隘的'为艺术而艺术'主义出现,道德和文艺才互相冲突,结果不但道德只存空壳,文艺也走入颓废的路,古希腊三世纪以后,中国齐梁时代以及欧洲十九世纪后半期可以为证。"③这种分析正说明他们努力把自己对纯艺术倾向的追求坚持与这些没落颓废的文学潮流区分开来,建设一种"健全"的"自由"的艺术。袁可嘉把自己的见解与西方"为艺术而艺术"的理论加以区别,指出："'为艺术而艺术'的理论,主要植基于文学对人生功用的全部否定,这与我们在这里所说的,通过文学的艺术性质而创造生命的见解是天南地北的;我们只是说文学必先是文学而后能发生若干作用,正如人必先是人而后可能是伟人一样。"④可见,他们并没有完全否定文学对人生的功用,但是他们对于文学种种纯艺术的要求,却往往把文学的性质和标准过于理想化和绝对化,在无形中限制与束缚了文学发挥更积极的社会作用。

综上所述,在艺术与人生、真善与美、理性与非理性、功利与非功利的关系等问题上,中国现代文学中的纯艺术提倡者与西方思想家都存在着不同程度的差异。他们一方面否定文学具有政治、道德、经济等方面的直接的功利作用;另一方面,往往并不否定文学具有以美育人,通过促进人的自我完善和全面发展,从而推

---

① 胡秋原:《阿狗文艺论》,《文化评论》第 1 期,1931 年 2 月。

② 朱光潜:《我对于本刊的希望》,《文学杂志》创刊号,1937 年 5 月。收入文集《我与文学及其他》时标题改为《理想的文学刊物》,《朱光潜全集》第 3 卷,第 432 页。

③ 朱光潜:《文艺心理学》,《朱光潜全集》第 1 卷,第 311 - 312 页。

④ 袁可嘉:《"人的文学"与"人民的文学"——从分析比较寻修正,求和谐》,袁可嘉:《论新诗的现代化》,三联书店 1988 年版,第 115 页。

动社会进步的功能。在不同时期推进纯艺术思潮发展的中国现代作家个人或派别,其文艺思想往往都发生过许多变化以至反复,这种变化以至反复反映了当时社会压力之下人们焦灼不安的心态。这些都使得纯艺术的理论追求在当时的中国比在西方处在更困窘和艰难的境地,不但理论形态的发展难以充分,纵向的延续也很难持久。

第二节　纯艺术思潮与中国传统文化

中国现代的纯艺术理论思潮是社会变革和文学现代化进程的必然产物,它的形成受到西方思想多方面的影响,同时也和传统文化有着千丝万缕的联系。正像周作人所说的:"无论现在文学新到那里去,总之还是用汉字写的,就这一点便逃不出传统的圈子。"①这种"逃不出传统的圈子"的情况在纯艺术派作家身上表现得相当突出与普遍,但原因倒不限于周作人所说的语言文字一项,中国传统文化的许多因素都被纳入了纯艺术思潮的理论营建之中,对于这一思潮的发展产生了重要的影响。

一　传统文化于"杂糅中见调和"

中国传统文人在思想上通常都具有"儒道互补"的特点,现代纯艺术思潮的这一批作家批评家幼年大多受过系统的传统教育,自然也受到这种人文传统的浸润。在引进借鉴西学的同时,传统的文化资源常常自然而然地进入他们的思想建构中来,成为其中的重要成分。经过五四新文化运动急风暴雨般的冲击,到了二十年代中期以后,人们也有了可能对传统文化进行一定程度的学理分析,而不是简单地一概加以贬斥。在儒道两家思想中,主张入世、重视教化的儒家思想总体上无疑是和纯艺术作家的基本观念相抵触的,因此,无论是国民党当局对"复古尊

① 周作人:《苦口甘口》,《苦口甘口》,河北教育出版社 2002 年版,第 9 页。

孔"的倡导,还是左翼作家对"文以载道"的认同,都成为他们攻击的对象。而主张出世、重视审美的道家思想则和西方纯艺术思想结合起来,滋养着中国现代的这一批纯艺术论者。

朱光潜曾经谈道:"在悠久的中国文化优良传统里,我所特别爱好而且给我影响最深的书籍,不外《庄子》、《陶渊明集》和《世说新语》①这三部书以及和它们有些类似的书籍。"在这个过程中"我逐渐形成了所谓'魏晋人'的人格理想。根据这个'理想',一个人是应该'超然物表'、'恬淡自守'、'清虚无为',独享静观与玄想乐趣的。"怎样才能摆脱黑暗的社会现实获得上述乐趣呢? 他所接触到的康德、克罗齐等人的文艺思想提供了一种途径,这就是通过非功利的审美观照活动,在现实世界之外创造艺术世界,从而"超脱"现实世界。中国的文化传统中,文艺活动并没有这样的独立地位,反而总是与作者或"隐"或"见"、或"穷"或"达"的人生境遇相联系,成为言志或载道的工具。而根据西方美学康德一派的观点,文化人以至一般的文学青年,都可以通过艺术活动实现对"现实"的"超脱"。朱光潜为此感到非常喜悦:"我从前所悬的'魏晋人'的理想本来就是要'超脱'现实,可是怎样才可以'超脱',当初还不知道,现在可就找到法门了。"②这样,外来的思想成为传统理想实现的途径,而传统的理想也就为外来思想的中国化提供了基础。

朱光潜这样的经历和体会在这一批纯艺术论者中具有代表性,虽然他们的具体情况有所差异。林语堂出生于牧师家庭,幼年的教育背景和朱光潜不同,相比之下,他最初的国学修养似乎要稍差一些,他对道家思想的推崇是从西方文艺思想本土化的需要出发和开始的。他在二十年代末对克罗齐等人的表现主义美学思想极感兴趣,认为这种理论"能攫住文学创造的神秘",是"超过一切主观见解"

---

① 鲁迅在《中国小说的历史的变迁》中说道:魏晋时,"《世说》这部书,差不多就可以看作一部名士的教科书";"后人对于《世说》看得更贵重,到现在还很通行。"《鲁迅全集》第9卷,第309-310页。

② 以上见朱光潜:《我的文艺思想的反动性》,《文艺报》1956年12期。

的"纯粹美学的理论"。他当时认为"中国有些文评家与表现派理论相近,只是相近而已",①后来才开始寻找这种思想的中国标本。他先注意的是公安派、竟陵派的作品和文学观念,但这些派别的道家思想实际上是流而不是源。直到 1934 年写《论幽默》他才正式和庄子结缘,将庄子称为"中国之幽默始祖","或索性追源于老子,也无不可"②,因而又称"老子是中国幽默始祖"③。他认为"道家思想之泉源浩大,老庄文章气魄,足使其效力历世不能磨灭,所以中古以后的思想,表面上似是独尊儒家道统,实际上是儒道分治的。中国人得势时都信儒教,不遇时都信道教,各自优游林下,寄托山水,怡养性情去了。中国文学,除了御用的廊庙文学,都是得力于幽默派的道家思想。""中国若没有道家文学,中国若果真只有不幽默的儒家道统,中国诗文不知要枯燥到如何,中国人之心灵,不知要苦闷到如何。"④这样,老庄成为林语堂东西文化思想综合的关键,他所宣传的表现、性灵、闲适和幽默等都由此而融为了一体。他后来进一步肯定道家思想及其对中国人生活及文学的影响,指出:"中国人生下来就是一个道家。有时候展出治国经纶,暂做儒家,可是骨子里还是道家";"中国人之神经专靠这道家道理节制调摄,揖让之余,也得来一下优游林下,不然一天揖让到晚,一定发狂"。他认为:"中国好的诗文,都是道家思想,都是叙田园林泉之乐","这是道家思想对中国文化之遗赐"。他甚至把儒家和孔子都归为道家,认为"儒家之唯一好处,就是儒教中之一脉道教思想。孔子之伟大就是因为他是超乎儒教的道家。"⑤这时他把自己办的刊物命名为《人间世》,把自己的专栏命名为"有不为斋随笔",都反映出对道家文化的倾心。他对道家思想的宣传也从此一发而不可收。三十年代中期出国以后,林语堂谈中国文化的立足点就在道了。除了贯穿道家精神的散文集《生活的艺术》、传记《苏东坡》

---

① 林语堂:《序言》,《新的文评》,第 8、15 页。

② 林语堂:《论幽默》(上、中篇),《论语》第 33 期,1934 年 1 月。

③ 林语堂:《思孔子》,《论语》第 58 期,1935 年 2 月。

④ 林语堂:《论幽默》(上、中篇),《论语》第 33 期,1934 年 1 月。

⑤ 林语堂:《四谈螺丝钉》,《宇宙风》第 6 期,1935 年 12 月。

和专著《老子的智慧》外,他还写了《京华烟云》等长篇小说,其主旨都在弘扬道家思想。

周作人没有像林语堂这样过犹不及地宣扬道家文化,但他对儒道关系的冷静分析对于肯定道家思想的地位无疑起到了别人难以替代的作用。他谈到自己所受的中外古今的思想影响中:"在知与情两面分别承受西洋与日本的影响为多,意的方面则纯是中国的,不但未受外来感化而发生变动,还一直以此为标准,去酌量容纳异国的影响。这个我向来称之曰儒家精神,虽然似乎有点笼统,与汉以后尤其是宋以后的儒教显有不同,但为得表示中国人所有的以生之意志为根本的那种人生观,利用这个名称殆无不可。"①他一再承认自己所受的传统思想影响主要是儒家的,但是否认自己是所谓"儒教徒";他认为孔子只是一位"哲人"而非"教主",儒家思想是中国传统的"大宗"但不是全部,孔子的思想和后世的儒教徒是有区别的。他在一系列论述中把儒家和道家等不同思想派别置于平等的地位进行研究,他的结论是:"中国人的人生观也还以儒家思想为主流,立起一条为人生的文学的统系,其间随时加上些道家思想的分子,正好作为补偏救弊之用,使得调和渐近自然。"②周作人曾经把自己对于文坛的态度概括为"二不主义","即是一不想做喽啰,二不想做头目",也就是说,在追随主流和率众另辟新路两方面都采取"无所为"的态度,因此他承认:"虽然我自己标榜是儒家,实在这种态度乃是道家的",可见道家思想也是深深地潜隐在他的思想深处,并表现在行动上的。③

和五四时期及四十年代不同,二三十年代的周作人对道家思想的肯定要更多一些。这从他对陶渊明等人的肯定中也可以看出来。

陶渊明是三十年代受到纯艺术派作家普遍重视和肯定的作家。周作人把他和诸葛亮列为自己最喜欢的古代文人,在肯定诸葛亮"不可为而为之"的儒家精神

---

① 周作人:《我的杂学》,《苦口甘口》,第96页。

② 周作人:《苦口甘口》,《苦口甘口》,第9页。

③ 周作人:《文坛之外》,《立春以前》,河北教育出版社2002年版,第159页。

的同时，赞赏陶渊明"衣沾不足惜，但使愿无违"的生活态度。① 朱光潜推崇陶渊明"静穆"，曾引发了鲁迅的批评。他后来出版的《诗论》还专列了《陶渊明》一章。林语堂则把陶氏认作"成熟的幽默之大诗人"。② 其实，陶渊明和这一时期受到纯艺术派作家青睐的苏轼、李贽、袁宏道等古代作家的思想都是兼融儒道佛各家，比较复杂，但多数纯艺术派作家从自己的立场出发，则往往突出其中道家思想的一面。

关于陶渊明的思想古今都有争论。不少人将其归为道家一派，例如朱熹认为："靖节见趣多是老子"，"旨出于老庄"；陈寅恪认为："渊明之为人实外儒而内道，舍释迦而宗天师者也。"朱光潜则不同意这类分析，他认为"渊明读书大抵采兴趣主义，我们不能把他看成一个有系统的专门学者"。"渊明是一位绝顶聪明的人，却不是一个拘守系统的思想家或宗教信徒。他读各家的书，和各人物接触，在于无形中受他们的影响，像蜂儿采花酿蜜，把所吸收来的不同的东西融会成他的整个心灵。"在他的心灵中"可以发现儒家的成分，也可以发现道家的成分，不见得有所谓内外之分，尤其不见得渊明有意要作儒家或道家。假如说他有意要做某一家，我相信他的儒家的倾向比较大。"③他认为，陈寅恪的"要旨在渊明是道非儒"的议论"不但过于系统化，而且把渊明的人格看得太单纯，不免歪曲事实。渊明尚自然，宗老庄，这是事实；但是他也并不非名教，薄周孔"。④ 不过，在纯艺术论者的笔下我们所看到的则主要还是作为道家形象的陶渊明。

朱光潜对陶渊明"不是一个拘守系统的思想家或宗教信徒"的评价，也很契合纯艺术派这些人。朱光潜自己也许还属于"有系统的专门学者"，周作人、林语堂等人恐怕都不能认作这种"专门学者"。他们对道家思想的吸收也往往主要不是

① 周作人：《苦茶随笔小引》，《苦雨斋序跋文》，河北教育出版社 2002 年版，第 68 页。

② 林语堂：《论幽默》，《论语》第 33 期，1934 年 1 月。

③ 朱光潜：《诗论》，《朱光潜全集》第 3 卷，第 253－254 页。

④ 朱光潜：《诗论》，《朱光潜全集》第 3 卷，第 264 页。

通过对其典籍的研读和阐释,倒是经常通过陶渊明、袁中郎等人的作品进行的。就传统文化而言,道家思想之外,儒家思想在这些纯艺术派作家身上的影响也是不可忽视的。他们正是根据当时的现实需要和自己的知识结构"杂糅中见调和"地形成和发展了自己的纯艺术倾向。

　　二　道家思想的强力支撑与浸润

　　作为主要的传统文化资源,道家思想从多方面充实和丰富了这一时期中国的纯艺术文论。

　　首先,老庄超越人间一切现实利害关系追求身心自由的艺术化人生观,给现代纯艺术派非功利、非现实的文艺本质观注入了本土的养分。

　　朱光潜在当时国家"危急存亡"的年头,热衷于和"青年朋友""谈美"。他表白说:"我现在谈美,正因为时机实在是太紧迫了。"他表示:"我坚信中国社会闹得如此之糟,不完全是制度的问题,是大半由于人心太坏。""现世只是一个密密无缝的利害网,一般人不能跳脱这个圈套,所以转来转去,仍是被利害两个大字系住。"因此,要通过审美来改变人心,进入"绝无利害关系的理想世界里去"。"要求人心净化,先要求人心美化。"①他对现实的分析,他对理想的追求,都反映出他们这一批人的认识。如果说在这里我们还只能从字里行间感受到老庄思想的存在的话,那么在他后来写的《看戏与演戏》中,就直接将老庄的观念和西方的审美观照联系起来说明问题了。他写道:

　　　　老子抱朴守一,法自然,尚无为,持清虚寂寞,观"众妙之门",玩"无
物之象",五千言大半是一个老于世故者静观人生物理所得到的直觉妙
谛。他对于宇宙始终持着一个看戏人的态度。庄子尤其是如此。他齐
是非,一生死,逍遥于万物之表,大鹏与鲲鱼,姑射仙人与庖丁,物无大

----

① 朱光潜:《谈美·开场话》,《朱光潜全集》第 2 卷,第 5-6 页。

小，都触目成像，触心成理，他自己却"凄然似秋，暖然似春"，哀乐毫无动于衷。他得力于他所说的"心斋"；"心斋"的方法是"若一志，无听之以耳，而听之以心"，它的效验是"虚室生白，吉祥止止"。他在别处用了一个极好的譬喻说："至人之用心若镜，不将不逆，应而不藏"。从这些话看，我们可以看出老子所谓"抱朴守一"，庄子所谓"心斋"，都恰是西方哲学家与宗教家所谓"观照"（contemplation）与佛家所谓"定"或"止观"。①

　　朱光潜的这段话比较具体地反映出他对老庄思想和西方康德一派美学思想的比较鉴别和加以融合的过程，也反映了道家传统和西方纯艺术思潮之间确实存在的相互连通之处。其他纯艺术论者也许没有像他这样在理论渊源上有明晰的辨别，但类似的认识和潜在的老庄的影响却也是明显的。闻一多就曾在《新月》杂志上发表赞颂庄子的长文，认为庄子开拓了文学中"极高古、极纯粹"的境界，达到"文章家的极致"。文中说道："别的圣哲，我们也崇拜，但哪像对庄子那样倾倒、醉心、发狂？"这种"发狂"的崇拜和醉心中，既包含了对庄子"无用之用"思想的肯定，也满怀对庄子将辞令"蜕化成文学"使其获得"独立的价值"的赞誉。而实现这种"蜕化"的关键则在于他将文字本身由一种"工具"变为一种"目的"，闻一多的这一分析为纯艺术论反对文学具有功利的目的、反对工具论注入了传统文化的养分。②

　　其次，道家思想在文学主体论方面也给纯艺术派作家提供了许多精神上的支持。

---

① 朱光潜：《看戏与演戏——两种人生理想》，《文学杂志》第2卷第2期；《朱光潜全集》第9卷，安徽教育出版社1993年版，第259页。后者将文中"心斋"误植为"心齐"，此处引文依原刊。

② 闻一多：《庄子》，《闻一多文集》第9卷，第16、11、7、10页。文中指出，讲究辞令的风气，"春秋时早已发育了；战国时纵横家及以孟轲、荀卿、韩非、李斯等人的文章也够好了，但充其量只算是辞令的极致，一种纯熟的工具，工具的本身难得有独立的价值，庄子可不然，到他手里，辞令正式蜕化成文学了。他的文字不仅是表现思想的工具，似乎也是一种目的"。

一方面,他们给自己确定的"看戏"而非"演戏"的社会角色定位延续了道家的传统。

在五四新文化运动以及相应的许多矛头指向封建主义帝国主义的社会政治斗争中,周作人等人都曾不同程度地担当了积极的角色。而在大革命失败之后,周作人自称"别人离了象牙的塔走往十字街头,我却在十字街头造起塔来住"①,他成为"塔"里的现代"隐士",成为十字街头斗争的旁观者。林语堂自称是由"草泽"逃入"大荒"而孤游的人,他找到了"幽默"这样一条出路,而"幽默只是一位冷静超远的旁观者,常于笑中带泪,泪中带笑"②。朱光潜认为"世间人有生来是演戏的,也有生来是看戏的。这演与看的分别主要地在如何安顿自我上面见出","生来爱看戏的以看为人生归宿,生来爱演戏的以演为人生归宿"。③ 他把自己归入"看戏"的一类,"但是我们看了那出会游行而开心之后,也要深心感激那些扛旗子的人们。假如他们也都坐在房子里眺望,世间还有什么戏可看呢?"④这种现实社会斗争的旁观者而非参与者、看戏的而非演戏的角色定位决定了这一批作家的价值取向、创作心态和风格追求。他们的这种倾向深受传统的道家文化的影响,不过周作人、林语堂等人比较多的是从陶渊明、袁中郎等人那里间接地获取道家文化的力量,朱光潜则和整个文化传统挂上了钩:"中国主要的固有的哲学思潮是儒道两家。就大体说,儒家能看戏而却偏重演戏,道家根本藐视演戏,会看戏而却也不明白地把看戏当作人生理想。"⑤而现在,由于有了西方思想的武装,朱光潜等更可以"明白地把看戏当作人生理想了"。

另一方面,他们沉溺其中并加以张扬的闲适冲淡的心态追求从道家传统中获得了众多的思想资源和实际榜样。

---

① 周作人:《十字街头的塔》,《雨天的书》,河北教育出版社 2002 年版,第 72 页。

② 林语堂:《论幽默》(上、中篇),《论语》第 33 期,1934 年 1 月。

③ 朱光潜:《看戏与演戏——两种人生理想》,《朱光潜全集》第 9 卷,第 257－258、269 页。

④ 朱光潜:《看戏与演戏——两种人生理想》,《朱光潜全集》第 9 卷,第 271 页。

⑤ 朱光潜:《看戏与演戏——两种人生理想》,《朱光潜全集》第 9 卷,第 258 页。

　　朱光潜把他的"'魏晋人'的人格理想"解释为"一个人应该'超然物表'、'恬淡自守'、'清虚无为'，独享静观与玄想乐趣"。这种理想也是三十年代多数纯艺术论者的理想，周作人讲"冲淡"，林语堂讲"闲适"，从基本的心态追求来说和朱光潜讲的是一致的。清虚幽远，平和冲淡，这种审美情趣实际上是道家尚柔尚静思想的反映。庄子要求以内心体验去代替社会追求，把无为、恬淡视为最高的美，这正是周作人等人所追求的。正因为如此，老庄以及具有浓郁道家思想的陶渊明、李白、苏轼、袁枚、李渔等人的闲适人生态度对周作人、林语堂等人都有极大的启发。林语堂曾经称赞金圣叹的作品："好在何处？全在'闲散自在'四个字"①。他所提倡的幽默，和这种闲适也是一致的，"欲求幽默，必先有深远之心境，而带一点我佛慈悲之念头，然后文章火气不太盛，读者得淡然之味"。林语堂对陶渊明的欣赏甚于庄子："庄生的愤怒的狂笑，到了陶潜，只成温和的微笑。我所以言此，非所以抑庄而扬陶，只见出幽默有各种不同。议论纵横之幽默，以庄为最，诗化自适之幽默，以陶为始。大概庄子是阳性的幽默，陶潜是阴性的幽默，此发源于气质之不同。"显然，林语堂认为陶渊明的幽默更符合他自己"闲适的幽默"的要求。② 朱光潜把陶渊明的精神特点归结为"闲逸冲淡"，以及前面提到的周作人对陶渊明的欣赏，可以看出他们在同一对象身上所发掘的精神资源是多么相同的。

　　再次，在文学创作方面纯艺术派作家的一些主张也和道家思想有着密切的联系。

　　以林语堂等论语派所极力主张的"发抒性灵"的创作原则来说，就明显得益于道家思想。庄子及其后学以自然无为为美，强调美与真的一致性。他们所说的"真"符合一般所说的合乎客观实际或客观真理的意思，他们所说的"美"则符合人的生命的自由发展的需求。庄子"圣人法天贵真，不拘于俗"③的观点，对后世深

---

① 林语堂：《还是讲小品文之遗绪》，《人间世》第 24 期，1935 年 3 月。

② 林语堂：《论幽默》（上、中篇），《论语》，第 33 期，1934 年 1 月。

③ 《庄子·渔父》。

有影响,特别是明代中叶以后李贽、袁宏道、袁枚等人对此都有张扬和发展。林语堂鼓吹性灵,其中国思想资源就直接来自这些人。"近来识得袁宏道,喜从中来乱狂呼。"①他认为自己从公安竟陵派作品中"发现了最丰富、最精彩的文学理论,最能见到文学创作的中心问题。又证之以西方表现派文评,真如异曲同工,不觉惊喜"。由袁中郎上溯到苏轼、陶渊明,下及李渔、袁枚、金圣叹等人,林语堂终于找到了一批他心目中的中国表现派作家和批评家。"此数人作品之共通点,在于发挥'性灵'二字。"②后来,他又通过幽默的线索将这一批人同庄子联系起来,认为庄子以后,"有骨气有高放的思想,一直为帝王及道统之团结势力所压迫"。"真正的幽默,学士大夫,已经是写不来了。只有在性灵派文人的著作中,不时可发见很幽默的议论文"。而周作人那本被钱锺书称作以"纯粹的'为文学而文学'的见解"③立论的《中国新文学的源流》,则早在林语堂之前就对公安派"独抒性灵,不拘格套"的主张加以肯定,而且直接启发了林语堂。

至于纯艺术派对具体文体风格的追求,也常常是在吸收西方思想资源的同时又以老庄或陶渊明等人的言行为依归或佐证。林语堂论幽默的长文,十分之四的篇幅谈庄子及其影响。朱光潜张扬古希腊的"静穆",陶渊明也成为其重要的论据。无论他们的论述是否正确或合理,都反映出其思想和道家传统的联系。

周作人当时曾将中国文学的历史归结为言志派与载道派两种潮流起伏的过程,把五四文学革命运动和明末公安竟陵派直接联系起来。不管新文学运动的整体和传统文化的关系当作何分析,周作人投身其中的这股纯艺术思潮与他所说的历史上的言志派特别是渗透在这种言志派文学中的道家思想的关系则确实不可忽视。

---

① 林语堂:《四十自叙诗》,《论语》第 49 期,1934 年 9 月。

② 林语堂:《论文》(上篇),《论语》第 15 期,1933 年 4 月。

③ 中书君(钱锺书):《中国新文学的源流》,周作人:《中国新文学的源流》,华东师范大学出版社 1996 年版,第 81 页。

三　西方思想渗透下的传承与超越

但是,中国现代的纯艺术思潮又不是言志派文学或道家思想的直线延伸,它是在西方思潮提供的总体规范、基本思路和多种具体影响的条件下发展起来的。它在对艺术的独立性和纯粹性的追求方面,和西方有确定的共同性。

中国传统的超功利倾向是从人与现实的关系出发,即处理所谓入世和出世的关系问题。所谓"穷则独善其身,达则兼济天下",所谓"天下有道则见,无道则隐",所谓"身在江海之上,心居乎魏阙之下",这些都曾是中国传统文人的信条。儒道两种思想成为他们在不同人生境遇下的不同应对策略和人生哲学,儒家思想在"达"时表现更为突出,道家思想在"穷"时表现更为突出。现代的纯艺术观念是以西方思想为基础的,在西方美学体系中,艺术及其重要分支——文学具有其自身的独立意义。这一思路在给现代中国文学中的超功利的纯艺术思潮提供了新的理论支持的同时,无疑也给它打上了与中国传统的超功利倾向不同的时代烙印。纯艺术思想家们正是在此前提下,引入传统的思想资源来支持和丰富自己的纯艺术观念。朱光潜和其他纯艺术论者都重视"人要有出世的精神才可以做入世的事业"[①]。他们所说的"出世的精神"就是要超越现实、超越政治、超越功利,而他们所说的"入世的事业"则主要是文学及相关的学术活动。这样,主张儒和道的差异、入世和出世的矛盾在纯艺术的文学追求中就得到了一定的统一,也使他们的纯艺术追求在中国的文化背景下获得了一定的合理性。朱光潜等人儒道结合的倾向在其人生观、美学观中表现得相当普遍。这种情况一方面与他们所吸收的西方思想的影响发展有关,另一方面也与现代知识分子的职业性有关。因为他们特别是像朱光潜这样的学者,可以几乎没有"出仕"的任何企图,他们的"兼济之志"难免就要在其文学活动学术思想中反映出来,于是主张入世致用的儒家和主张出世无为的道家在超越世俗的文艺世界中得到了沟通、融合和统一。

---

① 　朱光潜:《谈美·开场话》,《朱光潜集》第 2 卷,第 6 页。

正因为深深地烙下了传统文化和社会现实的印记,中国现代的纯艺术思潮在艺术与人生、功利与非功利关系等问题的看法上,又和西方类似思潮存在不同程度的差异。

徐复观曾经试图用"为人生的艺术"来概括由孔子所奠定的儒家系统的艺术精神,用"为艺术而艺术"来概括由庄子所奠定的道家系统的艺术精神。但是他最终放弃了这种多少有点简单化的借用。他发现:

> 西方所谓为艺术而艺术,常指的是带有贵族气味,特别注重形式之美的这一系列,与庄子的纯素地人生,纯素地美,不相吻合。庄子的思想流行于魏晋,于宋梁;但六朝的骈文,其为艺术而艺术的气味很重;实质由汉赋所演变而出的一派文学,与庄子的精神,反甚少关系。由此即可知庄子的艺术精神,与西方之所谓'为艺术而艺术'的趋向,并不相符合。尤其是庄子的本意只着眼到人生,而根本无心于艺术。他对艺术精神主体的把握及其在这方面的了解、成就,乃直接由人格中所流出,并即以此陶冶其人生。所以,庄子与孔子一样,依然是为人生而艺术。因为开辟出的是两种人生,故在为人生而艺术上,也表现为两种形态。因此,可以说,为人生而艺术,才是中国艺术的正流。

因此,徐复观认为,"对儒家而言,或可称庄子所成就为纯艺术精神"。① 他在用"纯艺术精神"来界定庄子所成就的道家艺术精神的同时,强调它和儒家在"为人生而艺术"这一点上相通,这对于我们认识现代中国这一批纯艺术论者是非常有益的。他们和西方主张艺术远离生活、超脱人生的唯美主义者不同,几乎都非常重视文艺与人生的联系,企图以艺术来美化人生、改造人生。朱光潜曾经批评西方唯美主义者的主张,认为:"从历史看,伟大的艺术都是整个人生和社会的返

---

① 徐复观:《中国艺术精神》,春风文艺出版社 1987 年版,第 117 - 118 页。着重号为原文所有。

照,来源丰富,所以意蕴深广,能引起多数人发生共鸣。'为艺术而艺术'的倡和者把艺术和人生的关系斩断,专在形式上做功夫,结果总不免流于空虚纤巧。"①林语堂在倡导"幽默"时历数中国历史,非常强调幽默作为"人生之一部分"②与整个人生的关系,肯定其可以带有"社会讽刺及人生讽刺"的意味。③ 从周作人这位现代隐士的散文作品中更不难看出他对现实人生的种种关注与思考。从这里我们能够看到的就不仅是道家的精神,应该说还有很浓重的儒家精神的影响了。周作人曾经分析中国"社会或政治"性隐逸与西方"宗教"性隐逸的区别。④ 中国的隐士们通常是在无法"兼济天下"时以此来"独善其身",显然,周作人们的隐逸是中国式的,他们的"闭户"读书作文也好,旁观"看戏"也好,都没有放弃对社会现实的忘怀和关注。

中国的纯艺术论者常常处于功利与非功利的矛盾之中,即使是在理论上也往往并不完全否定文艺的社会使命感。只是他们试图严格地将这种社会使命感和直接的政治、道德宣传区分开来。对于儒家思想,他们反对的主要是"文以载道"将文学视为工具,并不一般地反对作家承担道义的责任和文艺助益于生活。这方面朱光潜的一段话颇值得注意。他说:"'文以载道'说经过许多文人的滥用,现出一种浅薄俗滥的气味,不免使人'皆掩鼻而过之'。但是我们不要忘记这种俗滥的学说实在反映一种意义很深的事实。就大体说,全部中国文学后面都有中国人看重实用和道德的这个偏向做骨子。这是中国文学的短处所在,也是它的长处所在;短处所在,因为它钳制想象,阻碍纯文学的尽量发展;长处所在,因为它把文学和现实人生的关系结得非常紧密,所以中国文学比西方文学较浅近、平易、亲切。"⑤而周作人这类言论就更多了。他们的这些看法与西方唯美主义的代表人

① 朱光潜:《文艺心理学》,《朱光潜全集》第1卷,第316页。
② 林语堂:《论幽默》(上、中篇),《论语》第33期,1934年1月。
③ 林语堂:《论幽默》(下篇),《论语》第35期,1934年2月。
④ 参见本书第136页。
⑤ 朱光潜:《文艺心理学》,《朱光潜全集》第1卷,第297页。

物王尔德、戈蒂耶显然是有差别的。

这种认识上的差异也存在于纯艺术派内部。当林语堂等人不厌其烦地鼓吹晚明小品时,朱光潜就颇有微词,他在给论语派一家刊物编辑的信中写道:"北平仍在罢课期中,闲时气闷得很,我在东安市场书摊上闲逛,看见'八折九扣'的书中《袁中郎全集》和《秋水轩尺牍》、《鸿雪因缘》之类的书籍摆在一块,招邀许多青年男女的好奇的视线。你们编辑的刊物和《晚明小品》之类的书籍也就在隔壁,虽然是封面装潢比较来得精致一些。我回头听到未来大难中的神号鬼哭,猛然深深地觉到我们的文学和我们的时代环境间的离奇的隔阂。"①当时担任《大公报·文艺》编辑的萧乾明确表示:自己编的"这小刊物标榜不起'艺术至上'那样的幌子。为着几万读者,我们得清醒一点,文学在这时代不能有所贡献,却切不可在这民族生死关头来帮着泄气。"②这些话反映出纯艺术派作家思想深处的矛盾。应该说,朱光潜所揭示出来的"我们的文学和我们的时代环境间离奇的隔阂"也并不仅仅是他那一个时代专有的。

周作人在谈及如何正确对待中外思想资源时曾经指出:"吾人吸收外国思想固极应慎重,以免统系迥殊的异分子之侵入,破坏固有的组织,但如本来已是世界共有的文化与知识,唯以自己的怠惰而落伍,未克取得此公产之一部分,则正应努力赶上获得,始不忝为文明国民,通今与复古正有互相维系之处。"③他在这里一方面表达了保护本国传统文化"固有的组织"的谨慎立场,另一方面表示了"努力赶上获得""世界共有的文化与知识"的积极态度。因此,"通今与复古"取得了统一。纯艺术思潮接受西方思想影响和传统文化基因的实践,也证明周作人所提倡的这种态度有其历史的必然性和必要性。

---

① 朱光潜:《论小品文——一封公开信——给〈天地人〉编辑者徐先生》,《朱光潜全集》第 3 卷,第 430 页。

② 萧乾:《坚实文学》,《萧乾全集》第 6 卷,湖北人民出版社 2005 年版,第 133 页。

③ 周作人:《汉文学的前途》,《药堂杂文》,第 29 页。

第三章
纯艺术：学理和现实双重挤压下的文学追求

第一节　知识分子阶层自觉的曲折表现

一　艺术世界理想中的人生追求

中国现代文学纯艺术思潮的形成，和当时知识分子的阶层自觉与实际遭遇有着密切的关系。

1840 年鸦片战争以后，中国在逐步沦为半殖民地的同时也开始了大规模接受西方文化的过程。十九世纪末二十世纪初，中国出现了一批按照西方模式创办的新式学校，包括大、中、小学等各个层级各种类型。后来的新文学作家（包括纯艺术派作家在内）执教和学习的大学大都产生于这一时期。除了一些西方教会创办的最初以书院命名的学校之外，中国人自己创办的著名大学有 1895 年天津的北洋西学学堂（后来的天津大学）、1898 年北京的京师大学堂（后来的北京大学）、1902 年南京的三江师范学堂（后来的东南大学、中央大学）和 1905 年上海的复旦公学(后来的复旦大学)等。1911年美国人以退还庚子赔款方式创办的清华学校(后来的清华大学)建校较晚但也以其特色成为著名学府。这些学校和传统的私塾、书院不同,在知识体系上突破了儒学的单一格局,形成了文理工农医师并举的格局,在教学上实行分科分班教学,出现了人数众多的教师和学生群体。早在1872年清政府就派出留学生去美国,戊戌变法之后,留学更形成热潮,去日本的留学生最多。1905年,清政府废除了科举制度,读书人过去读经求仕的道路断绝,进新式学堂和出国留学成为不二选择。新式学校的毕业生和学成回国的留学生陆续充实到各行各业,除了投身军政界与科学技术工作以外,从事教育文化工作的也不在少数。他们的共同特点是广泛接受了西方的思想文化影响,掌握了专门学科知识,包括西方美学思想和文学艺术学科知识。他们形成了与传统的士大夫不同的新型知识分子阶层。辛亥革命推翻帝制建立民国以后,新式学校教育更为普及,青年出国留学热情更盛,新思想新文化的传播更为广泛,到了五四新文化运动发生,更将民主与科学的大旗高高举起,显示了新的知识分子阶层的力量。

在这一历史进程中,中国整个知识分子阶层逐步获得了独立的自主意识和自由意识,他们在思想上追求民主与科学,在学术上追求独立与纯粹。在中国的文化传统中,读书人的学问和出路都是与政治联系在一起的。"学而优则仕","学"是"仕"的准备、手段和桥梁,"仕"是"学"的目标和"优"的标准。而对于接受了西方民主思想的知识分子来说,包括文学艺术在内的"学"是和"仕"即"官"并列的、平等甚至分庭抗礼的事业,他们认为自己应该而且可以自由地发表意见,交流思想,在包括文学艺术在内的思想文化领域里保持独立和自由。当然,这中间也有区别。有的人因此而以文学作为实现自己改造社会的武器或工具,如文学研究会的"为人生而艺术"便大抵属于这种心态;也有的人因此或者竭力将政治与艺术分离,或者试图远避时代的政治斗争漩涡,以努力保持自己心目中的一片艺术净土。前者如二十年代的新月派,后者如三十年代中期的京派,虽然他们具体的政治态度和文学观念有所不同,但表现出来的这种阶层意识却是一致的。

与此相联系的是,十九世纪末二十世纪初城市报刊的发展已经为新文学作家们创造了市场和读者。早在十九世纪后期,上海等开埠城市就出现了现代传媒报纸,到 1911 年辛亥革命爆发时,这些报纸的总数已经达到两百多种。这些报纸除了刊登新闻以外,也发表娱乐性的文学作品,并逐渐形成了专门的"副刊",进而出现了像《小说报》这样独立的文学报刊。梁启超等人倡导"新小说"服务于政治变革,也正是基于这种现代报刊业的蓬勃发展。"在 1917 年'文学革命'之前至少二十年,城市文学报刊——一种半现代化的'大众文学'形式——已经为新文学的文艺家们创造了市场和读者。"①与文学报刊的出现和发展特别是稿酬制度的建立相联系,社会上逐步形成了相对稳定的编辑与作者队伍,他们大量写作与出版的结果是创造了一种新的独立职业。他们以自己的勤奋努力在商业上获得的成功证明从事文学创作及相关活动可以成为一种独立谋生的职业。

到了新文学运动兴起时,以《晨报副刊》、《京报副刊》、《时事新报》副刊《学灯》和《民国日报》副刊《觉悟》等四大副刊为代表的众多文学报刊已经成为文学新青年聚集的阵地。这时,人们进一步赋予这一新的职业以崇高的社会使命和威望。《文学研究会宣言》中历史性地提出:"治文学的人也当以这事为他终身的事业",并将"建立著作工会的基础"、"谋文学工作的发达与巩固"作为建会的三个目标之一,表达了建设献身于独立的文学事业的专业作家团体的强烈意愿。② 尽管这一职业性的追求不可避免地受到来自政治和商业两方面因素的制约和压力,实践证明,对于多数人来说也很难实现,但是人们特别是一批批文学青年总还是把保持文学的独立、纯粹、神圣当作奋斗的目标。办一份能表达自己心声,体现自己艺术追求的纯文学杂志,几乎是那一时代文学青年共同的理想。创造社的郭沫若、成仿吾这样做了,清华文学社的闻一多、梁实秋这样做了,胡也频、丁玲、沈从文这样做了,弥洒社、浅草社、沉钟社也这样做了。这种现象一直延续到三四十年代,新月派、论语派、京派等都是以刊物聚人发声造成影响的。

---

① 参见〔美〕费正清编:《剑桥中华民国史(1912—1949 年)》上卷,第 508 页。

② 《文学研究会宣言》,《小说月报》第 12 卷第 1 号,1921 年 1 月。

坚持纯艺术理论倾向的作家大多兼有学者或大学生的身份,其中坚力量则主要是一批大学教授。这一部分人具有比较优越的社会地位,比较稳定的经济收入,比较安定的生活环境,对学理的探究具有浓厚的兴趣,和现实的社会矛盾与斗争有一定的距离,对解决社会现实问题带有较多的理想主义的成分。青年学生较之教师,涉世更浅,带有更多的理想主义追求和浪漫气质,对生活和对艺术都容易寄予过高的期望。大学校园里相对自由的学术风气和优雅浪漫的文化氛围无疑给这种倾向的发展提供了温床。五四时期无论是创造社还是清华文学社,新月派中无论是早期被称作"清华四子"的饶梦侃、朱湘、孙大雨和杨世恩[①]还是后期的陈梦家、方玮德,京派中无论是长于文学批评的李长之、常凤还是以创作扬名的何其芳等"汉园三诗人",大多都是 20 岁出头时便在校园里开始文学活动并表现出浓重的纯艺术倾向的。

和当时许多知识青年一样,他们当中的不少人都有国外留学的经历,例如王国维、周作人、创造社诸君到日本,新月派诸君到英、美,李健吾到法国,等等;其中一些人还不止一次出国或到过不止一个国家游学,例如蔡元培先后到德、法,林语堂先后到美、德,朱光潜先后到英、法,梁宗岱先后到法、意,等等。和国内社会环境文化氛围的暂时阻断,无疑也给他们提供了一种相对超脱的学习和思考的环境条件,而这时较为集中地接触到的西方知识分子自由主义的政治思想、绅士做派的文化态度以及超越功利的美学观念与文艺思想,也自然适时地对他们产生了影响。这些,对于滋长他们的纯艺术理论倾向都有直接或间接的作用。

经历丰富且特殊而造成文学观念变化的典型例子是梁启超。他在世纪之交叱咤政治风云时曾经极力倡导功利主义的文学观念,其《论小说与群治之关系》等论著把改良"群治"即政治与"小说界革命"联系起来,希望通过文学的力量达到

---

① 　饶梦侃字子离,朱湘字子沅,孙大雨字子潜,杨世恩字子惠,故有"四子"之称。

"新一国之民"进而实现政治与社会的变革①。但是到了二十年代,当他退出政治舞台而专注于学术教育时②,其艺术观念也有了明显的变化,文学"新民"的重点转向了对文艺审美价值和特征及其与人生关系的开掘,"趣味说"就是这一时期的重要理论成果。梁启超说:"问人类生活于什么? 我便一点不迟疑答道:'生活于趣味'"。他将"美"视为人生与"趣味"的基本要素,指出:"'美'是人类生活一要素,或者还是各种要素中之最要者,倘若在生活全内容中把'美'的成分抽出,恐怕便活得不自在,甚至活不成。"他认为"趣味之源泉"有三种:一是"对境之赏会与复现",即对自然美的欣赏与再现;二是"心态之抽出与印契",即对情感的宣泄与张扬;三是"他界之冥构与蓦进",即"忽然间超越现实界闯入理想界去",进入"人的自由天地"。他指出的这三种"源泉"都涉及审美与艺术活动的功能与特点。他把文学、音乐与美术视为"专从事诱发以刺激各人器官"使之获得"趣味"的"三种利器"。③ 他在论述文学的功能时又强调:"文学的本质和作用,最主要的就是趣味","文学是人生最高尚的嗜好"。④ 他在评论杜甫时谈到为人生与为艺术两种艺术观的对立,认为"这两种主张,各有极强的理由;我们不能作极端的左右袒,也不愿作极端的左右袒",指出杜甫的诗"自然是刺激性极强,近于哭叫人生目的那一路",自然符合为人生而艺术的要求;但是,"他的哭声,是三板一眼的哭出来的,节节含着真美",因此,"主张唯美艺术观的人,也非读他不可"。他认为"人生的目的不是单调的,美也不是单调的。为爱美而爱美,也可以说为的是人生目的,因为

---

① 梁启超:《论小说与群治之关系》,《饮冰室合集》第 2 册,中华书局 1989 年版,《饮冰室文集之十》,第 6 - 8 页。

② 梁启超的政治活动一直延续到 1917 年,这年年底,他辞去段祺瑞内阁的财政总长职务,正式退出了政坛。1918 年底去欧洲考察,直接接触了西方社会与思想文化。1920 年初回国后,便专注于著述与讲学,并举办与主持多项文化事业。晚年主要执教于清华学校,与陈寅恪、王国维、赵元任并称为该校国学研究院四大导师。

③ 梁启超:《美术与生活》,《饮冰室合集》第 5 册,《饮冰室文集之三十九》,第 22 - 23 页。

④ 梁启超:《晚清两大家诗钞题辞》,《饮冰室合集》第 5 册,《饮冰室文集之四十三》,第 70 页。

爱美本来是人生目的的一部分。"①这样,他突出了审美在人生中的地位与意义,并试图以此打通人生派与艺术派之间的对立。与其前期从对读者的影响出发强调文学特别是小说助力新政治新道德等功能不同,梁启超的这些论述,表现出对从创作到接受的文学活动过程更全面的把握以及对文学审美特性的重视。他虽然不是出自纯艺术或唯美主义的立场,但在重视文学性质与功能的独特性方面明显与后者趋近。梁启超这种观念变化当然有多种复杂的原因,但脱离政治斗争一线的烽火,沉寂于书斋的静思,以及到欧洲历时一年的游学,都是不可忽视的因素。

这也正从一个侧面说明,对改变险恶的现实社会环境的无能为力和对激烈的社会政治斗争的无所用心,往往有意无意地造成或强化了一部分作家的纯艺术倾向。而书斋里的学者和青年学生往往由于不谙社会现实,又容易对改变现实(包括用艺术改造现实)抱有不切实际的幻想,一旦在现实面前碰壁就极容易感到无所用心和无能为力,这时,退缩到独立自足的艺术天地里去,就成为他们的一种人生策略。而在西方美学观念的烛照之下,他们可以在这一天地里获得人生的自我价值的实现,而不需要像中国古代的隐士那样,在或官或隐、或进或退、或入或出之间徘徊两难。新月派徐志摩等人曾经感叹道:"这年头,这世界,也够叫人挫气,那件事不是透里透?""谁说我们这群人不是梦人,不是傻子? 但在完全诀别我们的梦境以前,在完全投降给绝望以前,我们今天又捞着了一把希望的鲜花,最后的一把,想拿来供养在一个个艺术的瓶子里,看它有没有生命的幸运,这再要是完事,我们也就从此完事了。"②这正是追求纯艺术的人们较为普遍的一种心态的反映。如果说,徐志摩等人的这种"志愿"还主要限于一种自我满足的话,朱光潜等京派批评家对于"艺术人生化"的追求就更带有社会理想的性质,他们试图把自己对艺术的认识与感受变为全民的认识与感受,并以此来改造现实的世界与现实的

① 梁启超:《情圣杜甫》,《饮冰室合集》第 5 册,《饮冰室文集之三十八》,第 50 页。

② 志摩:《剧刊始业》,《国剧运动》,新月书店 1927 年版,第 2 页。

人生,达到国家与社会的"重造"。无论上述哪一种情况,在纯艺术文学家身上产生的阶层追求便很自然地强烈表现为企图以艺术独立地面对社会人生。

在这方面,他们和以文学为武器而战斗的左翼作家,和更多考虑作品商业效果的通俗文学作家,都有明显的不同。这种不同,一方面与生活境遇的差异有关,另一方面更与思想观念的差异有关。肯定纯艺术思潮与知识分子阶层自觉有联系,并不是认为现代文艺家们只有这一条路可走,就以左翼作家而言,他们以文学为武器的选择,也是一种社会使命感与责任感使然。对于纯艺术作家来说,他们沉浸在对文学艺术纯粹性的欣赏、探究与追求之中,以至对妨碍这种追求的各种社会理想与力量、各种文学观念与实践都采取排斥的态度。也正是因为这种原因,他们对"文艺自由"的呼求特别强烈,对于左翼文学运动发展形成的强势压力以及国民党当局高压统治产生的恶劣环境都表示不满。新月派自称在"这年头,这世界",自己是"梦人"与"傻子",应该说,也正因为有这样一批"梦人"或"傻子"的存在,纯艺术的理论思潮才有可能在当时强大的政治化功利化潮流面前得以延续,才有可能在对艺术本身的理论探索方面取得进展。

二　现实世界挤压下的艺术避让

当然,那一时代中国的知识分子即使像纯艺术派作家们这样倾心于文学或其他专业,通常也并不可能真正放弃对社会现实与政治的关注。胡适曾经说过:"在我一生之中,除了一任四年的战时中国驻美大使之外,我甚少参预实际政治。但是在我成年以后的生命里,我对政治始终采取了我自己所说的不感兴趣的兴趣(disinterested-interest)。我认为这种兴趣是一个知识分子对社会应有的责任。"①在当时中国的知识分子身上,这样的社会责任感和政治使命感是相当普遍地存在的,只不过并不是所有的人都参与实际的政治活动,个人所选择的政治态度和道路也往往有所不同而已。而当他们参与文学活动时,这种政治态度往往就

---

① 　胡适:《胡适口述自传》,华文出版社1989年版,第40页。

和文学观念产生某种必然的联系,甚至自觉不自觉地出现某种共向性。

无政府主义当时曾经被一部分知识分子奉为改良社会造福人生的思想武器。二十世纪初一些留学生在国外即有无政府主义的活动,辛亥革命前后无政府主义传入国内。五四运动前后,属于无政府主义的日本作家武者小路实笃倡导的新村思想受到很多中国知识青年的关注。周作人积极介绍新村运动,而新村运动也给周作人本人五四时期"人的文学"的形成提供了思想上的支撑。北京的少年中国学会和工读互助团、天津的觉悟社、长沙的自修大学、武汉的利群书社的成员中都有这种空想社会主义的倾向存在。无政府主义思潮对现存社会秩序的强烈对抗,对未来社会前景的美好憧憬,都在当时反帝反封建的斗争产生了积极作用。与此同时,这种无政府主义思潮中追求超然于世的思想因素,又和文艺上向往超然于世的超功利的纯艺术追求相通。前期创造社的郁达夫便明确提出"现代的国家是和艺术势不能两立的",他认为到了"地球上的国家倒毁得干干净净,大同世界成立的时候,便是艺术的理想实现的日子"①。到了后来,他们当中许多人在更先进的革命思想的指引下,成为马克思主义者,选择了新的生活道路和斗争方式,另外一些人则自觉不自觉地沉溺于纯艺术的天地之中。现实生活中实现不了的理想希望在文学中实现,营造自己的自由精神世界,便成为他们的精神寄托与追求。例如宗白华便"保持我那向来的唯美主义"②,周作人便由"人的文学"退入了"自己的园地"。

纯艺术思潮追求文学的独立、纯粹与自由发展,这种内在的自由主义理念当然也和自由主义的政治理想密切相连。大革命失败以后,在国共分裂和对峙的形势下,许多纯艺术论者便往往以中间势力的姿态出现,企图设计所谓第三条道路。新月派一面向国民党当局要"人权自由",一面攻击左翼文学;胡秋原自称"自由人",对民族主义文学和左翼文学两面出击;沈从文、朱光潜在四十年代提倡"中间

---

① 郁达夫:《艺术与国家》,《创造周报》第 7 号,1923 年 6 月。

② 宗白华:《致田汉》,《艺境》,北京大学出版社 1987 年版,第 11 页。

路线"，都颇有一点救苦救难舍我其谁的味道。这些都正反映出他们的自由主义政治理想和文学追求之间互相关联互为依托的关系。

在中国当时的社会条件下，这种纯艺术思潮的发展不可能不时时受到严酷的现实政治和强大的功利化文化主潮的双重挤压。特别是在二十年代末到四十年代末，在阶级斗争民族斗争异常激烈的情况下，国共两党对文学艺术的功利性政治性要求都非常强烈，都不可能容忍这种将文学艺术与政治性功利相分离的纯艺术倾向。

如果说，三十年代国民党当局在文艺战线的不成阵势，左翼文学运动的发展与纯艺术思潮的对立与冲突较为明显的话，那么到了抗战以后的大后方，国民党方面文艺政策对于纯艺术思潮的挤压就变得更为直接和突出了。

1942 年毛泽东主持召开的延安文艺座谈会是当时延安整风运动的一个重要组成部分。毛泽东的讲话总结了五四以后新文艺运动的历史经验，批评了历史上与现实中存在的种种偏向，提出了一系列带有根本性的理论问题和政策问题，明确了文艺为什么人服务和怎样服务的方向问题。

毛泽东的讲话很大程度上是针对中国共产党领导的抗日根据地特别是延安文艺界的现实状况的。全面抗战爆发以后，大批文艺界人士和文艺青年奔赴延安，追求进步向往并歌颂新生活是他们的主流，而且他们许多人原本就是左翼文艺的热爱者或创作者，像何其芳这样纯艺术色彩浓重的人倒是少数。当时引起延安文艺界关注的文艺论争更多是革命文艺发展中的一些问题，但是他们文艺观念特别是对于文艺与政治关系的认识往往还是偏向艺术更多一些。受到严厉批判的王实味的著名杂文《政治家·艺术家》就反映出将政治家与艺术家、"改造社会制度和改造人——人底灵魂"割裂开来认识的倾向，其感情的天平更多倾向于艺术家。沈从文当时曾强调"一般或特殊"的问题，指出现代社会种种知识学问"自然而然趋向于专门化，特殊化"，"一般性日少，特殊性日多"。他将文学视作特殊的知识，将作家视作掌握特殊知识的专门家，表示"对于'文化人'知识一般化的种种努力，和战争的通俗宣传，觉得固然值得重视，不过社会真正的进步，也许还是一些在工作上具特殊性的专门家,在态度上是无言者的作家,各尽所能来完成的"。沈从文在文中肯定作家在战时"从炮火下去实实在在讨生活",以为以后创作的积累,这是正确的;但他将此与当前的宣传绝然对立起来了。①而周扬在领导鲁艺工作过程中实施的专门化正规化方针也明显表现出重视艺术独特性专门性的倾向,细究起来,也许正在某种程度上从实际层面实现了沈从文的这种吁求。另外,周扬在《文学与生活漫谈》一文曾积极呼唤"创作自由",他说:"自然过去的题材也是可以而且应该写的。一定要去反映边区八路军或至少有关抗战的题材,这虽是一种可尊敬的责任感觉,却可以反转成一种对于创作的限制的。在题材、样式、手法等等上必须容许最广泛的范围。在延安,创作自由的口号应当变成一种实际。"②细究起来,这与梁实秋的所谓"与抗战无关论"也多少有点面目相似③。这些都说明,他们的思想深处还是有着纯艺术的种子。毛泽东在讲话中说到"要破坏那些封建的、资产阶级的、小资产阶级的、自由主义的、个人主义的、虚无主义的、为艺术而艺术的、贵族式的、颓废的、悲观的以及其他种种非人民大众非无产阶级的创作情绪"④,在他的眼里,除了狭义的"为艺术而艺术"之外,更为广义的纯艺术思想也应该在"要破坏"之列吧。

抗战时期,国民党政府并未放松对文学艺术的管制,1941年初"皖南事变"以后这种管制变得更加严厉,同时他们也试图以更积极的方式来引领与规范文学艺术的发展。毛泽东《讲话》的发表更加剧了他们这方面的紧迫感。四个月后,国民

---

① 沈从文:《一般或特殊》,《沈从文全集》第17卷,北岳文艺出版社2009年版,第260-264页。

② 周扬:《文学与生活漫谈》,《中国新文学大系(1937—1949)》第2集,上海文艺出版社1990年版,第322页。

③ 梁实秋1938年12月1日在他主编的重庆《中央日报》副刊《平明》的《编者的话》中写道:"与抗战有关的材料,我们最为欢迎,但是与抗战无关的材料,只要真实流畅,也是好的,不必勉强把抗战截搭上去。至于空洞的'抗战八股',那是对谁都没有益处的。"这一观点被左翼作家归纳为"与抗战无关"论,受到批判。文见《梁实秋文集》第7卷,鹭江出版社2002年版,第486页。

④ 毛泽东:《在延安文艺座谈会上的讲话》,《中国新文学大系(1937—1949)》第1集,第28页。

党宣传文化工作的负责人张道藩根据蒋介石的指令先后创办了《文化先锋》与《文艺先锋》两份刊物，展示文化政策，开展思想斗争，除了服务抗战以外，也明显地怀有统一文艺思想的意图。在《文化先锋》创刊号上，张道藩发表了《我们所需要的文艺政策》，这可以说是国民党当局为应对中共文艺政策特别是毛泽东《讲话》的产物。文章发表后，在两份刊物上持续地开展关于"文艺政策"的讨论，延续了半年多时间。

张道藩的文章倡导三民主义的文艺，其中特别强调民族主义，反对文艺中的共产主义或国际主义与个人主义倾向。"共产主义或国际主义"当然是指向共产党倡导的革命文艺，他对文艺提出"六不"要求的第一、二两条"不专写社会的黑暗"、"不挑拨阶级的仇恨"集中反映了这种指向；"个人主义"则更多包含了对纯艺术思潮种种观点的批评，这反映在"六不"的后四条中①。其具体的言论，例如："我国文艺界已走出文艺无用论的时代而进入文艺作用论的阶段"；文艺创作"一定要有目的，一定要有社会的需要"，要"有清楚的意识与意象"；"印象主义或唯美主义"来源于"欧洲十九世纪末叶的资产社会的寄生层"，"根本不知生活是什么东西，于是只看到生活的表面——形式"，②等等，都表现了这种倾向。相比毛泽东的《讲话》主要针对延安文艺界的现状，张道藩的这些言论倒是更多直接触及国统区的纯艺术思潮，批评的意味或许更浓一些。

这两篇文章的明显共同点在于都强调文艺的功利性。毛泽东的基本观点就是："在现在世界上，一切文化或文学艺术都是属于一定的阶级，属于一定的党，属于一定的政治路线的。为艺术的艺术，超阶级超党的艺术，和政治并行或互相独立的艺术，实际上是不存在的。""世界上没有什么超功利主义，在阶级社会里，不

---

① "六不"的后四条是：不带悲观的色彩，不表现浪漫的情调，不写无意义的作品，不表现不正确的意识。

② 张道藩：《我们所需要的文艺政策》，《中国新文学大系(1937—1949)》第1集，第78-80页。

是这一阶级的功利主义,就是那一阶级的功利主义。"①而张道藩也明确提出文艺
"无时无刻不反映政治,无时无刻不受政治的束缚"。② 这两篇文章的政治立场和
实际影响都不可同日而语,但是在强调文艺与政治的关系及功利性作用方面却是
高度一致的。这正说明在当时的政治背景下,国共两党对文学艺术的政治性功利
要求都是非常强烈和迫切的。

在这两种政治力量之间,纯艺术的追求自然受到了夹击。人们往往只注意了
纯艺术派对共产党、对左翼文学运动的批评,而将他们对国民党文艺政策的批评
视为小骂大帮忙。实际上在抗战时期的大后方,国民党当局文艺政策的威胁来得
更为直接,纯艺术派的作家们反弹也更为激烈。即使是政治上明显倾向于国民党
的梁实秋,也在张道藩文章发表后紧接着就提出了批评:"文艺政策必然的是配合
着一种政治主张、经济主张而建立的,必然要有明确条文,必然要有缜密的步骤,
以求其实现。所以,过去的各种文学主义,乃是文艺范围以内的事;现在我所了解
的文艺政策,乃是站在文艺范围之外而谋如何利用、管理文艺的一种企图。"③应
该说,这明显是从纯艺术立场出发对"文艺政策"本身的一种婉转的批评。至于沈
从文则对"文艺政策"本身予以否定:"文艺政策原是个空洞名辞,历来就不大认
真。采用的方法居多是消极的,防御的。或消耗他们的能力,使用之于无意义方
面去,使有能力的亦无从好好使用。负责人对这件事尽管好像有个理想,在培养
作家来实现它,事实上就只有一句话,'请莫捣乱'。"他对"文艺政策"的"方法"与
"理想"即目的的消极性进行了针砭,同时提出:"若还容许有点超越近功小利的理
想,在这个政策上实现,我们就得有勇气凡事重新着手,方有希望"。④ 他在文中
详细阐发的种种主张正反映了自己超功利的纯艺术立场。

---

① 毛泽东:《在延安文艺座谈会上的讲话》,《中国新文学大系(1937—1949)》第 1 集,第 22、21 页。

② 张道藩:《我们所需要的文艺政策》,《中国新文学大系(1937—1949)》第 1 集,第 68 页。

③ 梁实秋:《关于"文艺政策"》,《梁实秋文集》第 7 卷,第 547 页。

④ 沈从文 1943 年 1 月在《文艺先锋》第 2 卷第 1 期上发表《"文艺政策"探讨》(收入文集时改为《"文
艺政策"检讨》),提出上述批评。参见《沈从文全集》第 17 卷,第 276 页。

　　张道藩批评文艺界说:"我国有一个时期,一些文艺作家和教授们生活太舒服了,不知实生活之为何物,于是也来提倡唯美主义或印象主义;但自抗战后,因受生活的压迫与对生活的真实认识,恐不会再说,'艺术创造人生'了吧。"[1]岂知就在此时,沈从文等人反而更起劲地强调文艺的"独立"和"尊严",反对认为"文学与政治不可分,且属于政治的附产物或点缀物"的"因习文学观",[2]不仅要以文学"创造人生",更进而要"重造社会","重造国家"。这种主张当然显示出不切实际的书生气,但也反映了他们追求艺术独立自足的执着与坚定。

　　纯艺术的追求者们虽然试图摆脱政治的羁绊,却不得不在政治上承受着巨大的压力。而长期受中国传统人文精神浸润成长起来的这一批作家理论家们也很难从根本上放弃文学的社会使命感和责任感。中国的纯艺术思潮便不得不在传统与现实、政治与文艺、政治上的左派与右派等矛盾形成的夹缝中曲折地生存和发展,显得异常艰难。提倡纯艺术论者常处在两难地步。他们往往有救国济世的志向和努力,但在现实面前碰壁而失望时又很容易转向艺术天地以自守。他们有对艺术本体的独立追求的一面,这种不同于中国传统的艺术观念,又为当时社会政治现实和文学主潮所不容,于是又很自然地抨击政治。这两者虽是平行且互为因果,但它们之间却构成了相互推进难以解脱的死结。这就使得纯艺术的理论追求在中国比在西方处于更困窘和艰难的地位。

　　纯艺术论者虽然不可能完全超越自己的政治立场,但并不是对所有文学艺术问题的看法都是和政治态度联系在一起的,而且他们也确实存有试图超越政治立场研讨文艺问题的主观愿望,并做了某些实际努力。而这一点过去在政治即文艺、文艺即政治的简单思维模式下却往往被忽视了。

　　中国现代文学是伴随着多灾多难的社会历史进程发展的,从辛亥革命到大革命,从国共内战到抗日战争,几乎没有和平岁月,没有宽松的政治文化氛围,纯艺

---

[1]　张道藩:《我们所需要的文艺政策》,《中国新文学大系(1937—1949)》第 1 集,第 79 页。

[2]　沈从文:《一种新的文学观》,《沈从文全集》第 17 卷,第 167 页。

术思潮的发展先天地缺乏适宜的空气与土壤。因此,在每一个重要的历史阶段,都有人走入纯艺术的天地,又都有人不同程度地放弃纯艺术的追求。创造社诸君在日本读书以及到上海的初期,"为艺术而艺术"的倾向是何等强烈。但两三年后,当他们在国内更多地接触了社会实际以后,几乎都转向了革命功利主义。这当中当然有整个社会环境的变动和革命理论的影响等多种复杂因素的作用,但和他们生活境遇的变化也不无联系。

全面抗战的爆发更是极大地改变了中国作家的整体生活状况,人们的思想包括文艺思想也随之发生了各种变化与调整,纯艺术派作家们也不例外。有的人如胡适、叶公超等直接走上政治的舞台,文学活动一时停滞;有的人如梁实秋、周作人等参与政治活动,但文学写作还在继续;有的人如沈从文、朱光潜则一方面保持着与政治的距离,一方面坚持着自己纯艺术的追求。不少人在这时在政治思想与文艺思想上发生了根本性的转变,其中有几位标志性的人物。

一位是新月派宿将闻一多。二十年代末三十年代初,闻一多在南方各大学辗转数年后,于 1932 年回母校清华大学任教,这时他在政治上放弃了曾热烈信奉的国家主义,文学上也放弃了以诗歌为主的纯文学创作,开始埋头于学术研究,其成就得到同行的认可,被认为是当时"由学西洋文学而转入中国文学"的"唯一底成功者"[1]。抗战初期,他在大后方仍然延续了这样的书斋生活,但是跋涉千里南迁途中所见人民苦难生活,大后方社会矛盾和腐败政治现实,都时时刺激着他,1943年蒋介石《中国之命运》发表,终于引爆了他思想的激变。"《中国之命运》公开的向五四的宣战,我是无论如何接受不了的。"[2]他毅然走出了象牙塔,由文化批判发展到政治批判,立场鲜明地反对国民党当局,并发出了"人民至上"的呼声,他的文艺观念也有了明显的变化。

另一位则是京派新秀何其芳。何其芳的创作得到过沈从文等人的指点,为林

---

① 冯友兰:《回念朱佩弦先生与闻一多先生》,《文学杂志》第 3 卷第 5 期,1948 年 10 月。

② 闻黎明、侯菊坤:《闻一多年谱长编》,湖北人民出版社 1994 年版,第 662 页。

徽因所欣赏,是其"太太的客厅"的常客;他在北大读书时与卞之琳、李广田出版诗歌合集《汉园集》,因此被称为"汉园三诗人";后来又改写散文,其《画梦录》具有浓烈的唯美色彩,形式上精雕细琢,受到京派评论家的一致好评,并成为轰动一时的《大公报》文艺奖三位获奖者之一。他的诗与文都体现了京派的艺术追求。李健吾称赞他"生来具有一双艺术家的眼睛",对人生抱有"所有纯艺术家采取的欣赏态度",反复称其为"艺术家"、"自觉的艺术家"①。抗战爆发后,他在参加抗日救亡实际活动中思想和创作逐步发生了变化,后来奔赴延安参加革命,在文艺观念上也发生了根本性的转变,成为毛泽东文艺思想的坚定拥护者与宣传者。

至于纯艺术思潮的重要领军人物周作人此时政治上和文艺上的转变当然更是为人瞩目的。他在三十年代和四十年代对傅青主关注点的不同,就颇为微妙地反映出这种转变来。傅青主即傅山,是明末清初重要的道家思想家和当时保持民族气节的典范人物。三十年代周作人曾经写过关于傅青主的专文,文中引述傅青主的话:"所以处乱世无事可做,只一事可做,吃了独参汤,烧沉香,读古书,如此饿死,殊不怨尤也"。周作人称赞这种"遗老的洁癖"与"真倔强",他肯定"青主不是看不起文章的,他怕只做奴俗文,虽佳终是驴鸣狗吠之类也"。他表示"见七十三老翁如何抗拒博学鸿词的征召,真令人肃然起敬"。② 十年之后,已经附逆的周作人在强调"道义之事功化"时又一次引用傅青主的言论:"外传云,或问长生久视之术,青主曰,大丈夫不能效力君父,长生久视,徒猪狗活耳。或谓先生精汉魏古诗赋。先生曰,此乃驴鸣狗吠,何益于国家。"周作人评论道:"此话似乎说得有点过激,其实却是很对的。所谓效力君父,用现在的话来说即是对于国家人民有所尽力,并不限于殉孝殉忠。"③他将傅青主作为"道义之事功化"的先贤进行宣扬,强

① 参见李健吾:《〈画梦录〉——何其芳先生作》,李健吾:《咀华集·咀华二集》,复旦大学出版社 2005 年版,第 85 - 92 页。

② 周作人:《关于傅青主》,《风雨谈》,河北教育出版社 2002 年版,第 6 - 7 页。

③ 周作人:《道义之事功化》,《知堂乙酉文编》,河北教育出版社 2002 年版,第 72 页。

调要"对于国家人民有所尽力",却回避了傅青主重操守讲气节,拒不接受清廷种
种拉拢的事迹与基本立场。周作人这时并没有傅青主那种"遗老的洁癖"与"真倔
强",倒多了几分"奴俗"气。至于文学写作,周作人一再表示,自己"写文章是有所
为的","这样,便与当初写《自己的园地》时的意见很有所不同了,因为那时说我们
自己的园地是文艺,又说,弄文艺如种蔷薇地丁,花固然美,亦未尝于人无益。现
在的希望却是在有益于人,而花未尝不美。这恐怕是文人习气之留遗亦未可知,
不过只顾实益而离美渐远,结果也将使人厌倦,与无聊的道学书相去不过五十步,
无论什么苦心都等于白费了。"①所谓"顾实益而离美渐远",正是从超功利向功利
的转变,只是周作人的这种转变又与政治上的附逆相联系,更多了几分复杂的因
素。他和上述作家转变的实例,都反映出了在现实社会生活中纯艺术思想生存的
困窘。

第二节　战鼓外的琴声

一　主旋律外不合时宜的弹唱

　　纯艺术思潮对艺术本体特征和作家个体精神自由的强调,体现了近代世界文
学发展的重要趋向,是对这种趋向的一种响应。但是,当时世界范围内还存在着
更为强大的功利化政治化的文学潮流,纯艺术思潮的生存与发展又不能不受到这
一潮流的影响与制约。

　　与这种世界性的文学潮流特别是左翼国际文学思潮相联系,中国现代文学的
主潮强调文学服务于反帝反封建的政治目标,并紧密结合并服务这一斗争的实
践。这一潮流中虽然也存在许多偏颇和失误,给文学现代化的进程蒙上了一些阴
影,但却显示了与社会变革的主流相一致的走向,在现代文学的历史进程中产生

① 　周作人:《文坛之外》,《立春以前》,河北教育出版社 2002 年版,第 164 页。

了相当积极的作用。悠久的文学传统和严峻的社会现实，都使得这一时代的多数作家具备强烈的参与意识和忧患意识，怀有强烈的社会责任感和使命感，自觉不自觉地将文学活动服从于民族革命，焦虑地描绘社会现实和表现内心的苦闷。总的说来，这一时期的文学是表现出强烈的政治功利倾向的走向十字街头的文学。

闻一多在抗战时期曾经说过："这是一个需要鼓手的时代，让我们期待着更多的'时代的鼓手'出现。至于琴师，乃是第二步的需要，而且目前我们有的是绝妙的琴师。"①这位早年鼓吹纯艺术论的诗人这时政治观念与文艺思想都发生了根本性的转变，他的这种说法生动地反映了那一时代相当普遍的认识：首先需要甚至只需要战斗的鼓点，而不需要休憩的琴声；首先欢迎的是参战的鼓手，而不能容忍观战的琴师。

中国现代文学发展中涌现了大量的鼓手式的作家和鼓点式的作品。这种作家或作品的出现更多地来源于中国的社会政治条件，出自解救自己国家和民族的目的，而较少像西方现代派文学那样出于个体精神上或艺术上的考虑。相当一部分知识分子包括作家在内因为对国家失望而成为社会激进思潮的代言人，文学也因此成了批判社会现实推进社会变革的工具或武器，成为反抗旧文化旧秩序的整个新文化运动的重要组成部分。在那样一个时代，文学不可能像纯艺术理论家们所设想的那样成为一个完全独立自足的体系，彻底封闭在一个与世无涉的象牙之塔中，脱离于政治而遗世独立并获得自身的发展。澳大利亚学者杜博妮曾经借鉴英国作家沃尔夫的说法，形象地称朱光潜是"象牙之塔的寓公"，"从倾斜的塔上瞭望"社会。沃尔夫这个说法原是指第一次世界大战之后的一批英国作家，因为社会的急剧变化使得他们所住的象牙之塔不再安全，"开始倾斜到危险的程度"，他们的多数人因此"倾斜到左面去了"。杜博妮指出，二三十年代的中国社会基础也发生了"一次又一次的剧烈震动"，也有相当一批作家转向左翼，但"朱光潜却没有像其他人一样向左倾斜，而是向古老的传统倾斜"，他的文学观念所表现出来的避

---

① 闻一多：《时代的鼓手——读田间的诗》，《闻一多全集》第 2 卷，第 201 页。

世主义"使他更远离他周围的生活问题",只能"为少数作家和学者欢迎",而"很少得到群众的支持"。① 杜博妮所揭示的朱光潜的这种处境当然也是纯艺术派作家普遍遇到的。

四十年代末期沈从文编辑生涯中的一次遭遇正折射出他们"很少得到群众的支持"的窘境。当时,一位文学青年"灼人"向沈从文担任编辑的天津《益世报·文学周刊》投稿,沈从文修改并刊登了他的诗作,同时发表评论,强调"诗必需是诗,征服读者不是强迫性而近于自然皈依。诗可以为'民主'为'社会主义'或任何高尚人生理想作宣传,但是否是一首好诗,还在那个作品本身。"②沈从文的意见出于其纯艺术思想,似很自然,但"灼人"看了却断然不能接受。他认为这种看法"代表一派人的传统看法(照一般人所说的'京派'也未尝不可)",由此"可以窥见你对于'时下诗人'那种意志的燃烧和打鼓样的情感感到害怕"。"一个冷静的漠然的艺术家只能够在柔和的微风中与温暖的阳光下去制造艺术和欣赏艺术,如果艺术品带有风暴的性质或强烈的光芒,就有被强迫的感觉。如果一位读者读一读'时下诗人'的诗,就感觉被强迫,证明他还不懂得一点诗的艺术,只是他的思想认识和勇气太缺乏了。"③沈从文接信以后也很不高兴,他拒绝发表对方的来信,还将来信和诗作原稿一同寄还,他说:"你若写诗,无妨把这个信和你自己的信保留下来,十年二十年后,或者还有用处。目前你除了自己的诗,什么好意见都不需要的。"④"灼人"随即把两人的通信送给《清华周刊·清华文艺》发表,他在附言中写道:"这两封信恐保存不周,未及一二十年或即遗失,我把它发表出来,倒还符合沈先生的意思。至于沈先生的泡沫样的理由底下包含着怎么样的心情,由读者去理

---

① [澳]邦尼·麦克杜哥(杜博妮):《从倾斜的塔上瞭望:朱光潜论十九世纪二十至三十年代的美学和社会背景》,《新文学史料》1981 年第 3 期。

② 沈从文:《致灼人先生二函》,《沈从文全集》第 17 卷,第 436 页。

③ 沈从文:《致灼人先生二函》附录《灼人先生的信》,《沈从文全集》第 17 卷,第 440 - 441、449 页。

④ 沈从文:《致灼人先生二函》,《沈从文全集》第 17 卷,第 439 页。

解吧。"①这个"灼人"多少有点偏激,也不够冷静,但沈从文当时显然也被激怒而有点失态了。"灼人"所崇尚的洋溢着"意志的燃烧和打鼓样的情感"的"时下诗人",和闻一多所说的"时代的鼓手",被一个"鼓"字联系在一起。透过发生在1947年的这场小风波,不难看出当时社会灼热的政治文化氛围和沈从文这样的纯艺术论者的尴尬处境。

　　但是,人类精神生活的需要在任何时候都不可能是单一的。战争年代是否就不能有非战争宣传的文学? 关于这个问题,闻一多和闻家驷兄弟俩曾经有过一次有趣的讨论。据后者回忆,1945年左右,他写了一篇介绍法国唯美主义作家戈蒂耶的文章,闻一多得知后,笑着说:"你现在还写这类文章啦!"闻家驷辩解道:"艺术好比是座公园,城市里总该有这么一块清静的地方。"闻一多立刻表示:"不对,在非常时期,公园里也要架大炮呢!"②其实,艺术的公园里即使一时架上了大炮,也还允许那些并不妨碍战斗的闲花逸草的生长,也不妨碍战斗之余的战士对它们进行与战斗无关的欣赏。激昂的战鼓之外,也不妨有悠远的琴声来增添生活的乐趣。蔡元培在抗战时期的一次公开讲演中提出"美术乃抗战时期必需品"。"抗战时期所最需要的,是人人有宁静的头脑,又有强毅的意志。""为养成这种宁静而强毅的精神,固然有特殊的机关,从事训练,而鄙人以为推广美育,也是养成这种精神之一法。"他认为无论是优雅之美,还是崇高之美,都可以"超利害之计较,泯人我之界限",起到这种作用。③ 这个讲话对于说明战争时期特殊环境中纯艺术能否存在和应如何看待的问题很有意义。那一时代中国纯艺术派的追求,固然有对公园里架上了大炮的不合时宜的指责,甚至隐含着对炮火的畏惧和逃避,但也确实在一定程度上反映出对艺术公园的执着的热爱。他们之中的一些人,也曾充当

---

① 沈从文:《致灼人先生二函》附录《灼人先生的信》,《沈从文全集》第17卷,第450页。

② 闻家驷:《忆一多兄》,《闻一多纪念文集》,三联书店1980年版,第37页。

③ 蔡元培:《在香港圣约翰大礼堂美术展览会演词》(1938年5月20日讲演,刊载于当年《大众画报》)。据周元度《蔡元培传》中说,这次讲演是蔡居港两年中仅有的一次公开讲演。引文据《蔡元培美学文选》,第218页。

过激进的鼓手,而当这种努力并未取得期望中的成效时,他们便因为对社会对国家失望所以关注个人,因为对政治失望所以倾心于艺术,成为远观生活的闲适的琴师。即使是在当时的条件下,确实也无法禁止而且应该允许这类琴师的存在。但是,如果作为一种文学方向或典范号召人们都去做这种琴师,那就未免不合时宜以至荒谬了。而纯艺术思潮中确有某些人是有这类不合时宜以至荒谬的言行的,他们遭到左翼文坛的抨击也就在所难免了。

这种纯艺术思潮试图摆脱喧嚣的战斗的大潮,甚至走向艺术和个人的象牙之塔。如果说,在五四前后,它作为新文学大合唱中不太成熟的一个声部和主旋律尚属合拍的话(创造社还可以充当一时的先锋);那么,到了五四之后,随着社会矛盾和政治斗争的激化,则无论出于何种高尚的目的和真诚的愿望,这种倾向所表现出来的文学理想和社会理想都不能不成为社会革命和文学主潮不和谐的杂音而受到冷遇。可以说,作为中国文学现代化进程的副部主题和支脉,这一思潮从来没有形成能和政治化文学主潮相抗衡的局面。而对于其中的多数流派和个人而言,其坚持纯艺术倾向的理论活动和其他文学活动的时间一般都不太长,影响也不足以和"为人生"、"为革命"、"为人民"的功利主义文学主潮相比。

左翼文学的理论主要包括武器论的文学本质论、现实主义的创作方法论、大众化的方向论,再加上阶级性世界观,这几种观念和纯艺术派都是对立的。这样,左翼文坛和纯艺术派之间的矛盾和论争就是不可避免的,也是双方都不想回避的。其间,当然也有一些并非必要的相互攻击。从根本上说来,双方关心的也不是同样的对象和问题。左翼关心的是解决现实社会问题的革命运动的成败得失,而且大部分以至全部注意力都集中在革命上。尽管左翼文坛内部存在种种分歧和差异(例如鲁迅、茅盾等就较多地考虑文学的艺术性质和特点),但在上述基本点上还是一致的。瞿秋白在三十年代曾经强调:"马克斯列宁主义反对一切种种的'纯粹艺术'论,'自由艺术'论,'超越利害关系的艺术'论,'无所为而为的没有私心的艺术'论。马列主义无条件的肯定艺术的阶级性,承认艺术的党派性,认为艺术是阶级斗争的锐利的武器。列宁主义的艺术论,不但不能够容纳康德的美学观念——所谓'美的分析学'，而且坚决的反对这种学说，认为这种学说也和其他的资产阶级意识形态上的表现一样，是蒙蔽和曲解现实的社会现象的。"①像瞿秋白、鲁迅、茅盾这样的左翼作家并不是不关心文学的自身性质和特点，而且有过许多精彩的论述。但他们更为关心的是文学是否"蒙蔽和曲解"了"现实的社会现象"，是否有益于实际的革命运动。相比之下，纯艺术派则更多关心自己的艺术天地。和波澜壮阔的时代风云相比，这时恐怕也只能说是小天地了。二者在艺术与政治的天平面前态度的分野与对立，当然有政治上的因素，更多的则是文学艺术观念以及与之相联系的人生态度的差异所致。

　　过去相当长的一段时间里，对这种文艺思想的对立和斗争很少从功利与非功利的美学观念相对立的角度来分析，而强调是政治上的对立和斗争。对文学研究会与创造社的对立一般还看作现实主义与浪漫主义的对立，三十年代左联与众多纯艺术派别的对立则都被看作革命与反革命、左翼与右翼的斗争，四十年代在此基础上还要再加上革命与自由主义、第三条道路的对立。其实纯艺术派的追求是一种艺术追求和态度，也是一种人生追求和态度，并不完全是或仅仅是政治的追求和态度。而过去常常将前面这两点忽略了。这也是那种将一切政治化、阶级斗争化的庸俗社会学的表现。

　　由这种执着的艺术追求和人生追求出发，纯艺术论者对文学艺术自身的性质、特征、运动和发展规律等方面的探索是认真而执着的，其贡献也是不容忽视的。他们颇有点像不顾社会的现实需要包括生产实际而一头扎在实验室的科学家，孜孜以求的是实验本身。造成这种现象当然有多种原因，有的是因为本来就对实验本身太感兴趣，有的是因为对外面的世界感到厌倦或恐惧而躲避到这里来，但无论如何他们已经沉溺于这一世界，并且因此充满了乐趣。而他们的工作虽然一时难以产生某种现实的功利作用，但仍有其不容忽视的意义。作为二十世

---

① 瞿秋白：《文艺理论家的普列汉诺夫》，《瞿秋白文集》（文学编）第 4 卷，人民文学出版社 1986 年版，第 66 页。

纪世界文学潮流的一种回应,中国现代文学中的纯艺术理论思潮显示了对艺术本体特征和作家个体精神自由的重视,对于当时畸形发展的政治化文学潮流和商业化文学倾向,都有纠偏补缺的意义,在一定程度上弥补了新文学发展中的某些不足,对现代文学进一步摆脱传统文学规范的束缚获得发展具有深刻的启发意义,在文学及其理论的发展轨迹上留下了不可磨灭的印记。与功利化政治化主潮的四次对峙中,纯艺术思潮前两次表现出来的对传统观念的冲击更为猛烈,后两次表现出对功利化、政治化主潮的抗击牵制作用更为明显,其中又以第三次最为突出。纯艺术论者中的多数人重视文学的艺术性,并在理论上和实践上进行了不同程度的努力。而这也正是新文学发展过程中需要解决的重要问题。他们所注意的和着力的,往往又正是左翼文学工作者当时忽视或一时无法顾及的方面。例如,朱光潜作为我国现代美学奠基者之一的辛勤耕耘,周作人、林语堂、梁实秋等人对现代散文文体的开拓,闻一多、徐志摩、袁可嘉等人对诗歌文体的理论阐释,李健吾、李长之、沈从文等人对现代文学批评发展的贡献,等等,就都属于这种情况。他们的这些理论探索和实践,对于我国新文学的发展无疑有着一定的积极意义,应该予以注意和肯定。

毫无疑问,这种纯艺术理论思潮以及在其影响之下的创作潮流在一定程度上所表现出来的对现实社会矛盾和斗争的冷漠与隔离,对抗争激情的消磨与对崇高风格的贬抑,对艺术和人类生活整体关系的割裂与曲解,无论是在当时还是在现在,无论是对于社会发展还是文学繁荣都不是有利的。

二 历史的回响与反思

现代文学中的纯艺术思想,是西方文学美学理论进入中国后的产物。最初,是与"文以载道"传统的对立,这在五四时期尤为突出;后来是与工具论与商业化的对立,这在二十年代后期直至四十年代一直是个延续的话题,纯艺术论者常常针对这两个方面同时出击,其中沈从文的态度尤为激烈。新中国建立后,商业化的一面逐步淡化,但政治化、工具化的一面却越来越突出了,由于这种功利化主潮占据了文坛的绝对主导地位,纯艺术思潮从此销声匿迹三十多年。创造社的浪漫主义不能再提,新月派、论语派、"自由人"、"第三种人"都被列入反动文艺思想代表受到批判;因为附逆问题,周作人文学上的成就更被完全抹杀,在文学史上几近消失。这种状况到了"文革"时期达到顶峰与极致。

"文革"结束以后,特别是到了八十年代,人们重新来探讨文学艺术的地位、功能、性质和特点,文学观念发生了重大的变革和更新,这时类似的艺术追求又重新泛起,对半个世纪前文学纯艺术追求的价值和意义,也才逐步拨开政治风云的障翳而给予科学的评价和足够的重视。

七十年代末一篇《为文艺正名》的评论首先揭开了关于文学本质与特性问题拨乱反正的序幕。文章批判占据文坛数十年的"文艺是阶级斗争的工具"说,指出:"文学艺术的基本特点,就在于它用具有审美意义的艺术形象来反映社会生活";而"文艺是阶级斗争的工具"说则将文艺与政治的关系说成唯一的、全部的关系,导致文艺与政治的等同,因而是一种取消文艺的文艺观[1]。随后,中央高层以《人民日报》社论的形式,传达出"文艺工作总的口号应当是:文艺为人民服务、为社会主义服务"的意见,取代了长期以来文艺为工农兵服务、为无产阶级政治服务的口号。[2] 八十年代后续的文艺理论与实践的发展,不仅进一步突破了工具论的禁锢,还更深入地冲击了同样影响久远的机械反映论,从而动摇了政治至上文艺观念的根基。

"为文学正名"的活动由此延续了较长的一个时期。这时出现的一些重要的理论命题,例如,文学的人道主义、主体性、本体论、文学性、"向内转"等,切入角度和研究方法有社会学、心理学、美学、语言学等诸多不同,研究对象则涉及文学活动的各个环节和文学研究的各个方面,具体指向了现实的和历史的各种问题。当这些命题组合出现在当时文学发展的潮流之中,就形成了一股强大的冲击力量,

---

[1]　本刊评论员:《为文艺正名——驳"文艺是阶级斗争的工具"说》,《上海文学》1979 年第 9 期。

[2]　《文艺为人民服务,为社会主义服务》,1980 年 7 月 26 日《人民日报》。

其共同的内在一致性就在于强调文学艺术区别于政治、道德、哲学及其他人文社会科学的性质与特点，强调其审美特性与功能，试图在文学与政治之间划出一道清晰的界限，按照当时流行的说法就是文学要"回到文学自身"。这种文学思潮的精神资源主要来自当时大量译介的西方文学思想和其他学术思想，与二十世纪前期的纯艺术思潮还没有来得及建立更多直接的关联，但二者内核所包含的对文学独立性与纯粹性的要求，却有着高度的内在联系与一致性。当时一些重要的理论命题几乎都反映出这种联系与一致性。

首先，是刘再复轰动一时、引起激烈争论的文学主体论。这种理论强调人的能动性，强调人的意志、能力、创造性，强调主体结构在历史运动中的地位和价值，认为在文学活动中不能仅仅把人（包括作家、描写对象和读者）看作客体，而且更要尊重人的主体价值，要以人为中心、为目的，在文学活动各个环节中恢复人的主体地位。主体论主要"针对了已经过于狭隘的政治功利主义和政治工具论，是从主体角度对文学的相对独立的本体价值的强调"①，其中也很自然地包含了对文学艺术审美特性的张扬。刘再复高度重视主体的审美心理结构和审美活动对于实现主体性的作用，认为"所谓主体性，就是人对世界的理解和把握，而这种理解和把握，就是通过审美心理结构去理解和把握的"；"人一旦进入了审美情境，就会使自己的尚处于沉睡中的主体意识苏醒，从而恢复这种意识，自己重新占有自己的自由自觉本质"。他肯定蔡元培对于美的超越性与普遍性的强调，认为主体在审美活动中可以实现"对现实中各种限制人的自由本质的束缚的超越"，而作家特别是杰出的作家，往往具有一般人所没有的超常的智慧力量和人格力量，具有强烈的超常的审美意识，因此，在文学艺术活动中，"由于审美活动和审美关系的全面性和自由性，主体和客体不再处于片面的对立之中，客体成为真正的人的对象，并使人的全面发展的本质力量对象化"。② 显然，他是从人的主体独立性来阐释

① 何西来：《文学理论的回归（上）》，《求索》1989 年第 3 期。
② 刘再复：《论文学的主体性》，《文学评论》1985 年第 6 期、1986 年第 1 期。

文学的独立性，从人的主体超越性来阐释文学的超越性。这样，文学的独立性诉求与人的主体性与自由解放诉求就内在地联系在一起，审美和以审美为基本特点的文学艺术活动的自由就直接等同于主体心灵的自由。

其次，是鲁枢元的"向内转"论①。这是借用美国评论家描述一战以后西方文学发展的说法，从文艺心理学角度出发对新时期文学整体发展态势的一种描述，意指文学创作的审美视角和表现重点由外部客观世界转向创作主体内心世界。这一论断及其引起的争论主要是对新时期文学发展态势的评判，但也深刻地反映出文学观念的差异与冲突。作者认为"向内转"形成的原因之一在于"民族文化积淀的显现"，指出"向内转"是"对于我国古代美学思想和文化传统另一脉系的继承和发扬"，这里所说的"另一脉系"指的就是道家思想。文中说："儒家文化强调审美与社会政治、伦理道德的关系，强调文学艺术的功利性，强调理性的创作过程；道家文化则强调审美和艺术创作的内在精神自由性，强调情感的自由抒发和自然表现，强调超脱一切法度之外的创作精神"。这里所说的"超脱一切法度"当然首先包括了超脱政治、道德等方面的功利性要求。文中说："文学充任了工具和武器，不一定就是文学固有的属性"，而"随着一个崭新的历史时期的到来，中国文学在走了一条迂回曲折、艰难困苦、英勇悲壮的历程之后，才终于又回到文学艺术自身运转的轨道上来"。什么是"文学固有的属性"，什么是"文学艺术自身运转的轨道"，从作者对"向内转"以及道家文艺思想的肯定中不难得到答案。许多论者也正是从这一意义出发来支持此文的，他们看到："新时期作家的一个巨大的进步就是自觉不自觉地重新审视了文学固有的功能和特殊的价值，急功近利的观念受到了抑制。对文学自身认识的深化，导致了创作的突破。""向内转""正是这种突破的表现"，"是一个历史性的进步"。②

再次，是当时众说纷纭的本体论。文学本体概念在八十年代的使用中，往往

---

① 鲁枢元：《论新时期文学的"向内转"》，1986 年 10 月 18 日《文艺报》.

② 童庆炳：《文学的"向内转"与艺术创作规律》，1987 年 7 月 4 日《文艺报》。

指涉本质、本身、根本、本原、存在、本位等不同内涵，其含义多样且颇多歧义。当时文学本体论的主要类型有形式本体论、人学本体论、活动本体论等，其共同点在于认为文学不是任何外物的附属品，它有其自身的规定性。各种理论中以形式本体论讨论最多，这一理论强调对文学进行内部研究，把构成文学的各种形式因素如文本、形式、结构、叙事、语言等视为文学的根本。形式本体论深受现代西方各种形式主义美学与文学理论如俄国形式主义、英美新批评、法国结构主义、符号学等的影响，美国学者韦勒克、沃伦反映新批评观念与方法的《文学理论》，英国学者克莱夫·贝尔的"有意味的形式"，俄国学者什克洛夫斯基的"陌生化"等概念，都是当时论者常用的理论依据。形式本体论重视文学文本的结构、语言、叙事技巧等形式因素。例如有的论者认为，文学作品在本质上就是文学语言的生成，所以，由文学语言参与的文学的形式结构，是具有本体意义的。"作品的语言形式构成其基本功能，从而显示文学的本体性：作品的语言形式所呈示的物象和意象构成其转换功能，从而生发出作品的历史内容、美学内容以及文化心理内容等等的审美功能"。① 这类观点颠覆了内容决定形式的传统观点，突出了作品形式的独立性与纯粹性。有的学者指出："艺术作为一种精神价值，远离物质生产领域，更应该首先摆脱现实的功利原则的束缚，而进入'艺术自身即是目的'的时代。随着科技革命的发展，那种以现实利益为转移的功利主义艺术观念，将会逐渐为那种符合艺术自身的本质和功能的本体论艺术观念所代替。"②显然，这种本体论针对的也正是"功利主义的艺术观念"。

八十年代学术界掀起一股西方热，本体论所受的影响只是其中一例。当时，介绍各种西方学术思想包括文学、美学思想蔚为大观，现代纯艺术派作家过去所推崇的康德、叔本华、尼采、克罗齐等，在这时都有了充分的译介，无论是数量或影响都早已超过了前半个世纪。当时受美国学者韦勒克等影响，许多人强调"外部

---

① 李劼：《试论文学形式的本体意味》，《上海文学》1987 年第 3 期。
② 林兴宅：《关于文艺未来学的思考》，《文史哲》1985 年第 6 期。

研究"与"内部研究"、"外部规律"与"内部规律"的区别，认为凡是涉及文学与政治、经济、社会等方面关系的研究，都是"文学自身"以外的"非文学"的"外部研究"而加以排斥。这些都促成了文学界追求独立、纯粹的艺术价值的倾向。在现代文学史研究中，以建立独立的、审美的文学史学科为目的的"重写文学史"活动也正反映了这种倾向。

与理论上的这些探讨相呼应，创作上也出现了朦胧诗、寻根文学、实验小说或新潮小说、新写实主义等探索性潮流，汇入了引人注目的新时期文学思潮。到了八十年代后期，开始有人将这些文学思潮上的变化归结为"纯文学"的追求。例如，有的论者认为，当时文坛出现了"纯文学"观念，具体表现为"非理性"论、"纯感觉"论和"纯艺术技巧"论，等等。"它们见于各种对其他文学观点的反驳，见于对各种具体作品的批评，也见于直接的理论阐述之中，带有相当的普遍性。它们各自的具体文学主张虽有异，却都有一个共同点：力图从文学中将种种政治的、社会的和历史的内容和因素统统作为'非文学'因素而排除干净，只剩下主张者们各自心目中的那唯一的纯文学因素留在文学之中。"①有的文学期刊还就"纯文学"问题举行座谈，讨论"纯文学"的内涵和发展走向。座谈中，有的论者表示，对于"纯文学"，"要想用理论概念来界定它，往往漏洞百出，越说越糊涂。这主要是意会，它不是通俗文学，不是功利文学，它的语言与形式比较讲究"；有的论者指出，"一般人把纯文学看作是探索的、很少有人读的、写得很怪的作品"，"纯文学是文学性很强的作品"，这些都反映了当时文学界对"纯文学"的大体认识。② "纯文学"这个概念当时虽然没有普遍使用，但却成为"文学圈内人都能意会的词"，有的作家后来回忆说："虽然我几乎从未用过这个词，但我记得它一度成为持有某种共同文学主张的人们之间默契的暗号"③，这种个人记忆也正反映了当时文坛的实际情况。

---

① 秦人：《"纯文学"与文学的社会性》，《浙江学刊》1987 年第 5 期。

② 《纯文学与 1988》（《文学自由谈》与《文学角》组织的座谈纪要），《文学自由谈》1989 年第 2 期。

③ 吴亮：《吴亮和李陀关于"纯文学"的通信》，2005 年 8 月 4 日《文学报》。

八十年代中国文坛的这些动向特别是理论上的种种主张,对照本书论述的现代文学早期开拓者们的言论,不难看出二者之间何其相似。不过,当时对这些作家的研究和重新评价才逐步开始,比起西方思想的介绍和现实文艺问题的讨论来,步履显得要缓慢得多,对他们文学思想特别是其中纯艺术思想的研究更要滞后一些。虽然在八十年代后期已经陆续出现了一些重要的研究成果①,但整体上看,这种研究还是个别的、局部的,直到九十年代才较为全面地开展起来。

八十年代后期人们对纯文学理想的乐观并没有持续太久,九十年代文学的整体发展发生了重要的转向,市场经济的迅速发展是造成这种变化的重要外部动因。八十年代后期就露出苗头的文学商品化倾向这时已被称作"大潮",给文坛以强烈的震撼和冲击,其影响远远超过沈从文频频为此发难的三十年代。因应这种潮流,通俗文学成为一种堂堂正正的存在得到充分的发展,不但与纯文学分庭抗礼,而且风头更甚。这时,"纯文学"以及"纯艺术"的使用频率远超于八十年代,但主要是随着文学商品化的滥觞而与通俗文学相对而使用的,与纯文学作为同义词或近义词使用的还有雅文学、严肃文学、精英文学等,而与通俗文学相同或相近的则有俗文学、娱乐文学、大众文学等。随着互联网的发展,到了九十年代后期,新起的网络文学也加入了通俗文学的行列,纯文学又被加上了传统文学的帽子。当时,讨论纯文学的命运常与讨论文学期刊(通常称作"纯文学期刊")的命运联系在一起,这种讨论中作为与通俗文学对举的"纯文学"概念的内涵则显得比较宽泛,并不排斥社会、政治等功利性的因素。而在强调"个性化写作"等旗帜之下的狭义的"纯文学"写作也得到发展,只是其社会影响难以与通俗文学同日而语。

八十年代后期以后,曾经引起社会广泛轰动效应的小说、诗歌、戏剧相对沉

---

① 这些成果包括:舒芜的《周作人概观》,《中国社会科学》1986 年第 4、5 期;钱理群的《历史的毁誉之间——简论周作人的文艺批评理论与实践》,《中国现代文学研究丛刊》1988 年第 1 期;罗钢的《梁实秋与新人文主义》,《文学评论》1988 年第 2 期;彭立的《三十年代林语堂文艺思想论析》,《文学评论》1989 年第 5 期等。

寂,到了九十年代初,源于文学自身发展的需要,同时也适应了市场经济发展背景下社会生活的变化,一股"散文热"应运而生,一时蔚为壮观。此时,周作人的草木虫鱼之作,林语堂的幽默文章、梁实秋的雅舍小品都成为其中"闲适性散文"的标本受到青睐和热销,作品所反映的文学观念也随之受到人们的关注。另一方面,对这批纯艺术作家作品的出版与研究在这一时期都得到了推进。以周作人研究而言,九十年代发表的论文总量和其中文学思想研究的数量较之八十年代都有了成倍的增长①;同时,还出版了一批有分量的周作人研究专著②,其中不同程度地论及其文学思想。这时对周作人文学思想的研究明显开始从五四时期"人的文学"思想向二十年代后期至三十年代以至四十年代拓展,其散文文体论、文学史观等方面都受到关注,这些都是本书所关注的现代文学纯艺术思潮的重要内容。对梁实秋文学思想的研究也从人性论扩展到其他方面,其他如对林语堂、沈从文的文学思想,李健吾、李长之的文学批评,梁宗岱的诗论等的研究,基本都在这一时期起步或明显有了发展,同时还出现了全面论述新月派、京派文学思想的研究成果③;当时出版的一些现代文学思潮史、批评史著作也对纯艺术派作家的文学思想进行了开掘,例如温儒敏的批评史著作论述了十四位批评家,其中一半以上属于本书所说的纯艺术派④。本书作者也是在这时发表了系列论文,提出中国现代文学主潮之外存在一股纯艺术思潮,并对其中是非得失进行了初步分析。⑤ 九十年代

---

① 据对中国知网中国期刊全文数据库的检索统计,1980—1989 年周作人研究论文的总数为一百三十八篇,其中周作人文学思想研究论文三十四篇;1990—1999 年两项统计分别为三百〇八篇和六十篇。

② 如倪墨炎:《中国的叛徒与隐士:周作人》,上海文艺出版社 1990 年版;钱理群:《周作人传》,北京十月文艺出版社 1990 年版;钱理群:《周作人论》,上海人民出版社 1991 年版;黄开发:《人在旅途:周作人的思想与文体》,人民文学出版社 1999 年版。

③ 如黄昌勇:《新月派文学思想论》,《文学评论》1995 年第 3 期;许道明:《京派的文学世界》,复旦大学出版社 1994 年版。

④ 参见温儒敏:《中国现代文学批评史》,北京大学出版社 1993 年版。

⑤ 参见胡有清《中国现代文学中的纯艺术思潮》(《中国社会科学》1997 年第 3 期)等文。

对纯艺术派诸作家的开掘对于当时文学发展存在的"纯文学"趋向来说,有着一定的关联或促进作用,但与西方文学思想的影响相比,这种作用还是很有限的。

如果说通俗文学是在创作与阅读等文学活动中挤压了纯文学的生存空间的话,那么到了九十年代中后期,日渐流行的西方后现代主义特别是解构主义思潮以及文化研究则从理论观念上动摇了"纯文学"或"纯艺术"观念的根基。这些思潮在八十年代后期就有介绍,进入九十年代后才逐步造成了较大的影响。后现代主义以其无中心主义和多元价值观念,曾经给中国文学摆脱"工具论"等功利主义束缚提供了精神上的支持,后现代主义文学的创作成果与经验也丰富了中国文学的审美体验和审美表现,但其反本质主义立场所带来的对于界定文学本质釜底抽薪式的否定,对于文学以及文学研究的独立价值、地位的否定以至"文学消亡"前途的预言,无疑给了"纯文学"或"纯艺术"观念致命性的打击。文学艺术既然没有一定的确定内涵和外延,所谓"纯"的文学或艺术自然也就无从谈起了。"文学"、"艺术"将不存,何来"纯文学"、"纯艺术"? 文化研究作为一种研究形态与方法,本是针对各种文化现象与问题的社会研究,其对象并不限于文学,以文学为对象的文化研究通常关注与着力开掘的也首先是作品中包含的各种社会生活信息、作品以及围绕作品的文学活动各环节与相应文化环境的关系等,对于作品本身的艺术特色和美学价值一般涉及不多。而如果用八十年代流行的术语来说,这正符合关注"外部规律"的"外部研究"的某些特点,这显然与要求"回到文学自身"的"纯文学"或"纯艺术"要求背道而驰,对于后者文学独立性、纯粹性的追求也自然是一种打击和阻遏。

在这种纠结之中跨入新千年之后,学界发生的一场讨论却使得"纯文学"变成了一个持续长久的热词。作为这场讨论的肇始者,《上海文学》杂志从 2001 年第 3 期推出作家李陀的访谈录①开始,在半年多时间里持续刊发这一主题的文章,带动了更大范围和更长时间内关于"纯文学"的思考与争鸣,其余波一直延续至今。

---

① 李陀、李静:《漫说"纯文学"——李陀访谈录》,《上海文学》2001 年第 3 期;另外,李陀同时在《北京日报》(2001 年 3 月 18 日)上发表《反思"纯文学"》,两文内容接近。

据统计,中国知网中国期刊全文数据库收录的标题中有"纯文学"关键词的论文自1980年到2015年间共二百一十五篇,其中:1980—1989年十四篇(九篇属于外国文学、古典文学和现代作品评论,研究理论或中国现代文学思潮的只有五篇);1990—1999年三十篇(大部分是与通俗文学对举谈纯文学的);2000—2009年九十四篇;2010—2015年七十七篇。这组数据正反映了"纯文学"话题自新世纪初以来不断升温的趋势。

当时,李陀回顾了"纯文学"观念形成于八十年代、发展于九十年代的历史,指出:"就文学的'主流'而言,'纯文学'很像是一种'魂'一样的东西,尽管它难以找到一个具体的物质性的躯壳,可它无处不在,支配着成千上百的作家的写作"。他认为在新的历史条件下,这一观念造成文学与社会的疏离以及介入或干预作用的丧失,已经失去了积极意义。在社会发生急剧变革的时代,作家和批评家"不能自缚手脚,主动放弃对社会重大问题发言的权利",应该"重新考虑'纯文学'这种文学观念",①"到底有没有问题？ 到底是什么问题？"②李陀与其他一些评论家由此批评九十年代文坛滋长起来的对个体感受、对形式技巧、对"怎么写"的过分强调和对西方后现代主义文学的盲目崇拜与模仿,希望加强文学对人的生存状态的真切关注和自身的批判性特点,他们的意见引起了文坛的注意。但将这些问题的出现完全归咎于"纯文学"观念,却受到一些学者的质疑,他们认为"文学不仅仅应该寄托深刻广博的现实关怀,同样也应创造出巨大的审美愉悦,发掘出某种人性的永恒的光辉。从这一点上,'纯文学'这一观念正是对文学自身的责任和价值的体认与守护",依然有其积极意义。③ 面临各种关于纯文学以至文学"保守"、"危机"、"终结"、"消亡"的议论,他们认为:"纯文学并不容易就死去。文学依然具有其内在性,以及不断自我创新的冲动。但这一切,不是追逐文学之外的市场力量,

---

① 李陀、李静:《漫说"纯文学"》,《上海文学》2001年第3期。
② 李陀:《反思"纯文学"》,《北京日报》2001年3月18日。
③ 参见俞小石:《"纯文学"观念需要反思》,《文学报》2001年2月22日。

而是要顽强地回到文学本身。"①

　　这场讨论更重要的意义或许在于对纯文学观念本身的探究。讨论中,人们意识到,所谓"纯文学"看起来似乎不言自明,但存在着明显的模糊性和言说的困难,其实只是一个相对的概念,只有通过它与对立物的关系才能更好地认识其意义。有的学者将其称为"空洞的理念",认为"这个概念只能在一系列理论术语的交叉网络之中产生某些不无游移的内涵。"②有的学者认为:"'纯文学'之与文学的意义,也是在多重关系中历史地呈现出来的,这些关系包括感性与理性,功利性与非功利性,艺术与人生,甚至是文学与政治等等。'纯文学'正是在这多重关系中历史地显示其自身边界的,而它的价值也许正在于其内涵的这种不确定性。"③人们在不同程度上普遍承认在现代文化背景下审美作为文学特别是"纯文学"的核心价值的意义。即使是认为无法描述超历史的"纯文学"的学者,也承认"大致清楚什么可以算作现今的文学。现今的文学之所以具有一种我所认可的美学风格,因为文学保存了丰富的感性经验——'美学'具有感性学的涵义"。④ 有的学者则指出,"文学"概念是历史生成的结果,"纯文学"是其必然的延伸,自然也包含了肯定"在历史生成过程中已被较为普遍地认定的文学的本质特性"以及"更充分体现这一性质"的特殊功能即审美功能的意义。⑤ 有的论者进而强调,在市场化、类型化、网络化等等冲击下,文学需要"更加坚守纯文学的审美立场,并且接受经典化的洗礼,才能以其强大的生命力存在下去"。⑥

　　讨论中,许多人都认为,只有回到历史的语境中去,纯文学概念才具有学理性意义,由此展开了纯文学概念的源起、内涵及演变历史的梳理,很自然地由八九十

---

① 　陈晓明:《保守而不死的纯文学》,2003 年 8 月 27 日《北京日报》。

② 　南帆:《空洞的理念——"纯文学"之辨》,《上海文学》2001 年第 8 期。

③ 　陈国恩:《"纯文学"究竟是什么》,《学术月刊》2008 年第 9 期。

④ 　南帆:《空洞的理念——"纯文学"之辨》,《上海文学》2001 年第 8 期。

⑤ 　毕光明:《纯文学及其研究的价值——对一种文学歧视的岐见》,《文艺评论》2006 年第 2 期。

⑥ 　雷达:《纯文学的永恒在哪里》,2010 年 3 月 16 日《人民日报》。

年代延伸到对二十世纪前期中国文坛纯文学观念发展的回顾,这种回顾与本书作者对于纯艺术思潮进行整体研究的方向正是殊途同归。有的论者提出:"在二十世纪中国文学上,相对意义的纯文学概念至少存在三种涵义,即相对于杂文学的纯文学、相对于政治化文学的纯文学和相对于文化工业的纯文学。"①具体说,相对于"杂文学"观念的"纯文学"观念产生于二十世纪初并定型于二十年代,相对于"政治文学"的"纯文学"观念活跃于二十至四十年代和八十年代两个阶段,相对于大众文学或通俗文学的"纯文学"则存在于九十年代。② 对于二十世纪中国文学中"纯文学"的三种不同内涵,不同论者的具体论述虽然有所差别,但总体还是比较一致的。在此过程中,还有人追溯中国古代文学发展史中文学和纯文学观念的演变,对现代纯文学观念与古代纯文学观念进行比较与区别,这些都丰富了对现代纯文学观念生成与发展的认识。

在对二十世纪"纯文学"观念发展脉络进行梳理的同时,学界对于现代文学中纯艺术思潮代表性作家和派别的研究也得到了促进和深化,其成果在数量上和深入程度上都超过了二十世纪末。仍以周作人研究为例来看,这一时期与二十世纪八九十年代相比,研究论文总量和文学思想研究论文数量都有了成倍的增长,据对中国知网中国期刊全文数据库检索统计,2000—2009 年周作人研究论文的总数为七百五十七篇,与 1990—1999 年的三百零八篇相比,约为其两倍半;其中周作人文学思想研究论文二百零二篇,与 1990—1999 年的六十篇相比,约为其三倍半。2010—2015 年两项统计分别为五百一十六篇和一百〇五篇,继续保持了上升的趋势。同时,出版周作人原著更加系统完备,研究著作数量也多于过去,还出

---

① 刘小新:《"纯文学"概念及其不满》,《东南学术》2003 年第 1 期。

② 参见李梦:《纯文学的历史演进与价值取向》,《人文杂志》2004 年第 2 期;付建舟:《中国现代纯文学观念的发生》,《文学评论》2009 年第 4 期;旷新年:《文学观念的演变》,《文艺争鸣》2014 年第 7 期;吴泽泉:《二十世纪初"纯文学"观念的流变及其反思——以王国维、黄人、周氏兄弟为中心》,《汉语言文学研究》2016 年第 1 期。

现了几种专门研究周氏思想特别是其文学思想的著作。① 值得注意的是,不少论著都重视周作人文学思想在功利与审美、人生与艺术之间曲折探索发展的特点,人们使用的"为艺术而艺术"、"言志"、"载道"、纯文学、审美至上主义、审美主义、趣味主义等关键词虽有不同,但实际指向却相当明显地集中到周作人同功利主义主流文学思潮的差异与对立上。有的论者指出:"功利主义与'非功利'之间的张力关系构成了现代文学观念迁衍的一条基本的线索。周作人的文学观无疑是矗立在功利主义对面的一个重镇。"②这种分析,正与本书作者所说的纯艺术倾向的判断相合。与周作人研究的情况相似,对于其他纯艺术作家和派别的研究也比过去深入,专题研究新月派、京派、梁实秋、沈从文等人文学思想的博士、硕士学位论文明显多了起来,即使是文学活动时间不长的胡秋原、杜衡(苏汶),也有一些硕士论文专题研究他们三十年代的文学思想。③ 这从一个侧面反映了学界对于历史上这一文学思潮的持续关注与重视。

在这些研究中,学者们一般都从学理上肯定了现代文学中纯艺术追求的合理性,同时也会指出其局限性,也会直接或间接地探讨这种文学理想对于今天文学发展的借鉴意义。有的人甚至提出,如果二十世纪三十年代没有爆发中日战争,文学的外部环境保持稳定,"纯文学"思潮就完全可能继续发展下去,成为文学的主流。④ 那么,今天中国所处的内外环境已经完全不同于三十年代,现实的语境

---

① 如关峰:《周作人文学思想研究》,民族出版社 2006 年版;哈迎飞:《半是儒家半释家:周作人思想研究》,人民文学出版社 2007 年版;汪成法:《在言志与载道之间:论周作人的文学选择》,南京大学出版社 2013 年版。另有译著[英]卜立德:《一个中国人的文学观:周作人的文艺思想》,陈广宏译,复旦大学出版社 2001 年版。

② 黄开发:《周作人的文学观与功利主义》,《中国现代文学研究丛刊》2004 年第 3 期。

③ 这些论文不少已经出版,例如黄红春:《古典与浪漫:新月派文学观念研究》,江西人民出版社 2015 年版;黄键:《京派文学批评研究》,上海三联书店 2002 年版;邵滢:《中国文学批评现代建构之反思:以京派为个案》,湖北教育出版社 2006 年版;梁桂莲:《审美的诉求——沈从文文论研究》,湖北人民出版社 2013 年版;张森:《沈从文文学思想研究》,人民文学出版社 2015 年版。

④ 李玮:《纯文学:1930 年代文学发展的另一种可能性》,《南京师大学报》(社会科学版)2006 年第 4 期。

有没有给纯艺术或纯文学思潮提供成为文学的主流的机会呢?

　　不同的时代文学有不同的客观处境和主观要求。我们可以用今天的标准去审视历史,却不能用今天的标准去规范历史。今天的时代已经不同于过去那个血与火交织的年代,纯艺术派当年曾经四处碰壁的一些文学观念,例如对文学独立地位和本体特征的强调,也有了更多更广泛的应和者。能否因此得出结论,认为凡是当年行不通的,今天便都是正确的了呢? 应该说,又不行。当年之所以行不通,除了客观原因以外,也总还因为这些思想或思潮有其自身的弱点和缺点。关于纯文学的讨论已经使人们更多地认识到这些弱点或缺点。只有注意而不是忽视以至抹杀这一点,对纯艺术思潮(包括其中许多流派、作家)的肯定才能建立在更坚实的科学基础之上。

　　应该承认,新世纪中国文学所处的境遇确实与二十世纪三十年代有很大的不同,但也有相同或类似的方面,如政治对文学的期待或约束虽然不同于工具论或武器论的时代,但仍还存在并且也不可能消失,商业化所蕴含的经济利益或功利价值对文学生态包括作者、读者及出版者评论者的影响比过去更大,这两个功利性因素文学不可能摆脱;而在主观上,一部分知识分子参与、介入或干预社会事务的激情或意识也常常会在文学活动本身表现出来,这在任何时代都一样。至于不同的背景因素方面,媒体的电子化信息化发展显然给文学提供了与过去迥然不同的生存环境,一方面以审美性、艺术性为主要特点的文学性得以广泛深入地对其他文体、其他媒体形式渗透,另一方面更多包含了文学性因素的其他文体、其他媒体形式的兴起与发展又削弱了文学的独立地位和纯粹性。本来就不清晰的文学与非文学的边界进一步模糊,诺贝尔文学奖授给一位撰写歌词的音乐人就是一个突出的信息。而学术领域里不断产生的许多新观念、新思想(例如已经出现的后现代主义、文化研究等),影响着相当一批年轻人,无疑也给纯文学或纯艺术观念的发展制造了严重的障碍,关于"纯文学"的讨论说明了这一点。因此,让纯文学来一统文坛当然是不切实际的假想。

　　尽管这样,文学的纯艺术追求即对文学独立地位与价值和自身艺术纯粹性的追求却仍是正当的,体现这种追求的纯文学创作也是有着长久的生命力的。经过了上百年的理论探讨与实践,人们都承认文学与其他非文学文体相比,有着一些基本的特点。这些特点大致包括:一是功能上,以满足审美的需要为主要目的,不是直接的宣传或教化;二是在文体特点上,具有形象的、情感的、具体的、感性的等特点,不是直白的抽象的说明;三是在创作过程上,强调作者以对生活独立的独特的感受、体验为基础,不是直接诉诸观念的演绎;四是在接受过程上,强调诉诸读者的感性体验和情感反应。由于这些特点在非文学的语言文字作品身上也有不同程度的表现,文学与非文学的界限存在着模糊之处,尽管如此,人们还是要以文学的概念来区分它与其他文体的存在,以维护自身的性质和特点。同时,文学内部也有各种差别,报告文学、传记文学等杂文学也好,武侠、言情等俗文学也好,甚至其他处在边缘地带、可能被认为是文学的文体形式或意识形式也好,其实都具有相当的文学性或艺术性,只是有时不那么典型或明显而已。所谓纯艺术或纯文学的要求,实际上就是要维护这些基本特点,维护文学中体现这些特点比较典型或明显的部分,用以维护文学文体的纯粹性。从体现文学的基本属性或特点来说,与杂文学或俗文学相比,纯文学无疑是中坚和核心的部分,而且对于杂文学和俗文学也有着艺术创造先锋性的引领作用。所谓纯与不纯,是相互联系又相互矛盾的两面。没有纯的要求,文学艺术不能发展;没有纯以外的附着,文学艺术的功能受到局限,也不为社会所允许。功利性的要求不可避免,也很难拒绝;审美性的特色必须保持,不保持就容易流于与其他文体(如政治、宗教、哲学、各种人文社会科学写作)雷同。纯与不纯的矛盾与争论,和审美与功利、自律与他律、艺术与人生等矛盾纠结在一起,可以说,会伴随着文学艺术的存在一直延续下去,在理论上是这样,在实践上就更是这样。从这个意义上说,中国现代文学纯艺术思潮的探索将会长久地启发后人的思考。

下编　**分论**

第四章
周作人的纯艺术思想

第一节　在"十字街头的塔"里"默想"

一　从"人的文学"到"个性的文学"

　　作为新文学运动的先驱者和领导人之一的周作人,其文艺思想的发展前后经历了三个阶段。二十世纪初他留学日本时即接受西方思想的影响对文学的审美性质与特点有了认识,在此基础上认为"文章者,国民精神之所寄也。精神而盛,文章固即以发皇,精神而衰文章亦足以补救,故文章虽非实用,而有远功",表达了以文学之力促进国民精神发展的意愿①,后来到了五四文学革命中更倡导"人的文学",这一阶段周作人的文学追求与争取民族解放和个性解放的目标相一致,功

---

① 　独应(周作人):《论文章之意义暨其使命因及中国近时论文之失》,《河南》月刊第 4、5 期,1908 年
　　5、6 月。《周作人散文全集》第 1 卷,广西师范大学出版社 2009 年版,第 115 页。

利化倾向总体比较明显。三十年代后期抗日战争全面爆发、北平沦陷以后,他在政治上附逆投敌转而强调"道义之事功化"①,要求文学成为"政治的一部分"②,功利化倾向再次突出起来。在这两个阶段之间,从二十年代初到三十年代中期,周作人则从"人的文学"发展到"个性的文学",从重视文学启蒙逐步演变到主张文学无用,在文学思想上表现出强烈的非功利倾向,成为这一时期文学理论上纯艺术思潮的代表和中坚人物之一。本章所论主要是周作人这一阶段的文学思想。

周作人的作品主要是散文,其中除了二十年代初期有一批作品是比较地道的纯文学作品以外,其他大多都是说史论理的议论文字,后期则更多是以读书笔记的形态出现。他曾多次表示:"我很反对为道德的文学,但自己总做不出一篇为文章的文章"。③"我是不会做所谓纯文学的,我写文章总是有所为,于是不免于积极"。④他也曾屡屡宣布"不谈文学"或关闭"文学店",说自己不是"文学家"。⑤应该承认,周作人主要是作为一个思想家而来谈文学问题的。说他是纯艺术思潮的代表,主要出于两方面的考虑:一方面,周作人在这一时期所突出强调的个性主

---

① 周作人最早在《论小说教育》(1943 年)中提出:"我想思想革命有这两要点,至少要能做到,一是伦理之自然化,一是道谊之事功化。"文收《苦口甘口》,河北教育出版社 2002 年版,第 27 页。在后来的文章中,他将"道谊"改为"道义"。如《我的杂学》中称:"中国现今紧要的事有两件,一是伦理之自然化,二是道义之事功化。前者是根据现代人类的知识调整中国固有的思想,后者是实践自己所有的理想适应中国现在的需要,都是必要的事。"文收《苦口甘口》,第 97 页。类似的论述还见诸《梦想之一》、《道义之事功化》、《过去的工作》等文,分别收入《苦口甘口》、《知堂乙酉文编》、《过去的工作》,均为河北教育出版社 2002 年版。

② 周作人:《文学杂谈》,《求是月刊》第 1 卷第 4 期,1944 年 6 月。

③ 周作人:《自序二》,《雨天的书》,河北教育出版社 2002 年版,第 3 页。

④ 周作人:《自序》,《苦口甘口》,第 2 页。

⑤ 例如周作人二十年代中期在《元旦试笔》中说:"以前我还以为我有着'自己的园地',……目下还是老实自认是一个素人,把'文学家'的招牌收藏起来"。《雨天的书》,第 126-127 页。三十年代中期在《长之文学论文集跋》中说:"我的文学小铺早已关门,对于文学不知道怎么说好"。《苦茶随笔》,第 67 页。到了四十年代中期在《文坛之外》中说自己"完全不算是文学家"。《立春以前》,河北教育出版社 2002 年版,第 164 页。

义，影响了当时一大批作家、评论家，成为支持纯艺术思潮的主要精神支柱之一；另一方面，周作人对一系列具体文学问题发表的见解，也从不同方面参与了纯艺术理论的建构，成为其有机组成部分。

正因为这些原因，当年的左翼作家将周作人视为"为艺术而艺术"的代表人物。许杰在长篇论文《周作人论》中指出："周作人与周作人的拥护者的态度，与他的批评者反对者的态度的不同，很可以用文学上的两句话来说明的，那便是'为艺术而艺术'，与'为人生而艺术'。用周作人自己的说话来说，便是'言志派'与'载道派'的分别。"他的依据是："近来的周作人本来是从载道派转入言志派，从'文学有用论'，转入'文学无用论'的上头的人。"①阿英在《现代十六家小品》中则认为周作人的小品文和鲁迅的杂文，"可说是散文小品里的两种不同的趋向的代表"。周作人"代表了田园诗人"，鲁迅"代表了艰苦的斗士"。②而鲁迅本人也曾直指周作人为"主张'为文学而文学'者"③。尽管周作人这时一再表示并不赞成"为艺术而艺术"，不赞成完全割裂艺术与人生的关系，宣称自己是"人生的艺术派"，但他和强调"为革命"、"为人民"功利目标的左翼作家之间的思想分野可以说是泾渭分明。他有关艺术独立、文学无用等方面的一系列理论主张，无疑都是追求文学"纯"的社会地位、性质、功能和特点的表现。从这个意义上说，当年左翼作家的判断不是没有道理的。

五四时期的周作人和许多先进知识分子一样，对社会改造和文学革命的鼓吹洋溢着理想主义的光彩。他热衷于日本作家武者小路实笃等人带有空想社会主义性质的新村主义运动，就是一个力证。他在文学上则更以一种叱咤风云的气势为个性解放、"人的文学"呐喊。他所高扬的"人的文学"的大旗，以其人道主义内涵为新文学与传统文学最终划清了思想上的界限，反映了新文学运动先驱者的共识。

---

① 许杰：《周作人论》，《文学》第 3 卷第 1 号，1934 年 7 月。
② 阿英：《周作人小品序》，《现代十六家小品》，上海光明书局 1935 年版，第 1 页。
③ 鲁迅：《势所必至，理有固然》，《鲁迅全集》第 8 卷，人民文学出版社 1981 年版，第 380 页。

追求个性解放本是五四新文学思潮的一个重要特点。作为周作人个人来说，其个性主义思想这时已见端倪，但还只是"人的文学"这一复杂的思想综合体的一种因素，和人道主义的博爱精神既互相联系又互相矛盾地扭结在一起。在思想上，它以反对封建主义对个性的压抑为主要目标；在文学上，则以反对封建的"非人的文学"为主要特点。周作人一方面提倡"平民文学"的口号，重视反映下层人民的生活和愿望，强调文学的普遍性和全民性①；另一方面则强调自己所说的人道主义，"并非世间所谓'悲天悯人'或'博施济众'的慈善主义，乃是一种个人主义的人间本位主义"。他以树与森林作比，来说明人与人类的关系："森林盛了，各树也都茂盛。但要森林盛，却仍非靠各树各自茂盛不可。""所以我说的人道主义，是从个人做起。要讲人道，爱人类，便须先使自己有人的资格，占得人的位置"。②

五四落潮以后，社会形势和客观环境发生了很大变化，而多年来的启蒙活动收效甚微也成为不争的事实。新文化运动先驱者中的一部分人走向革命文学和革命运动，另有一部分人感到悲观和困惑，对现实和人生产生了严重的幻灭感，思想上由人道主义转向个人主义。鲁迅就曾坦承自己有过这种"渐渐倾向个人主义"的思想活动③。由于思想基础、性格、知识结构等多方面的原因，周作人的这种倾向则发展得较为突出和持久。他和鲁迅等新文化运动先驱从不同的立场、角度，对自己早期文艺观中夸大精神力量作用的唯心主义倾向进行了反思。他很快就发现了人道主义追求的空泛和难以实现，并对"人的文学"和"平民文学"等口号中所包含的功利主义进行反省，他的文学思想也由此走入了自己反对过的"为文学而文学"的纯艺术的道路。

1922 年初，周作人在《晨报副镌》上开辟了一个专栏《自己的园地》，第二年出

①　周作人：《平民的文学》，《艺术与生活》，河北教育出版社 2002 年版，第 3 页。

②　周作人：《人的文学》，《艺术与生活》，第 11－12 页。

③　鲁迅：《两地书》，《鲁迅全集》第 11 卷，人民文学出版社 1981 年版，第 249 页。

版的论文结集也以此命名,这个名称生动地标示了他"个性的文学"这一独特的文学观。"自己的园地"在周作人这里实际上成为一个美学术语,他以此为喻,主张依照个性、表现个人情思的文学,让每个作家都能够发出自己的声音,就像在自己的园地里无论种果蔬药材还是蔷薇地丁,尽管"依了自己的心的倾向","本了他个人的自觉"就是了,并不讲求"为什么"的功利目的。他把文学的本质看作个性的抒发,因此既反对"以个人为艺术的工匠"的"为艺术派",又反对"以艺术为人生的役仆"的"为人生派",而主张"人生的艺术派"。所谓"人生的艺术派",按照周作人的描述,即"以个人为主人,表现情思而成艺术,即为其生活之一部,初不为福利他人而作,而他人接触这艺术,得到一种共鸣与感兴,使其精神生活充实而丰富,又即以为实生活的基本;这是人生的艺术的要点,有独立的艺术美与无形的功利"。① 他在《语丝》发刊时表示:"我们这个周刊的主张是提倡自由思想,独立判断,和美的生活"②,也正是这种观点的反映。周作人开始退隐,开始改变自己作为新文学运动的先驱、代言人的形象,而他对"独立的艺术美与无形的功利"的追求也正反映了中国现代纯艺术派比较普遍的认识。

　　但是,正如周作人所说的,他的身上是隐士与叛徒并存,绅士鬼与流氓鬼同在。③ 他的内心充满了矛盾和苦恼。随着社会革命的日益激烈,文学政治化潮流

① 周作人:《自己的园地》,《自己的园地》,河北教育出版社 2002 年版,第 5 - 7 页。

② 《发刊辞》,《语丝》第 1 期,1924 年 11 月。

③ 周作人二十年代中期曾经指出:"在我们的心头住着 Du Daimone,可以说是两个——鬼","其一是绅士鬼,其二是流氓鬼","在那里指挥我的一切的言行"。"我对于两者都有点舍不得,我爱绅士的态度与流氓的精神。"语出《两个鬼》,《谈虎集》下卷,北新书局 1935 年 1 月版,第 393、395 页。当时他还说:"不可怕太阳晒屁股,但也不可乱晒,这条的意思等于说'不可太有绅士气,也不可太有流氓气。'这是我自己的文训之一,但不能切实做到,因为我恐怕还多一点绅士气?"语出《条陈四项》,《谈虎集》上卷,第 180 页。1945 年抗战胜利之后,他在回顾这段历史时说道:"在好些年前我做了一篇小文,说我的心中有两个鬼,一个是流氓鬼,一个是绅士鬼。这如说得好一点,也可以说叛徒与隐士,但也不必那么说,所以只说流氓与绅士就好了。"语出《两个鬼的文章》,《过去的工作》,第 87 - 88 页。

日益壮大,革命文学的呼声也渐见强烈,周作人的这种矛盾和苦恼更加剧烈。大革命的失败沉重地粉碎了他的启蒙梦,他的隐士和绅士的一面占了主导地位,他的个性主义进入了新的阶段,其主要特点在于:第一,同强调"集体"、"阶级"、"政治"和"斗争"的"革命文学"思潮相对立;第二,在险恶的社会情势下全身自保,他开始主张"闭户读书",以"苟全性命于乱世"①。

1925 年的《十字街头的塔》一文生动而坦诚地表露了周作人的这种矛盾心态。他"自认是引车卖浆之徒,却是要乱想的一种,有时想掇个凳子坐了默想一会,不能像那些'看看灯的'人们长站在路旁",因而他的"卜居不得不在十字街头的塔里"。"别人离了象牙的塔走往十字街头,我却在十字街头造起塔来住,未免似乎取巧罢?我本不是任何艺术家,没有象牙或牛角的塔,自然是站在街头的了,然而又有点怕累,怕挤,于是只好住在临街的塔里,这是自然不过的事。只是在现今中国这种态度最不上算,大众看见塔,便说这是智识阶级,(就有罪,)绅士商贾见塔在路边,便说这是党人,(应取缔。)"②从这段自白中,不难看出他既不甘于放弃对现实的关注和参与又不愿陷于因此而带来的艰苦和危险,既不见知于大众又不见容于统治者的尴尬地位和处境,不难看出他的个性主义文学思想所具有的自由资产阶级的社会性质和特点。在"十字街头的塔里""默想",这正是周作人对人生、对社会、对文学一系列思考的特点的生动写照。

1932 年的《中国新文学的源流》是周作人个性主义文艺思想的阶段性的总结。他在这个讲演中以对文学本质的个性主义解释为基础,对中国文学特别是新文学的历史源流做出了自己的独特分析。他的基本看法是:"文学是用美妙的形式,将作者独特的思想和感情传达出来,使看的人能因而得到愉快的一种东西。"这里,他对"美"即"美妙的形式"和"真"即"作者独特的思想和感情"加以肯定,恰

① 周作人:《闭户读书论》,《永日集》,河北教育出版社 2002 年版,第 114 页。
② 周作人:《十字街头的塔》,《雨天的书》,第 69、72 页。

恰排除了通常与"真"、"美"并列的"善"。① 他曾对有人把"感人向善"作为诗歌的基本要求表示怀疑,指出"现代通行的道德观念里的所谓善,这只是不合理的社会上的一时的习惯,决不能当做判断艺术价值的标准",他从人道主义精神出发,认为人与非人的区别才是善与恶的区别。② 这些正反映出他和西方"为艺术而艺术"论者的某些共通之处。他将历史上的文学归为两种:言志的文学或即兴的文学,载道的文学或赋得的文学,他把这两种文学的交相起伏更替看成了中国文学发展的基本线索;而新文学正是言志文学发展的最新阶段,并应朝着言志的方向而不是载道的方向去发展。在这里,他用个性主义文学观念去解释历史,又用剪裁过的历史来印证自己的文学观念。

后来,周作人在政治上走上了背叛民族的道路,他过去追求和宣传的各种"独立"、"自由"的纯艺术主张再也无法坚持,"所以有些在浪漫或颓废派时代很好的脚色,现在却有点不大适用"③。他将"道义之事功化"视为"中国现今紧要的事"④,"希望文人把自己的事业认为即是一种政治的工作",共同致力于"复兴中国,保卫东亚";在他看来,那种"以为文艺是完全独立自由的,一切可以随个人意志自由发展"的观念,"在现今中国这不能不加限制","凡国民均应以国家民族为前提,文人也在其内,即使重在创造,其个人的要求总不能不从属于国家民族之下",⑤这些言论明显从根本上背离了他自己曾经坚持的强调个性自由,追求艺术独立的追求,造成这种变化的原因当然很复杂,但现实的政治因素无疑是其中重要的一项。

_____

① 周作人:《中国新文学的源流》,北平人文书店 1934 年版,第 10 页。

② 周作人:《诗的效用》,《自己的园地》,第 18 页。

③ 周作人:《文学杂谈》,《求是月刊》第 1 卷第 4 期,1944 年 6 月。

④ 周作人:《我的杂学》,《苦口甘口》,第 97 页。

⑤ 周作人:《文学杂谈》,《求是月刊》第 1 卷第 4 期,1944 年 6 月。

二 "以文艺为究极的目的"的思考

周作人以个性主义为核心的纯艺术文学思想是他对文学和人生、社会问题不断探索的结果。他的思想深受西方自由资产阶级思想的影响,同时又反映了那一时代中国社会及其个人的某些特点。

现代中国文学的先驱们普遍接受西方的美学文艺学理论,破除传统的文学观念,将文艺视为一种独立的社会文化形式,周作人早在二十世纪初留学日本就已显示了对文学本质、文学特点认识的现代意识。五四新文学运动对"文以载道"以及将文艺视为游戏等传统观念进行了猛烈的冲击,周作人这时对文学艺术独立地位的追求也是非常明确的。他所起草的文学研究会宣言中强调:"将文艺当作高兴时的游戏或失意时的消遣的时候,现在已经过去了。我们相信文学是一种工作,而且又是于人生很切要的一种工作;治文学的人也当以这事为他终身的事业,正同劳农一样。"①其中对文学工作专业化的肯定,就显示了在对文学地位的认识方面同传统观念的原则区别。

五四落潮以后,周作人对文学艺术的思考由于较多地排斥了功利主义的要求而显得更富于学理意义;同时也由于企图割断同社会、同现实的联系,这种思考的视野又受到了很大的局限。

周作人对当时新文坛上两种流行文艺观的分析批评,正是这种思考的结果。他指出"艺术派"排斥一切实用功利的考虑,结果是妨碍了"自己表现的目的","甚至于以人生为艺术而存在";同时,他认为"人生派"的流弊是"容易讲到功利里边去,以文艺为伦理的工具,变成一种坛上的说教"。周作人提出文学根本不必"为什么","正当的解说,是仍以文艺为究极的目的",文学只是"用艺术的方法",表现作者"对于人生的情思"。② 这样所谓"以文艺为究极的目的"来"解说"文艺,正是

---

① 《文学研究会宣言》,《小说月报》第 12 卷第 1 号,1921 年 1 月。

② 周作人:《新文学的要求》,《艺术与生活》,第 18 - 19 页。

一种追求艺术自身独立价值的思路和方法，为纯艺术的追求奠定了思想基础。

这时，周作人开始将强调个人本位与个性自由的个性主义作为五四精神的精髓而突出地加以研究和张扬。他的个性主义由原先作为"人的文学"的一个因素逐步变为具有独立意义的理论命题，同时也更多地显示出同近代西方霍布斯、尼采等人以个人为中心对待社会或他人的个人主义理论体系更为接近的特点。他在《新文学的要求》中将"人道主义的文学"进一步界定为"人生的文学"。① 后来，他在《个性的文学》中又强调："个性的表现是自然的"，"个性是个人唯一的所有，而又与人类有根本上的共通点"。② 这些都为他"人生的文学"作了更明确的注解，亦即"自己的"、"个人的"或"个性的"文学。

在后来出版《自己的园地》时所写的序言中，周作人在进一步强调"文艺只是自己的表现"的创作目的时又阐明了"不为而为"的创作态度。他说："我并不想这些文章会于别人有什么用处，或者可以给予多少怡悦；我只想表现凡庸的自己的一部分，此外并无别的目的。""我是爱好文艺者，我想在文艺里理解别人的心情，在文艺里找出自己的心情，得到被理解的愉快。在这一点上，如能得到满足，我总是感谢的。所以我享乐——我想——天才的创造，也享乐庸人的谈话。"③他宣称"教训之无用"④。他开始追求"把生活当作一种艺术，微妙地美地生活"⑤。后来，他还表示，现在除了"满足自己的趣味"以外，再也不去追求文学"觉世的效力"，与过去相比，"梦想者与传道者的气味渐渐地有点淡薄下去了"。"以前我所爱好的艺术与生活之某种相，现在我大抵仍是爱好，不过目的稍有转移，以前我似乎多喜欢那边所隐现的主义，现在所爱的乃是在那艺术与生活自身罢了。"⑥这明显表现

---

① 周作人：《新文学的要求》，《艺术与生活》，第 22 页。
② 周作人：《个性的文学》，《谈龙集》，河北教育出版社 2002 年版，第 147 页。
③ 周作人：《自己的园地旧序》，《谈龙集》，第 32－33 页
④ 周作人：《教训之无用》，《雨天的书》，第 113 页。
⑤ 周作人：《生活之艺术》，《雨天的书》，第 93 页。
⑥ 周作人：《自序》，《艺术与生活》，第 2 页。

出他对文学问题的个性主义解释正是建立在个人本位的立场上，他所关心的是"艺术与生活自身"，而将其中"所隐现的主义"推置到远处。他的批评文章也不再采用以前那种指点江山左右文坛的权威话语姿态，而更多表现出自我选择与慰安的色彩。这同"文章者，经国之大业，不朽之盛事"和"文以载道"等传统观念完全对立，也与当时强调服务于社会革命而逐步走向政治化的新文学运动的主潮背道而驰，作为一种研究思路和方法则无疑显示了西方近现代美学、文艺学以及其他人文社会科学的影响。

对"人"的健全发展的关注，一直是周作人考察文艺问题的一个重要支点。早在留日期间，他就接受了英国性心理学家蔼理斯关于将"人从社会的存在还原为自然的存在"的理论，试图从人高于动物的天赋自由发展的要求方面来解释文艺的产生和发展。五四高潮中他以"人学"作为"人的文学"的理论基础，一方面从自然人性论出发强调人是"从动物进化的生物"，另一方面主张所谓"个人主义的人间本位主义"①。五四落潮特别是大革命失败以后，周作人对文学的关注，更多是作为"人的研究"的一个部分，从人类的自我完善和全面发展的角度展开的。这时，他甚至主要是作为思想家而不是作为文学家而来谈文学问题的。他认为，如果人对自身缺乏必要的科学的认识，"在这样的社会里，决不会发生真的自己解放运动的，我相信必须个人对自己有了一种了解，才能立定主意去追求正当的人的生活。"②

周作人所说的"人学"知识体系包括了"具体的科学"、"抽象的科学"与"创造的艺术"等三个重要的知识学科群。他所注意的中心，是"个体"的人，与"人类"的人，认为这些学科都与人类认识自身相关。他所说的"创造的艺术"包括了艺术概论、艺术史等理论形态和各种具体的艺术形态两方面，他认为"在全人生中艺术的分子实在是很强的，不可轻易的看过"，强调艺术学科在"人学"知识体系中的独特

---

① 参见周作人：《人的文学》，《艺术与生活》，第 10－12 页。
② 周作人：《妇女运动与常识》，《谈虎集》下卷，第 408 页。

作用。① 这种个体意识与人类意识相统一的观念,这种对人的全方位多视角的考察方式,这种对艺术及艺术学科作用的强调,都是真正具有现代意义的。从加强文学研究和"人学"研究自身的独立性和科学性来说,应该承认周作人这种努力的积极贡献。他在三十年代曾经表示,自己连"文士"的头衔也不想要,而愿意被称作"爱智者","此只是说对于天地万物尚有些兴趣,想要知道他的一点情形而已","目下在想取而不想给"。② 这些不但反映出他对于这种研究的执着追求,也说明在对社会改革失去信心和拉开距离以后,这种学理研究就显得更带学究气和自我满足的意味了。

到了四十年代初期,附逆后的周作人曾经回过头来强调中国文学的儒家传统,认为"中国文学的道德气是正当不过的"。③ 这反映出周作人思想深处所隐藏的传统人生哲学和文学观念,一有适当的机会便会萌发生机;同时,这也说明,企图完全超脱政治而沉溺于艺术或学术之中,常常只是一厢情愿的幻想。在严酷的阶级斗争和民族斗争的现实面前,这种幻想常常要碰壁而化为泡影。

第二节　"自己的园地"中的理论之树

周作人的文论除了《中国新文学的源流》等少数专著和论集以外,大量散见于他的散文作品集中。他很少写长篇大论的理论文章,一般都是有感而发,随意谈来,形式不拘。和鲁迅颇为相似的这一特点,为人们把握他的文学思想的整体风貌带来了一定困难。但是,只要对其论著进行一些梳理与分析,便不难发现,围绕着"个性的表现"这个中心,周作人二三十年代的文学思想构成了相对完整、内容丰富的一个系统,其内容涉及文学理论的各个方面,并同左翼文学思想形成了鲜

---

① 参见《妇女运动与常识》,《谈虎集》下卷,第409－416页。
② 周作人:《后记》,《夜读抄》,河北教育出版社2002年版,第202页。
③ 周作人:《苦口甘口》,《苦口甘口》,第9－10页。

明的对立,表现出强烈的纯艺术倾向,成为他"自己的园地"中一棵堪称繁茂的理
论之树。

一 "文艺以自己表现为主体"

周作人以文学是"个性的表现"即"自己的表现"为核心,对文学本质问题展开
了多方面的论述。这是他的个性主义文学思想的核心部分,也是体现其纯艺术倾
向最突出的部分。

首先,周作人认为文学无功利的目的。他注意到"文学和政治经济一样,是整
个文化的一部分,是一层层累积起来的。我们必须拿它当作文化的一种去研究,
必须注意到它的全体"。① 他通过文学与其他文化门类的比较来揭示文学的无目
的特点。他曾对文学与社会运动和宗教进行比较,指出其"立足点与结果"的不
同:"社会运动一定要解决问题,完成理想;宗教则克苦自己,注意来生;可是文学
则不然,单表现一种苦闷,一种理想;表现的手段与方法完成后,就算尽了它本身
的能事,并不想到实行,或解决或完成其理想。"②后来他又围绕"目的"问题对文
学与宗教的区别加以进一步的说明:"两者的性质之不同,是在于其有无'目的'"。
他举例说,夏季人们常因天气闷热而烦躁,便禁不住呼唤下雨,但并不真的以为这
样便能导致下雨,"这样是艺术的态度";而道士们以种种仪式求雨则是"以促使雨
的下降为目的的"。他得出结论:"文学只有感情没有目的。若必谓为是有目的
的,那么也单是以'说出'为目的。"③也就是说,"自己的表现"即是目的。和上述
求异比较不同,周作人对文学与游戏进行的则是求同比较。他把自己的一本文艺
译文集命名为《陀螺》,他解释说这是因为"觉得陀螺是一件很有趣的玩具",而"这
一册小集子实在是我的一种玩意儿,所以这名字很是适合"。他道出二者之间的

---

① 周作人:《中国新文学的源流》,第 13 页。

② 周作人:《文学的贵族性》,《周作人散文全集》第 5 卷,第 413 页。

③ 周作人:《中国新文学的源流》,第 26 - 27 页。

联系:"我本来不是诗人,亦非文士,文字涂写,全是游戏,——或者更好说是玩耍。"他指出儿童的游戏中"忘我地造作或享受之悦乐几乎具有宗教的高上意义",虽然从功利的角度看来其结果是一无所得,"但是一切的愉快就在这里",可以达到无目的追求的美妙境,这"不但是得了游戏的三昧,并且也到了艺术的化境"。他感叹道:"我们走过了童年,赶不着艺术的人,不容易得到这个心境"。① 周作人的这番话不仅反映出所受西方"游戏说"文艺观的影响,也表现出对文学活动非功利性质和状态的追求与陶醉。

其次,周作人强调文学无教训的效用。如果说无目的讲的是主观的追求,那么无效用讲的则是客观的效果,其指向都在于文学以自己个性的表现为满足。所谓无效用主要是无"教训"别人的效用。他举例古希腊的苏格拉底、印度的释迦牟尼、中国的孔子老子等先贤,"如今既有言行流传,足供有艺术趣味的人的欣赏,那就尽够好了。至于期望他们教训的实现,有如枕边摸索好梦,不免近于痴人"。② 周作人二十年代中期的这一认识,否定了自己前期重视文学启蒙作用的看法。他认为:"文学是无用的东西。因为我们所说的文学,只是以达出作者的思想感情为满足的,此外再无目的之可言。里面,没有多大鼓动的力量,也没有教训,只能令人聊以快意。"他也承认文学在一定条件下可以起到某种功利的作用,但是认为"那样已是变相的文学了",就像"在打架的时候,椅子墨盒可以打人,然而打人却终非椅子和墨盒的真正用处。文学亦然"。这时,周作人已经封闭在"自己的园地"中,他强调文学无用,自然是针对以文学参与社会革命或救亡图存一类功利性要求的。"凡在另有积极方法可施,还不至于没有办法或不可能时,如政治上的腐败等,当然可去实际地参加政治改革运动,而不必藉文学发牢骚了。"③"文学即是不革命,能革命就不必需要文学及其他种种艺术或宗教,因为他已有了他的世界

---

① 周作人:《陀螺序》,《苦雨斋序跋文》,河北教育出版社 2002 年版,第 29 - 30 页。
② 周作人:《教训之无用》,《雨天的书》,第 114 页。
③ 周作人:《中国新文学的源流》,第 29 - 32 页。

了;接着吻的嘴不再要唱歌,这理由正是一致。"①这些例子虽然生动但并不确切,椅子墨盒本身功用与打人完全无关,而文学自身所具有的思想性及其教育功能则很难完全否定;接着吻的嘴不能唱歌,并不等于接过吻的嘴就不能再唱歌,周作人对文学非功利性的强调应该说是过于绝对化了。鲁迅当时曾经批评这种"写文章自以为对于社会毫无影响"的"文学无用"论,认为这是"废物或寄生虫的文学观"。他指出:"要于社会毫无影响,必须连任何文字也不立,要真的废名,必须连'废名'这笔名也不署。"应该说,这是很深刻的针砭。②

再次,周作人认为文学无阶级的分野。二十年代末期他针对"革命文学"就强调"文学家是必跳出任何一种阶级的"③。他认为,如果说主体有什么差别的话,那就是平民精神与贵族精神即叔本华说的求生意志和尼采说的求胜意志的差别。"求胜意志叫人努力的去求'全而善美'的生活",因此这种"贵族的"精神应是文学的基本精神,应该追求"平民的贵族化",即"凡人的超人化"。"倘若把社会上一时的阶级争斗硬移到艺术上来,要实行劳农专政,他的结果一定与经济政治上的相反,是一种退化的现象。"④他还从文学发展的历史角度来解释"个人的文学"的现代意义,他认为:"古代的人类的文学,变为阶级的文学;后来阶级的范围逐渐脱去,于是归结到个人的文学,也就是现代的人类的文学了。"他由此得出的结论自然是否定"阶级的文学"了。⑤

革命文学兴起后,阶级论作为重要理论支柱而盛极一时,周作人则以强调"人类共通"的人性而对此持激烈的否定态度。他认为,虽然从经济地位和生活条件来看,确有阶级的分野,但是人们的思想并无阶级的差别,"有产者在升官发财中

---

① 周作人:《燕知草跋》,《永日集》,第 80 页。
② 鲁迅:《势所必至,理有固然》,《鲁迅全集》第 8 卷,第 380 页。
③ 周作人:《文学的贵族性》,《周作人散文全集》第 5 卷,第 416 页。
④ 周作人:《贵族的与平民的》,《自己的园地》,第 15 - 16 页。
⑤ 周作人:《新文学的要求》,《艺术与生活》,第 21 页。

而希望更升更发者也,无产者希望将来升官发财者也"①。即使是人们的地位发生变化,思想也不会发生变化。因此,"文学里不会有什么阶级"。② 不难看出,他的这种看法与人们熟知的梁实秋的一些观点是相当一致的。经历了大革命的高潮和失败之后,周作人看到了一些倡导无产阶级革命文学的文学家的缺点,指出如果不从根本上破除旧思想,即使"凭了民众之名发挥他的气焰,与凭了神的名没有多大不同",那么"革命文学亦无异于无聊文士的应制"。③ 语虽尖刻而且带有认识上的片面性,但确实触及了纷纭繁杂现象下的本质问题,即文学主体如何注意自我超越与保持独立个性的问题。

二　"文艺的生命是自由"

周作人文学主体论的核心便是要求在生活中保持主体个性的自由,并在创作和批评活动中充分地表现这种自由。他在《文艺的统一》中论及个人与群体、个人感情与人类感情的关系。他认为,个人既然是人类的一分子,个人的生活即是人生的河流的一滴,个人的即是人类的,从而是合理的。④ 因此,他反对用"多数"的标准来限制个人,反对用"载道"的任务来阻碍"言志",反对用"理论"的规范来束缚"即兴"的创作。因此,他要求"创作不宜完全没煞自己去模仿别人",要保证"个性的表现是自然的";⑤认为"文艺以自己表现为主体,以感染他人为作用,是个人的而亦为人类的","其余思想与技术上的派别都在其次"。⑥ 总之,要保持个人的绝对的精神自由并作用于创作。他对左翼文学运动的"载道"即宣传革命思想屡加挞伐,正是基于这种认识。而他对左翼文学运动的偏见,又使得这种认识在一

①　周作人:《爆竹》(《杂感十六篇》之三),《永日集》,第 122 页。

②　周作人:《文学谈》,《谈龙集》,第 95 页。

③　周作人:《爆竹》(《杂感十六篇》之三),《永日集》,第 122 页。

④　参见周作人:《文艺的统一》,《自己的园地》,第 25 - 26 页。

⑤　周作人:《个性的文学》,《谈龙集》,第 147 页。

⑥　周作人:《文艺上的宽容》,《自己的园地》,第 8 - 9 页。

定程度上趋于更加偏激，带有情绪化的倾向。

　　周作人在五四时期和大革命高潮中曾有主观精神高度张扬，在社会与文学变革中占风气之先的经历，但在两次高潮之间和之后，恶劣的社会环境条件都使得这种个性的精神自由很难实现。他曾经不止一次语出无奈地讽刺道：在这种情况下，"沉默是一切的最好的表示"①。那么，沉默之中内心如何才能宁静？大革命失败以后，"闭户读书"论便是周作人在这种恶劣的政治条件下开出的保持个性自由的药方。他说："我看，苟全性命于乱世是第一要紧，所以最好是从头就不烦闷"，而"闭户读书"就是无钱无力的文士们消烦解闷的"消遣"方法之一。"宜趁现在不甚适宜于说话做事的时候，关起门来努力读书，翻开故纸，与活人对照，死书就变成活书，可以得道，可以养生，岂不懿欤？"②显然，虽然语带讽意，但周作人明显在提倡一种逃避现实的态度。值得注意的是：他主张读历史去知道"现在与将来"，去"与活人对照"，这说明他并没有真正忘情于现实，但又绝对没有正视现实矛盾、参与现实斗争的勇气。当时他曾劝热衷政治批评国民党的胡适"别说闲话"，专注于"教书做书"，"在冷静寂寞中产生出丰富的工作"。③ 他在写给友人的信中说："近来颇觉得韬晦之佳"。④ 他的"闭户读书"论就是一种现代隐逸论。他从中国古代士大夫那里取来了韬藏自全的武器，企图在险恶的社会形势下以此来维持带有西方色彩的个性精神自由和艺术独立。伴随着对隐士生活和隐士文学的鼓吹，他将隐士道路现代化和合法化了。"现在中国情形又似乎正是明季的样子，手拿不动竹竿的文人只好避难到艺术世界里去，这原是无足怪的。"⑤周作人为他自己也为一切现代的隐士们作了坦诚明确的辩白。但是，这样一来，现代意义上的个体精神自由和艺术独立究竟能在多大程度上实现呢？周作人似乎很难

---

① 　周作人：《闲话四则》，《泽泻集》，河北教育出版社 2002 年版，第 73 页。

② 　周作人：《闭户读书论》，《永日集》，第 115 页。

③ 　周作人：《劝胡适回平教学书》，《周作人散文全集》第 5 卷，第 576－577 页。

④ 　周作人：《与汪馥泉书二通》，《周作人散文全集》第 5 卷，第 738 页。

⑤ 　周作人：《燕知草跋》，《永日集》，第 80 页。

回答这个问题。

　　周作人从维护文学及其主体的独立自由出发,对文学界存在的趋利媚俗的商业化追求极为不满和鄙视。他指斥"迎合社会心理,到处得到欢迎的《礼拜六》派的小册子,其文学价值仍然可以直等于零"①。他的这种态度也是纯艺术派作家的共同立场,新月派就曾经表示:"我们不信任价格可以混淆价值,物质可以替代精神,在这一切商业化恶浊化的急坡上我们要留住我们倾颤的脚步"②;而沈从文对文学商品化的批评就更为激烈。到了三十年代,周作人因警惕以文学谋生而迎合市场需要的倾向,进一步提出了创作"非专业"论。他指出:"大家也最好不要以创作为专门的事业,应该于创作之外,另有技能,另有职业,这样对文学将更有好处。"在现代社会里"如专依卖文糊口,则一想创作,先须想到这作品的销路,想到出版者欢迎与否,社会上欢迎与否,更须有官厅方面的禁止与否,和其他种种的顾虑,如是便一定会产生出文学上的不振作的现象来",而"这样的人如加多起来,势必造成文学的堕落"。③　总之,避免受经济等社会因素的制约而影响"个性的表现",也正是从维护文学及其主体的独立性与纯粹性出发的。他在四十年代曾对文学青年提出三条告诫,其中第一条就是"不可以文学作职业",表达了同样的意见④。周作人的看法有一定的道理,但未免过于书生气。另有专业的人的作品仍有"社会欢迎与否"的"顾虑",要解决文学的媚俗问题还需要社会及作家个人多方面的调控才行。

　　在文学批评问题上,周作人由其基本文学观念出发,对法国印象主义批评家法朗士的观点大加推崇,认为"批评是主观的欣赏不是客观的检察,是抒情的论文

---

① 周作人:《文艺的统一》,《自己的园地》,第 26 页。
② 《"新月"的态度》(徐志摩执笔),《新月》创刊号,1928 年 3 月。
③ 周作人:《中国新文学的源流》,第 18—19 页。
④ 周作人:《苦口甘口》,《苦口甘口》,第 7 页。

不是盛气的指摘"①。他的推崇,使得印象主义批评在当时文坛上"颇见风行"。②
周作人对文学批评宽容原则的强调,也是和对文艺表现个性的本质相联系的。他
认为各人的个性既然不同,那么作为个性表现的文艺,当然也是不同的,所以在批
评上"应该宽容,听其自由发育"。如果不采取这种态度,甚至"拿了批评上的大道
理要去强迫统一",那么,文艺作品就"已经失了他唯一的条件,其实不能成为文艺
了。因为文艺的生命是自由不是平等,是分离不是合并,所以宽容是文艺发达的
必要的条件。"③周作人对宽容原则的强调和阐述是其批评理论中最有价值的部
分,也标志着现代文学批评观念所达到的一个历史水平。

由于强调创作和批评都是主体个性的表现,周作人否定文学批评有一定的标
准和不变的原则。他一方面反对主观的标准,指出趣味差别以至爱憎之见的合
理,肯定作品"绝对的真价"的无法估定,认为"批评只是自己要说话,不是要裁判
别人";另一方面也反对客观的标准,认为分析文艺作品不能将其都认作真理与事
实,当作历史与科学去研究。他认为上述两种批评标准的缺点,都"在于相信世间
有一个超绝的客观的真理,足为万世之准则",并不可取。因此,他坚决反对"硬想
依了条文下一个确定的判决"的"司法派的批评家"。④ 周作人的这种观点当然也
是由法朗士而来,京派李健吾等人也持类似观点。这对恪守某种"标准"机械地专
司"判决"的批评(这种批评在当时和后来都曾经流行),当然是具有针砭和冲击意
义。但是,完全否定批评活动中存在一定的原则标准,既是不科学的,也是不现实
的。即以周作人的批评而言,也是有一定标准的,例如,"言志"、"平淡",等等,所
谓"个性"也总是包含具体内容的。中国历来的文学批评以感性的鉴赏经验为主,
从王国维等人开始,现代批评吸收西方的美学文艺学理论的观念和方法,重视对

---

① 周作人:《自己的园地序》,《谈龙集》,第 31 页。

② 郁达夫:《批评的态度》,《青年界》第 3 卷第 4 期,1933 年 6 月。

③ 周作人:《文艺上的宽容》,《自己的园地》,第 10、9 页。

④ 周作人:《文艺批评杂话》,《谈龙集》,第 5 - 7 页。

作品的理性分析和理论方法的运用,包括一定批评标准的运用,这是具有进步意义的。在这种批评还处在学步之时,周作人的责难似乎有些过分了。

周作人从"个性表现"的角度出发,强调"文艺上统一的不应有与不可能",主张通过作家"各行其是的工作"促进文学的发展进步。他指出欧洲文学史上曾有许多企图实行统一的"陈迹","到了二十世纪才算觉悟,不复有统一文学潮流的企画,听各派自由发展,日益趋于繁盛"。[①] 他认为这一动向足供中国新文学运动借鉴。二十年代新文学运动主潮强调民众、阶级等多数的意义而忽视、贬低个性表现的价值,这当然为周作人所反对。他以过来人的身份,对这种倾向表现得特别敏感和难以容忍。他激烈地反对以"民众的统一思想,定于一尊",认为"多数人"并不能都了解文艺作品的意义和巧妙处,即使"多数的人真能了解意义,也不能以多数决的方法下文艺的判决。"[②]他的思想当然有一定的局限,例如对艺术趣味培养和改变的可能性、对各种社会群体趣味交融的可能性都估计不足,对下层群众也存在着偏见和鄙视。但是,他对艺术发展"非统一"规律的强调,确实触到了当时新文学发展中认识上和实践上的重大缺点。只是在相当长的时间里人们都不可能重视这类从艺术规律出发的"谬论",以至于影响了文学的繁荣和发展。

三　"小品文是文学发达的极致"

周作人以有利于个性表现为宗旨,对新文学的文体建设在理论上做了多方面的奠基性工作,其中又以对"美文"即小品文的论述最力。他的《美文》一文,对兼含"叙事与抒情"成分的"艺术性的"散文即"美文"大加宣传。[③] 二十年代中期,他形成了自己较为完整的散文观念,在这段时间所写的一系列书信序跋中有充分的表述。在这些序跋中,《冰雪小品选序》对小品文的性质、特点和发展历史作了简

---

① 　周作人:《文艺的统一》,《自己的园地》,第 26 页。

② 　周作人:《诗的效用》,《自己的园地》,第 20 页。

③ 　周作人:《美文》,《谈虎集》上卷,第 41 页。

明精到的阐说,是周作人自己很看重的一篇。这篇文章所表达的基本观点——"小品文是文学发达的极致,他的兴盛必须在王纲解纽的时代",周作人后来在《中国新文学的源流》、《〈中国新文学大系·散文一集〉导言》等论著中都反复作了强调。

为什么"小品文是文学发达的极致"呢?按照周作人的逻辑是:文学发展有两个大时期,"一是集团的,一是个人的",次序是由"集团的"向"个人的","个人的"文学是文学的高级阶段,而小品文"在个人的文学之尖端"。从文体发展顺序来看,"小品文是文艺的少子,年纪顶幼小的老头儿子"。从内容来看,它"是言志的散文,它集合叙事说理抒情的分子,都浸在自己的性情里,用了适宜的手法调理起来,所以是近代文学的一个潮头"。正因为如此,"小品文是文学发达的极致"。同时,由于这个发展顺序的原因,"集团的'文以载道'与个人的'诗言志'两种口号成了敌对","如颠倒过来叫个人的艺术复归于集团的,也不是很对的事"。这样,他就似乎从文学发展史的角度为反对"载道"文学发展"个性的文学"找到了根据。将小品文推到如此高的地位,显然并不符合文学发展的实际。周作人这样做,除了个人趣味的偏好以外,似乎也和急于找到同所谓"载道"文学对抗的标本有关。

那么,为什么小品文的"兴盛必须在王纲解纽的时代"呢?按照周作人的解释,这是因为"在朝廷强盛,政教统一的时代,载道主义一定占势力,文学大盛,统是平伯(引者按:指俞平伯,当时为《冰雪小品选》作跋)所谓'大的高的正的',可是又就'差不多总是一堆垃圾,读之昏昏欲睡'的东西。一到了颓废时代,皇帝祖师等等要人没有多大力量了,处士横议,百家争鸣,正统家大叹其人心不古,可是我们觉得有许多新思想好文章都在这个时代发生,这自然因为我们是诗言志派的。"①周作人的这种看法也是削足适履的,在所谓太平盛世如中国的汉唐时代里,即以"言志"的标准来衡量,不也有"许多好思想好文章"出现吗?

——————————

① 周作人:《冰雪小品选序》,《看云集》,河北教育出版社 2002 年版,第 104 – 105 页。

周作人认为对散文的文体特点很难作明确的理论表述。"文章的理想境我想应该是禅,是个不立文字,以心传心的境界,有如世尊拈花,迦叶微笑,或者一声'且道',如棒敲头,夯地一下顿然明了,才是正理,此外都不是路。"①但是,从他的众多议论中,还是可以捕捉到一些基本的文体要求。他对散文提出的平淡、趣味、苦涩等文体要求,也正是从强调"自己的表现"或"个性的表现"的效果出发的。周作人还使用"文学意味"、"气味"、"风致"等含义比较接近的词语来概括上述文体要求的综合实现。

周作人曾经这样谈到自己对历史分期的态度:"我看文艺的段落,并不以主义与党派的盛衰为唯一的依据,只看文人的态度,这是夹杂宗教气的主张载道的呢,还是纯艺术的主张载道的呢,以此来决定文学的转变。"②显然,他是从文艺的纯粹性出发,以个性表现的性质和程度来决定评判历史的价值取向,形成自己的文学史观和方法论。他的著名结论是中国文学始终是"诗言志"与"文以载道"这两种"互相反对的力量"交相起伏。周作人以这种轮转循回的文学史观,取代了他自己过去所强调的"时代"的进化论观念。③ 由这一认识出发,他把五四新文学的勃兴看成中国传统文学"载道"与"言志"内部矛盾发展的结果,是古代"言志"派文学的最后阶段——明末公安竟陵派在新的历史条件下的复活。

周作人将散文发展的历史总结为载道与言志二元归于一元的历史。他认为在明末公安派竟陵派以前,例如唐宋时期,文人对于著作的态度是二元的,即"也作过些性灵流露的散文,只是大都自认为文章游戏,到了要做'正经'文章时候便又照着规矩去做古文"。而公安派则是一元的态度,"能够无视古文的正统,以抒情的态度作一切的文章",是真实的个性的表现。五四新文学所实行的也正是这

---

① 周作人:《志摩纪念》,《看云集》,第 67 页。

② 周作人:《现代散文导论(上)》(《〈中国新文学大系·散文一集〉导言》),《中国新文学大系导论集》,上海良友复兴图书印刷公司 1940 年版,第 194 页。

③ 周作人:《中国新文学的源流》,第 36 页。

种一元的态度。"去写或读可以说本于消遣,但同时也就是传了道了,或是闻了道。"①他肯定新文学运动和公安派等相比"进了一程"。"因为现在所受的外来影响是唯物的科学思想,他能够使中国固有的儒道思想切实地淘炼一番,如上文说过,以科学常识为本,加上明净的感情与清澈的理智,调合成功一种人生观"。②周作人此处所论牵涉到我国文学观念的演变,即纯粹的"正经"文章逐渐被排除在文学之外,而过去被认为是"游戏"文章的"性灵流露的散文"以及小说、戏曲等文学样式,则逐渐成为文学的正宗和主体。这是一个复杂的演变过程,周将其仅仅归结为载道与言志的分与合,应该说过于简单化和模式化了。

周作人对于文学本质、文学主体及文学体式的看法是以人的个体性与文学的艺术性要求来贯穿的,他要求在文学活动的目的、过程(包括文学创作与文学批评)、成果(以小品文为极致)等方面都体现个性的充分自由,强调个人与集团、个人性与集团性(如阶级性)、个人的言志表现与集团的载道要求之间的区别与对立,从而为纯艺术思潮存在的合理性提供了根据。周作人的这种自成体系的文学思想,当然有很大的局限性,但是他从当时多数人所忽视甚至摒弃的一个视角来考察和探索文学,而且较多联系中国文学发展历史来立论,也确实触及了新文学发展中认识上和实践上的若干重大缺点和疏略,在现代纯艺术思潮中有自己特定的地位与影响。他的这种努力虽然和当时社会革命以及文学发展的主潮不相吻合,具有一定的消极作用,但是对于纠正或弥补主潮的某些偏颇却也不无意义,其经验和教训无论是在当时还是后来都是值得重视的一份思想财富。

---

① 周作人:《杂拌儿跋》,《苦雨斋序跋文》,第117页。

② 周作人:《现代散文导论(上)》(《〈中国新文学大系·散文一集〉导言》),《中国新文学大系导论集》,第194页。

第三节　现代隐士的困惑与悲哀

一　"右翼文学阵营"的"领袖"?

周作人以其在新文学运动中的地位和名声,在当时拥有相当多的读者。二十年代中后期大批新文化名人南下,周作人成为留守北方的文坛领袖。左翼作家阿英在三十年代曾经充分肯定周作人在新文学运动初期"作为文艺理论家、批评家以至于介绍世界文学的译家"的地位与贡献,但对于1924年以后的情况,则认为:"周作人的名字,是和'小品文'不可分离的被记忆在读者们的心里,他的前期的诸姿态,遂为他的小品文的盛名所掩"。阿英以1927年为界又将周作人的小品文发展分作两期,认为"在给予读者的影响方面,前期的是远不如后期的广大"。① 周作人的文论既然散见于他的小品文中,自然理应也在"不可分离的被记忆"之列,更容易为人所接受。只要承认周作人散文的影响,便不难认识周作人文学思想的影响。即以《中国新文学的源流》而言,从笔者所见的版本来看,两年里连出三版,印数达九千册。对于一本文学史论著作来说,即使在今天也是一个大数目,更何况是在当时的社会文化环境之下呢。其影响之大,由此可见一斑。

就主张文学艺术脱离政治,保持自己的独立地位而言,周作人与三十年代其他纯艺术派别在思想上确实都有共鸣。但是,他们之间的这种共鸣又是有一定限度的,他们之间还存在着许多差别。可以说,周作人在思想和艺术上的追求又是孤独的,认真追随其后的主要是俞平伯、废名等少数人。周作人曾和他们一起编辑出版过散文周刊《骆驼草》,其《发刊词》打出的旗帜就是"自我性灵的自由表现"。这个刊物虽然只维持了半年,却代表了这一时期周作人等人的思想与艺术追求。

---

① 阿英:《周作人小品序》,《现代十六家小品》,第1、3页。

周作人文学思想造成影响的另一个明显成果是促进了论语派的出现和发展。他的《中国新文学的源流》以及一些序跋文字,都使林语堂直接受到影响。特别是他对晚明公安派袁宏道等人文学主张的推崇,得到林语堂的热烈响应,成为"性灵小品"热潮火上加油的助燃剂,推动了当时逃避现实的社会思潮和文学思潮的发展。林语堂在《语录体举例》中写道:"周作人先生提倡公安,吾从而和之,盖此种文字,不仅有现成风格足为模范,且能标举性灵,甚有实质,不如白话文学招牌之空泛也。"①他在《小品文之遗绪》中高度肯定道:"周作人谈《中国新文学的源流》一书推崇公安竟陵,以为现代散文直继公安之遗绪。此是个中人语,不容不知此中关系者瞎辩"。② 林语堂在《人间世》创刊时提倡"以自我为中心,以闲适为格调"③,也明显受到周作人思想的影响。至于周作人的"五十自寿诗"经过林语堂的精心包装宣传以后,对论语派闲适思潮发展的影响更是人所共知的。

在当时的社会背景之下,周作人的思想能够产生这样的影响是不奇怪的。但是如果就此认为他是当时和左翼文学对立的"右翼文学家的阵营"的"精神领袖"④,似乎又言过其实了。

首先,是否能说这些人就是"右翼"并且已经形成了一个"右翼文学家的阵营"。"右翼"是和"左翼"相对的政治性的概念。诚然,新月派,"自由人"、"第三种人",论语派甚至京派的许多人都曾同左翼摆开阵势论战,思想上也有这样那样的联系;但他们之间并无组织上的联系或战略上的约定,在政治观念上也有许多差别,与国民党当局以及文艺上的"民族主义"、"三民主义文艺"这样的"右翼"是有区别的,笼统将其称为"右翼"应该说是不恰当的。至于周作人,与纯艺术思潮的

---

① 林语堂:《语录体举例》,《论语》第 40 期,1934 年 5 月。

② 林语堂:《小品文之遗绪》,《人间世》第 22 期,1935 年 2 月。

③ 《发刊词》(林语堂执笔),《人间世》第 1 期,1934 年 4 月。

④ 舒芜:《周作人概观(下)》,《中国社会科学》1986 年第 5 期。文中说:"当时左翼文学家阵营在文学艺术本身的领域里,真正的对手另有所在,那就是右翼文学家的阵营。""他们的精神领袖就是周作人。"

其他人物与派别也有所不同。就主张文学艺术脱离政治,保持自己的独立地位,包括对左翼文学的批评否定而言,周作人和他们确实都有共鸣,但他只是在某些文章(主要是三十年代中期的某些文章)中对左翼指指点点,虽然态度颇为激烈,语言有时也很刻毒,但并未有更多的正面出击。对左翼阵营态度上的这一点差别也许正反映出他的某种与众不同。这种与众不同的"倦怠"的心理状态,也许正从一个方面反映出这个"阵营"的不成阵势。

其次,前已论及,周作人和这些人在思想上也是有着许多差别的,一度联系颇多且受影响较深的林语堂是这样,往往被人们置于一个圈子里的京派也是这样。周作人当时曾被称为"老京派",他和后来的朱光潜、沈从文等人也有一定的联系。在思想上,周作人作为一名落伍的五四老战士,对社会和文学功能的失望困惑至深。他已决心"闭户"隐居,实行"韬晦",无论是对左翼还是对右派,也无论是对政治还是对艺术,虽然还偶有出来说三道四的雅兴,却绝无行兵布阵的志趣。对现实,他感到倦怠;对前途,他充满悲观。而当时另外一些纯艺术派别的作家,无论是生理年龄或心理年龄,看起来大都比他要年轻一些。梁实秋沉迷于新人文主义的"纪律"与"偏见",胡秋原执着于对普列汉诺夫理论的辨析和论争,而京派理论家们则更多地从艺术本体出发,带有以"美"来改造人生的理想色彩,他们都颇有一点救文学于水火舍我其谁的味道,而在周作人身上,却已经很难找到这种锐气和锋芒了。如果借用朱光潜的说法讲他们都是"观世"的话,那么周作人已是心灰意冷,而朱光潜等人这时还抱有相当的热情。周作人和这些后来人之间无疑存在着深深的隔膜。

因此,说周作人作为这一"阵营"的"领袖"的结论则恐怕是较难成立的。这样来估计周作人和整个纯艺术派(或称"右翼文学阵营"、"自由派")的文学思想的影响,恐怕也是过高了。

有人认为周作人和林语堂一样,"在中国最危急最黑暗的时代,宣传一种对人生对文艺的倦怠和游戏的态度,这是一切悲观主义中最坏的一种"①。其实,周、林二人还是有区别的。林语堂在讲"性灵"时所更为关心的是"幽默"。他对幽默的解释,无论是从纵的历史渊源还是横的涵盖范畴来说,都是宽泛化扩大化的,对幽默在当时的意义也有明显的夸大。这在一定程度上造成了鲁迅所说的"为笑笑而笑笑"的情况②。至于周作人,他追求的是"'忙里偷闲,苦中作乐',在不完全的现世享乐一点美与和谐,在刹那间体会永久……"③。"享乐"有之,"倦怠"有之,"游戏"则未必。他和林语堂从主张到实践都有一段距离。三十年代初阿英曾经指出,由于黑暗现实的压迫,文学家有三种出路:一是以鲁迅为代表的"打硬战主义",二是周作人为代表的"逃避主义",三是林语堂为代表的"幽默主义",其中就将林、周二人加以区分。他指出周作人等人"因为对现实的失望,感觉着事无可为,事不可说,倒不如'沉默'起来,'闭户读书',即使肚里也有愤慨";而林语堂等人"打硬仗既没有这样的勇敢,实行逃避又心所不甘,讽刺未免露骨,说无意思的笑话会感到无聊,其结果,就走向了'幽默'一途",而且这种"幽默"初期的积极因素当时正在"逐渐的消失","有着走向'传统的说笑话'的前途"。④ 他的分析应该说还是中肯和有见地的,林语堂在失去初期的积极因素之后确实也朝着"传统的说笑话"的方向走得更远。

　　常被人视为游戏人生观和文学观表现的周作人的"五十自寿诗"和"草木虫鱼"之作都需要具体分析。"自寿诗"所表现的主要是出家和在家即出世和入世的矛盾,"游戏"的成分应与林语堂等人火上加油的炒作有关。鲁迅所说的"周作人

① 舒芜:《周作人概观(下)》,《中国社会科学》1986 年第 5 期。

② 参见鲁迅:《从讽刺到幽默》,《鲁迅全集》第 5 卷,第 43 页。

③ 周作人:《喝茶》,《雨天的书》,第 53 页。

④ 阿英:《林语堂小品序》,《现代十六家小品》,第 465 - 467 页。

作自寿诗，诚有讽世之意"①，"其实是还藏些对于现状的不平的"，"但太隐晦"，②
正是比较中肯的评价。

　　从总体上看，"草木虫鱼"之作和周作人的那些漫论东西闲话古今的文章一
样，都或曲折或直露地表现出他对社会和文学问题的思考。对此，他说得很清楚：
"我在此刻还觉得有许多事不想说，或是不好说，只可挑选一下再说，现在便姑且
择定了草木虫鱼，为什么呢？第一，这是我所喜欢，第二，他们也是生物，与我们很
有关系，但又到底是异类，由得我们说话。万一讲草木虫鱼还有不行的时候，那么
这也不是没有办法，我们可以讲讲天气罢。"③可见，他作这种表示在当时虽也带
有"明哲保身"的意味，但更多的还是无可奈何的自嘲和故作姿态的反语。这和林
语堂在鼓吹"宇宙之大苍蝇之微"时那种似乎找到了文学出路与前途的兴奋和狂
热显然是有差别的。夏志清在谈到周作人和林语堂热衷小品文时就意识到他们
之间的共同处与差别，他一方面指出："周、林和他们门徒，只是一味崇尚个人趣
味，逃避严肃的现实，几有独尊小品文而弃其他较宏伟的文学形式之势"；同时，又
批评林语堂"除了故意雕琢的妙论之外，从来没有达到'性灵'的高度境界"，"没有
严肃的文学趣味和知识标准，只是鼓吹他个人所热衷的无关宏旨的一类事"，"钻
进享乐主义的死胡同里，以致不能给严肃的艺术研究提供必须的和批判性的激
励"，"他的杂志，也因此终于成了那些只叙述个人和历史琐事的作家，或者以研究
中西文化来消闲的作家的庇护所"。④ 应该说，这些意见都是很尖锐和深刻的。

---

① 鲁迅在1934年4月30日致曹聚仁信中写道："周作人自寿诗，诚有讽世之意，然此种微词，已为
　今之青年所不憭，群公相和，则多近于肉麻，于是火上添油，遂成众矢之的，而不作此等攻击文字，
　此外近日亦无可言。"《鲁迅全集》第12卷，第397－398页。

② 鲁迅在1934年5月6日致杨霁云信中写道："至于周作人之诗，其实是还藏些对于现状的不平
　的，但太隐晦，已为一般读者所不憭，加以吹擂太过，附和不完，致使大家觉得讨厌了。"《鲁迅全
　集》第12卷，第403页。

③ 周作人：《草木虫鱼·小引》，《看云集》，第15－16页。

④ 夏志清：《中国现代小说史》，香港友联出版社1979年版，第111页。

周作人在三十年代曾经编辑出版《苦雨斋笑话选》，收录了几百则古代笑话。他解释自己的编选动机道："我的意思还是重在当作民俗学的资料"，"使笑话在文艺及民俗学上稍回复他的一点地位"。① 他似乎感觉这很容易被人与林语堂的"幽默"文学潮挂上钩，特地声明："在此刻来编集笑话，似乎正赶上幽默的流行，有点儿近于趋时，然而不然，我没有幽默，不想说笑话，只是想听人家说的笑话，虽然听笑话在笑话里也要被嘲笑。"他指出"中国现时似乎盛行'幽默'，这不是什么吉兆"，因为如果不能"让人民去议论，发泄他们的鸟气，无论是真的苦痛或是假的牢骚"，都只能说明社会中存在一个"暗黑的背景"。② 这种态度和林语堂对幽默的鼓吹形成对照。这个事实，似乎也可以作为周作人主观上并非"游戏"的一个佐证。

在当时的社会条件下，周作人以及他所代表的一部分知识分子思想陷入深深的苦闷和烦恼之中，因而姑且谈谈那些可有可无不关紧要的东西，一方面是聊以自慰消遣，一方面也未尝不寄托自己对社会与文化问题的思考。如果因此便简单地将他的纯艺术思想倾向归为"游戏"是不公正的，也容易导致将其本来具有较深文化意蕴的作品和思想浅薄化、平庸化和游戏化，从而对人们认识历史和发展文化都产生误导作用。

二　西方思想辐射下的中国隐士

周作人接受西方观念强调"个性"、"自由"，在文学上力倡"个性的文学"，坚持的时间之长，论及的范围之广，在中国现代文学史上所造成的影响远非别人可比。

但是，值得注意的是，周作人并未真正透彻地学到西方思想家追求"个性"、"自由"的立场、态度与方法。西方思想家、文学家对个性自由的追求，无论是文艺复兴时期对"个性解放"的强调，还是后来对个人主义的鼓吹，都是满怀冲决罗网

---

① 周作人：《〈苦雨斋笑话选〉序》，《苦雨斋序跋文》，第 89、92 页。

② 周作人：《〈苦雨斋笑话选〉序》，《苦雨斋序跋文》，第 97 页。

的勇气和决心来进行的,都是以自身个性的张扬来推进人类个性自由的更广泛的实现。封建势力和反动政治势力的强大,自身队伍和精神力量的脆弱,都使得周作人们比革命时期的西方自由资产阶级知识分子所受的压迫和束缚严重得多,从而在追求西方式的民主和自由时显得先天不足。政治上是这样,文学上也是这样。周作人思想的基本特点在于既追求西方式的个性解放,又带有强烈的中国古代士大夫的隐逸情调,所以,他的纯艺术追求,既有接受西方艺术观念追求艺术与思想独立纯粹的一面,又有强烈的避祸全身的因素。周作人对表现"自我"的强调往往是同对黑暗现实的逃避和对作家社会责任的推卸,同政治热情的衰退和思想原则的动摇联系在一起的。因此,在理论上就必然将作家的自我表现与反映人民和时代呼声的要求完全对立起来。在周作人眼里,要求文学表现时代精神,就等于牺牲了个性;要求作家客观地去体察和反映大众的心情,就必然是抹杀作家自己。这正反映了周作人作为自由资产阶级知识分子与人民大众之间的隔膜和距离。所谓"文艺只是自己的表现",实质上就是要求文学艺术去表现自由资产阶级及其知识分子的个性,而且特别是像他这样一部分带有传统士大夫气的现代隐士们的个性。而周作人所主张和实行的在强大的政治压力下的退缩、避祸和归隐,正是中国士大夫争取"个性""自由"的传统方法和态度。这样的个性的自由是有限的自由。这样的人执笔写作,表现出来的个性自然也不可能是得到充分发展的个性。

许多西方思想家在追求个人的个性自由的同时,并不将其同承担一定的社会责任对立起来。以和周作人同时代的意大利思想家克罗齐来说,这位主张"直觉即表现,表现即艺术"的表现论集大成者,为林语堂、朱光潜等纯艺术思潮代表人物所大力推崇,而支撑其理论的支柱之一就是认为艺术不是一种道德活动。但是他又并不对艺术的道德学说持完全否定的态度。他认为,艺术是在道德范畴之外,但艺术家是在道德王国里,"那么他只要是人,就不能逃避做人的责任,就必须把艺术本身——现在和将来都不是道德——看作是一项要执行的使命,一个教士的职责。"①二十年代到四十年代,克罗齐本人在政治上、思想上同法西斯势力长期斗争,成为意大利民族民主革命精神的旗手。他的言论和行动都表明他是把实现个人的政治信念、生活信念同与阻挠这些信念实现的势力的斗争联系在一起的。而在周作人这里,却是以退缩到个人的小天地里回避社会矛盾的隐逸作为出路的,最终则以屈服而附逆,政治上和思想上都背叛了自己的个人主义、自由主义立场。只要将周作人的思想同五四时期早期创造社的个性主义追求比较一下,就可以发现二者的区别:周作人讲个性主要是要保持个人生活和心态的宁静,而创造社则更多地强调个性的张扬;周作人主要是洁身自好,保持个人的完满和精神自由,而创造社则更多地指向封建传统和现存社会秩序。也正因为如此,创造社较早地就从早期的力主个性主义"转向"到后期倡导阶级论和无产阶级革命,而周作人却长期处在"隐士"与"叛徒"之间的矛盾状态。

周作人曾经指出:"中国的隐逸都是社会或政治的,他有一肚子理想,却看得社会浑浊无可实施,便只安分去做个农工,不再来多管";而"外国的隐逸是宗教的,这与中国的截不相同,他们独居沙漠中,绝食苦祷,或牛皮裹身,或革带鞭背,但其目的在于救济灵魂,得遂永生,故其热狂实在与在都市中指挥君民焚烧异端之大主教无以异也"。周作人明显是不赞成西方式的隐逸的。而中国的这种隐逸和西方的个性解放当然是更有差别的,中西在这里很难融合。这也许正是周作人的悲剧。②

当然,周作人头脑中的绅士鬼和流氓鬼、隐士和叛徒这双重人格常在不断斗争。虽然隐士味与绅士气在强化,但是,作为"个性"的表现,无论是思想主张还是实际行动,周作人"流氓"和"叛徒"的一面还是较为强烈的,而且往往随着社会政

---

① [意]克罗齐:《美学纲要》第1章,[意]克罗齐:《〈美学原理〉〈美学纲要〉》,人民文学出版社2008年版,第177页。

② 周作人:《〈论语〉小记》,《苦茶随笔》,河北教育出版社2002年版,第18页。此外,周作人还在《重刊袁中郎集序》中讲到类似的意思:"外国的隐逸多是宗教的,在大漠或深山里积极的修他的胜业,中国的隐逸却是政治的,他们在山林或在城市一样的消极的度世。"《苦茶随笔》,第60页。

治斗争的升温时有突出的表现。这在二十年代中期颇为明显。在一系列重大政治事件中，例如"女师大风潮"、"五卅"运动、"三一八"事件和"清党"事件中，周作人都站在进步力量一边对反动势力、反动思想大加鞭挞，不同程度地显示出冲锋陷阵的勇气和风采。他宣称赞成将"民族主义思想之意识地发现到文学上来"，肯定"国民文学的呼声可以说是这种堕落民族的一针兴奋剂"①。他甚至说："以前我还以为我有着'自己的园地'，去年便觉得有点可疑。现在则明明白白的知道并没有这一片园地了"。② 但是他对文学的个性主义追求仍在继续，他强调"提倡国民文学同时必须提倡个人主义"③。而当中国转入了更为巩固和黑暗的反动秩序之下后，周作人痛心地指出："中国如想好起来，必须立刻停止这个杀人勾当，使政治经济宗教艺术上的各新派均得自由地思想与言论才好。"④当他发现并无"好起来"的可能时，便转而以"闭户读书"归于隐士的沉寂，其个性主义的追求也就更带上了与世隔绝悲观无为的浓重色彩。

大革命失败以后，周作人再也没有以前那种不时冲出"十字街头的塔"来呐喊的兴趣或是勇气，而只是在塔内冷观静思外界的种种变化。虽然也时有对社会现实的批评，但他的"流氓"气或"叛徒"气倒是更多地表现在对革命文学的态度上。作为新文学运动的领袖之一，他对新文学的未来发展也有自己个性主义的理论构思。眼见主潮转向，与自己主张不合，颇不以为然。再受到左派的攻击，更加剧了心理的不平衡，以多少有点反常的态度来对待昔日的战友和文坛后辈。他甚至又在呼唤"文学的贵族性"，指出："文学家在情感上，思想上及艺术上，全都要超出常人。所以，文学家实际上是精神上的贵族"。他承认"这是对准倡说革命文学的人而发的"，他强调"如其文学真是成了革命的工具，能奋起群众，全都做了革命的战

---

① 周作人：《与友人论国民文学书》，《雨天的书》，第 110 页
② 周作人：《元旦试笔》，《雨天的书》，第 126 页。
③ 周作人：《与友人论国民文学书》，《雨天的书》，第 111 页。
④ 周作人：《后记》，《谈虎集》下卷，第 624 页。

士,那不是成了和念咒的妖法,或者和宗教上之祈求降福一样吗?"①他表示不屑于"给人家去戴红黑帽喝道"②,而要坚持自己自由独立的立场。"唯凡奉行文艺政策以文学作政治的手段,无论新派旧派,都是一类,则于我为隔教"。这时他更重视"为自己而写",而努力"减少为人(无论是为启蒙或投时好起见)的习气"。③不能说他对革命文学的批评没有道理,但是出于思想上的偏激和情绪上的失控(这种失控对于强调"宽容"、"冲淡"的周作人来说,应该说是颇有失风度的),他又常常将个性自由、文学发展同追求社会进步的现实革命运动完全对立起来,这样,便不能不限制了自己个性主义文学思想的发展。周作人提倡"言志"或"即兴"的文学,反对"载道"或"赋得"的文学,有的论者认为三十年代周作人的散文创作其实属于"赋得的言志",即"被动的言志",指出周作人等人"把自己的心灵囚禁于某一特定范围,不时探出头来看真实的世界","所言之志,却不出自制的牛角尖"。④这一分析也可以说是完全适用于周作人的文学思想的。

隐逸当然不是周作人的发明,但是他的隐逸又有自己的偏向或者说是特点:保全自己超过了一切,"除了自己的羽毛,就没有什么是他所爱惜的了"。⑤ 这与他以后终于未能将隐士当到底有着直接联系,在他的个性主义与纯艺术追求中不能不投下长长的阴影。

在当年周作人为自寿诗受到左翼文坛的批评时,有一篇为他辩护的文章的题目叫作《从孔融到陶渊明的路》⑥。文章分析汉末魏晋种种社会条件下,愤世嫉俗

---

① 周作人:《文学的贵族性》,《周作人散文全集》第 5 卷,第 415、412、416 – 417 页。

② 周作人:《后记》,《苦竹杂记》,河北教育出版社 2002 年版,第 219 – 220 页。他在文中说:"红黑帽编竹作梅华眼为帽胎,长圆而顶尖,糊黑纸,顶挂鸡毛,皂隶所戴,在知县轿前喝道曰乌荷。"

③ 周作人:《后记》,《苦竹杂记》,第 220 页。

④ 司马长风:《中国新文学史》中卷,香港昭明出版社有限公司 1976 年版,第 109 – 110 页。

⑤ 冯雪峰:《谈士节兼论周作人》,冯雪峰:《冯雪峰论文集》上册,人民文学出版社 1981 年版,第 236 页。

⑥ 曹聚仁:《从孔融到陶渊明的路》,1934 年 4 月 24 日《申报·自由谈》。

的士大夫如何逐步将"一切愤火都平熄下来，出世观代替了入世观"，从孔融变成了陶渊明。文章认为周作人"十余年间思想的变迁，正是从孔融到陶渊明二百年间思想变迁的缩影"，这当然不无道理。但文章以"势所不得不然"来解释周作人的"甘于韬藏，以隐士生活自全"，则是出于同样文化心理的辩白。文章指出："陶渊明淡然物外，而所向往的是田子泰、荆轲一流人物；心头的火虽在底下，仍是炎炎燃烧着。周先生自新文学运动前线退而在苦雨斋谈狐说鬼，其果厌世冷观了吗？想必炎炎之火仍在冷灰底下燃烧。"这一"想必"，带有很大的主观情感因素在内。对于周作人来说，这时"火"大约还有，但是否还是"炎炎"地"燃烧"就很难说了。

是不无欣赏地赞叹冷灰，还是热切地企盼心火的炎炎燃烧，面对隐逸传统和黑暗现实，不同的人有不同的选择。在周作人们对袁中郎的写小品文鼓吹性灵大加赞赏时，鲁迅看重的是他"关心世道，佩服'方巾气'人物"的"更重要的一方面"，指出："赞《金瓶梅》，作小品文，并不是他的全部"。① 在周作人们强调陶渊明"悠然见南山"的"静穆"时，鲁迅看到他也还有"金刚怒目"的另一面。② 这种认识上的歧异都不是偶然的或政治上的意气用事而造成的。

周作人推崇袁中郎的小品文，此时的他与袁宏道在人生态度方面又确有相似之处。袁宏道以自己卓越的见识批判传统的谬误，以自己敏锐的观察透视现实的黑暗，但在激烈残酷的文化思想斗争中，却缺少他的老师李贽那种执着的斗争精神和顽强的斗争意志，他只能以道家的颓放无为寻求解脱。他赞赏无为的"适世"、遁我的"肥遁"，企图以泯灭善恶之感、是非之见来解脱和保全自己，实际上内心也是充满矛盾的。三十年代中期周作人曾经表示："明季的情形已经够像了，何必多扮一个几社复社人去凑热闹。""我早走出文坛来了，还管这文坛的甚鸟？"③

---

① 鲁迅：《"招贴即扯"》，《鲁迅全集》第 6 卷，第 228 页

② 鲁迅：《"题未定"草（六）》，《鲁迅全集》第 6 卷，第 422 页。

③ 周作人：《弃文就武》，《苦茶随笔》，第 120 页。

虽然周作人这些话里带有反语的意味,但是从中也不难看出,他的文学使命感和社会责任感正逐步减弱。不过,和袁中郎相比,周作人却不得不面临外国人侵生死抉择的严峻考验,他不愿意做几社复社人,最终却做了阮大铖式的人物。

周作人的这种心态,影响到他的文学思想的整体风貌,也决定了他很难在文学艺术的天地里找到自己的希望。如果说,他在二十年代初期曾经因为对启蒙悲观失望而走向个性主义和纯艺术;这时的悲观倦怠则为他对纯艺术的彻底失望准备了条件。当他公开投敌而结束了"十字街头的塔"里的隐居生活时,这种失望和对附逆行为的辩解终于使他在文学思想上发生了又一次根本性的转变,在背叛国家民族的同时也放弃了自己的艺术追求。

抗战时期京派作家萧乾在欧洲曾以《雕刀还是利剑》为题向西方介绍中国新文学中的散文创作。[①] 他指出中国有隐士和斗士两类散文家,周作人和鲁迅分别是其"最好代表"。"隐士散文家把手中的笔用作雕刻家手中的雕刀,常常是自我中心和多愁善感的";"而对斗士散文家来说,一篇散文只是一个简单的媒介,是刺向近敌的利剑和掷向远敌的投枪"。"雕刀擅长精雕细刻,利剑的品格却是锋利尖锐。"雕刀下的作品虽然精致,却因沉溺于生活与艺术的"自我中心"而与动荡激越的现实社会相距甚远,"在感情深处大概就是一个纳克素斯"。周作人以个性主义为思想内核的纯艺术思想试图将西方的个人主义同中国的隐逸传统结合起来,在吸收西方近现代美学、文艺学观念强调艺术非功利性的同时,又渗透着对生活对艺术的深深的悲观失望。正如萧乾所批评的:"生活的重要对他只不过是一种往事的珍藏。他是那些被严酷的现实不幸驯服了的反叛者之一。对一个中年人,这或许是一种舒适的隐退,但它对中国青年的影响却极为消极。"[②]

---

① 萧乾1942年在英国乔治·艾伦与恩温出版社出版《苦难时代的蚀刻》一书,该书用英文写成,是中国最早向西方介绍新文艺运动的书籍之一,《散文:雕刀还是利剑》是其中一章。该书中译本收入《萧乾全集》第6卷,湖北人民出版社2005年版。

② 萧乾:《散文:雕刀还是利剑》,《萧乾全集》第6卷,第195—196页。纳克素斯,通译那喀索斯,希腊神话中痴迷自己水中倒影而致死的美少年。

　　当然,在这种消极面之外,周作人二三十年代的文学思想仍有其学理的价值。在后来相当长的一个历史时期中,因为政治上的原因,周作人的这些前期著作都从公众视野甚至学术研究中被抹杀。二十世纪八十年代以后,在新的历史条件下,它们才开始受到人们的注意和科学的研究,其积极意义也才逐步为人们所重视。但是,只要认识到这一思想的复杂性,就不至于因此而忽视它的消极因素,将其当作和平年代繁荣文学绝对正确的经典了。

第五章
新月派的纯艺术思想

第一节　风云聚散中的执着追求

一　对五四的继承与反拨

按照学界的一般看法,作为现代文学史上重要派别的新月派,其活动开始于 1923 年的新月社,结束于 1933 年新月书店停业。新月派人士一直否认他们作为一个派别的存在,梁实秋直到晚年还曾引用胡适的话"狮子、老虎永远是独来独往的,只有狐狸和狗才成群结队",声称办《新月》杂志的他们不屑于变狐变狗,以此否认新月派作为文学派别的存在。① 以胡适、徐志摩、闻一多、梁实秋为主要成员的这一群体,时聚时散,前后人员流动变化较多,其活动也不限于文学,后期还有不少人积极涉足政治,但是文学活动无疑是他们主要的共同活动;从文学的观念、

① 梁实秋:《忆"新月"》,《梁实秋文集》第 3 卷,鹭江出版社 2002 年版,第 55 页。

趣味乃至风格来说,也有相当的趋同性和延续性,其核心成员也有一定的稳定性,而且还有徐志摩这样一位灵魂性人物长期从中发挥着联络贯穿作用。因此,新月派被认定为一个文学流派是很自然的。

二十年代中期,中国社会经历了大革命由兴起到高潮继而失败的过程,革命文学逐步发展并在大革命失败后发展成左翼文学运动,表现出强烈的功利主义色彩。与此相对立,新月派成员在文学观念上基本的共同点在于追求文学地位的独立和性质的纯粹,反对文学上的各种功利性要求。新月派的出现及其活动,延续并代表了文学界向纯艺术方向的探索与努力,成为那一时期文学发展中纯艺术思潮的中坚力量。

早期新月派虽有新月社的名称,徐志摩甚至在自己的住处挂过牌子,但那只是俱乐部式的组合。其成员既有一些在文坛已经显露锋芒或崭露头角的学者、作家,如胡适、陈西滢、杨振声、徐志摩、凌叔华、林徽因、丁西林、叶公超等,也有一些政界、金融界、学术界人士。他们除了聚餐聊天外,也排演戏剧,办过灯会,作过讲演,但次数并不多,缺乏有影响的集体性文学活动。这时的新月社,并非真正意义上的文学社团。

新月社作为文学团体身份的突显,是在徐志摩主编《晨报副刊》特别是创办《诗镌》和《剧刊》以后。1925 年 10 月徐志摩担任了早期新文学运动中著名的"四大副刊"之一《晨报副刊》的主编,1926 年 10 月去职,前后有一年时间。这为新月群体的作家发表作品提供了便利的平台,也吸引了一批作家加入这一群体,造成了较为集中的影响。1926 年 4 月,在新近从美国留学回国的闻一多等人推动下,徐志摩开办了《晨报副刊》的《诗镌》周刊,除了闻一多以外,被誉为"新诗形式运动总先锋"①的青年诗人刘梦苇和饶孟侃等"清华四子",也在其中发挥了重要作用。《诗镌》虽然只维持了两个多月,出了十一期,但对于新诗发展特别是新诗理论建设具有特殊的意义。刊物上发表的八十多首新诗和近二十篇评论,正面宣示了他

① 朱湘:《刘梦苇与新诗形式运动》,《文学周报》第 7 期,1929 年开明书店合订本。参见何俊等:《新诗形式运动总先锋刘梦苇》,2012 年 7 月 3 日《人民日报》(海外版)。

们对新诗的建设性主张。饶孟侃的《新诗的音节》、《再论新诗的音节》和《新诗话》等文章讨论了新诗音节的必要性，提出了建立诗歌"完美形体"的命题。闻一多《诗的格律》一文郑重指出诗歌格律的重要性，并把格律分作视觉与听觉两方面，由此提出诗歌音乐美、绘画美、建筑美的要求，指出诗歌格律化是实现这"三美"的前提。此外，余上沅的《论诗剧》和徐志摩所写的一些编者按性质的文字，都对建设新诗理论提出了自己的看法；而朱湘的《新诗评》则亮出清算诗坛"流弊"的旗帜，批评了五四时期胡适、郭沫若等人的作品，从另一方面丰富了关于新诗格律化的理论探讨。徐志摩郑重地提出："要把创格的新诗当一件认真的事情做"，具体地说，就是"我们信我们这民族这时期的精神解放或精神革命没有一部像样的诗式的表现是不完全的；我们信我们自身灵性里以及周遭空气里多的是要求投胎的思想的灵魂，我们的责任是替它们搏造适当的躯壳，这就是诗文与各种美术的新格式与新音节的发见"。① 《诗镌》在理论与创作上的"创格"实践成为对新文学初期白话诗破传统诗词之"格"的反拨、补充与发展，表现了对诗歌创作的超政治性、超功利性的追求以及对文学本体美的推崇，从而推动了新诗的发展，也扩大了新月派的名声。朱自清在编辑《中国新文学大系》诗歌卷时，就称《诗镌》时期的新月诗人为"格律诗派"，将其与自由诗派和象征诗派并列为现代诗歌史上的三个主要派别。

《诗镌》休刊后的当月，徐志摩又在《晨报副刊》上办起了《剧刊》周刊。余上沅、闻一多等人在美国留学时就志在发展新戏剧，建立了中华戏剧改进社，排演中国戏剧，探讨发展"国剧"，希望以此来张扬中华传统文化。回国以后，他们参与了新月社的活动，创办《剧刊》就为他们提倡"国剧"运动提供了重要平台。从 1926 年 6 月到 9 月这三个多月里，《剧刊》出版了十五期，发表了二十多篇戏剧理论文章，包括余上沅的《旧戏评价》、《演戏的困难》、《论戏剧批评》，赵太侔的《国剧》，闻一多的《论戏剧的歧途》和梁实秋的《戏剧艺术辨正》等，此外还发表了一些介绍国外戏剧的文章。由

---

① 　志摩：《诗刊牟言》，《晨报副刊·诗镌》第 1 期，1926 年 4 月 1 日。

于没有发表过剧本，《剧刊》可以说成了"国剧"运动专门的理论批评园地。他们所谓的"国剧"就是"中国人用中国材料去演给中国人看的中国戏"①，核心是强调和推崇中国传统戏曲中"纯粹的艺术"因素。他们从当时西方剧坛借鉴中国戏曲写意艺术的趋势中，认识到中国戏曲所具有独特的审美价值，而予以重视和发掘，强调中西方艺术传统与经验的融合，希望由此推进中国现代戏剧的发展。他们的倡导还只是停留在纸面上，其主张具有浓烈的理想主义色彩，在当时重内容、重功利的社会文化环境中不仅很难实现，而且还招致了"艺术至上"、"形式主义"等批评，但是仍在现代戏剧发展史上写下了重要的一页，至今仍具有借鉴意义。

从《诗镌》到《剧刊》，新月派的文学活动前后只有短短半年时间，但对其队伍的聚集具有重要作用，其中所表现出来的浓郁的纯艺术气息，也对新文学运动特别是诗歌与戏剧发展产生了特殊的影响，成为前期新月派最光彩的一页。《剧刊》结束后，徐志摩离开北京南下，前期新月派的活动也就基本结束了。

二　与左翼的对峙与论争

这时的北京为奉系军阀控制，对文化界管制严苛再加上各种个人原因，不少文化界人士纷纷南下上海等地。除了徐志摩以外，闻一多②、梁实秋、胡适③、叶公超④、饶梦侃等人也陆续来到了上海。他们一方面找工作安顿生活，另一方面又

---

① 余上沅：《序》，《国剧运动》，新月书店1927年版，第1页。

② 闻一多1926年8月到上海，任吴淞政治大学教授兼训导长，这所学校有国家主义背景，1927年4月北伐军到后被查封。他随后到了南京，曾在市土地局短期工作，当年9月至次年7月在东南大学（后改为第四中山大学即后来的中央大学）任教，曾任外文系主任。1928年8月去武汉，任教于新建的武汉大学。1930年8月任青岛大学文学院院长。1932年8月回母校清华大学任教。新月书店成立和《新月》月刊创刊时，他已不在南京。

③ 胡适1926年7月赴欧美考察，1927年5月回国后到上海居住。1928年出任中国公学校长兼文理学院院长，1930年11月回北平，任北京大学文学院院长。

④ 1927年叶公超任暨南大学外文系主任兼图书馆馆长，校长郑洪年是其叔父叶恭绰的好友，梁实秋、余上沅、饶梦侃、梁遇春等也到暨南大学外文系任教，在该校其他系任教的还有刘英士、潘光旦、罗隆基等，一时间暨南大学俨然成了新月派的大本营。

开始延续和发展前期新月派的联系和活动。1927 年 7 月,他们集股兴办了新月书店,1928 年 3 月又办起了《新月》月刊。经历了种种人事和编辑方向上的变化,书店维持到 1933 年 2 月,杂志则维持至这一年 6 月,共出了四卷四十三期,这些在当时的刊物中已经算是"长寿"的了。虽然他们否认这些活动和前期新月社的关系,但无论是从人员结构还是艺术倾向都可以看出后者与前者的传承关系,正因为如此,人们称其为后期新月派。

当后期新月派在上海大张旗鼓开展活动的同时,一大批左翼作家也在此聚集。他们当中有的参加过实际革命活动,有的则是刚从日本等地回国的激进青年,他们以后期创造社和太阳社为代表,鼓吹无产阶级革命文学,批判鲁迅、茅盾、叶圣陶、郁达夫等,一时在上海文坛上掀起了疾风暴雨。他们的主要阵地《文化批判》和《太阳》都在 1928 年 1 月创刊,大量文章随之发表,引起了鲁迅的反击,形成了革命文学论争,成为影响中国现代文学发展的一件大事。新月派追求和坚持文学的纯艺术发展的方向,其中不少人(如徐志摩、梁实秋、闻一多等)本身就反对马克思主义和无产阶级革命,他们本能地对革命文学的倡导和实践不满,很自然地成为其对立面,相互之间观念上的分歧和情绪上的对立都很明显。

《新月》创刊号上刊登了徐志摩执笔写的《新月的态度》。这篇被梁实秋认为是"包括了我们的共同信仰"[①]的文章,向当时的中国"思想"(包括"文艺和学术")界表明了自己的"态度":一是进行基本评价与分析,"我们正逢着一个荒歉的年头,收成的希望是枉然的。这又是个混乱的年头,一切价值的标准,是颠倒了的",提出表示"要从恶浊的底里解放圣洁的泉源,要从时代的破腐里规复人生的尊严"。二是给出药方:"(一)不妨害健康的原则(二)不折辱尊严的原则"。三是表达自己的"志愿",明确自己的责任,要"放胆到这嘈杂的市场上去做一番审查和整理的工作"。四是表达了力挽狂澜、拨乱反正的决心,"这正是我们工作的机会。爬梳这壅塞,粪除这秽浊,浚理这瘀积,消灭这腐化,开深这潴水的池潭,解放这江

---

① 梁实秋:《忆"新月"》,《梁实秋文集》第 3 卷,第 58 页。

湖的来源"①。显然,文章所针对的主要就是革命文学运动的功利主义倾向。

如果说,新月派前期追求纯艺术的努力还主要是集中在诗歌和戏剧方面,那么,到了这时,这种追求就更多更自觉地从整体文学观上表现出来。他们表示,自己"本来没有什么组织,一直到现在还是很散漫的几个朋友的集合,说不上什么团体,不过大家比较的志同道合,都不肯随波逐流,都想要一个发表文章的机关,所以就邀合起来办这个刊物。创办的时候,兴趣趋向于文艺的人占大多数,所以《新月》月刊也就几乎成为一种纯文艺的杂志"。"我们办月刊的几个人的思想是并不完全一致的,有的是信这个主义,有的是信那个主义,但是我们的根本精神和态度却有几点相同的地方。我们都信仰'思想自由',我们都主张'言论出版自由',我们都保持'容忍'的态度(除了'不容忍'的态度是我们所不能容忍以外),我们都喜欢稳健的合乎理性的学说。"②这段话在一定程度上道出了这个群体的某些特点,他们确实并没有统一的文艺理论主张,但是却有着相对一致的文艺倾向,特别是在反对左翼文学的功利主义倾向方面态度相当一致。所谓"稳健的合乎理性的学说",就是针对左翼文学激进的革命思想的。徐志摩作为刊物的主要主持者所发表的一些阐述办刊观念的文字,包括《新月的态度》,不仅反映了他本人的文学观念,也在一定程度代表了这一群体的若干共同认识。这种观念很自然地受到左翼作家的严厉批评,被认为"不能容许它继续存在"③。

新月书店和《新月》杂志都不是纯粹文学性的。《新月》从创刊到第 2 卷第 1 期(1928 年 3 月到 1929 年 4 月),由徐志摩、闻一多、饶梦侃编辑,主事者是徐志摩,刊物的纯文艺性质比较明显,栏目囊括了小说、诗歌、散文、戏剧、翻译、评论等领域。诗歌作者除了原来《诗镌》的徐志摩、闻一多、饶孟侃、刘梦苇、朱湘、胡适等

① 《"新月"的态度》(徐志摩执笔),《新月》创刊号,1928 年 3 月。

② 《敬告读者》(梁实秋执笔),《新月》第 2 卷第 6、7 期合刊;《梁实秋文集》第 6 卷,第 457 - 458 页。

③ 彭康:《什么是"健康"与"尊严"——"新月的态度"底批评》,《创造月刊》第 1 卷第 12 期,1928 年 7月。

以外,又增加了陈梦家、方玮德、林徽因、臧克家、曹葆华、何其芳等新生力量。此外,沈从文和凌叔华的小说、余上沅的戏剧批评与创作、梁实秋和叶公超的理论批评等,都为《新月》增色不少。新月书店成立以后,出版了不少有影响的作品,有些至今仍为读者青睐和学界重视。

自1929年7月第2卷第2期开始,《新月》出现五位"编辑者",梁实秋列名第一,自此由纯文艺刊物转变为兼有政论内容的综合性月刊,除了同左翼文学界发生关于文学的阶级性和翻译等问题的论战以外,又批评国民党当局,谈论人权、法治、宪政等问题。后者招致了国民党当局的不满,以致刊物被查封,罗隆基被捕,胡适被迫辞去中国公学校长。后来,从第3卷第2期起改为罗隆基一人编辑,政治论文增多,政治色彩更加浓重。几十年后,梁实秋回忆往事时承认:"《新月》杂志在罗隆基编辑之下逐渐变了质,文艺学术的成分少了,政治讨论的成分多了,这是我们始料所不及的事。"①

梁实秋虽然早年给《晨报副刊》和《剧刊》都投过稿,但并没有参加前期新月派的活动,这时却成为新月派中的活跃人物。他写了大量文学批评文章,是唯一以批评为主的新月作家,按照徐志摩的说法,"这位批评家的见地是从来不容忽略的"②。梁实秋也是唯一与左翼文学界发生正面冲突和持续论争的新月作家,在他主持《新月》编务的一段时间里,这种冲突尤为激烈。他发表了一系列文章反对左翼文学及其思想观念,包括《文学与革命》、《文学是有阶级性的吗?》、《论鲁迅先生的硬译》、《所谓"文艺政策"者》等,反对文学的阶级性,主张普遍的人性;反对文学的大众化,宣扬天才论;反对革命的功利主义,主张纯艺术的文学方向。鲁迅等左翼作家与梁实秋进行了激烈的论战,鲁迅写了《文学与出汗》、《新月派批评家的任务》、《"硬译"与文学的阶级性》等文,着重驳斥了梁实秋超阶级的人性论观点,阐发了关于文学与革命、文学与阶级、文学与大众等方面关系的主张。虽然梁实

---

① 梁实秋:《忆"新月"》,《梁实秋文集》第3卷,第64—65页。

② 志摩:《〈诗刊〉序语》,《诗刊》创刊号,1931年1月。

秋的基本观点反映出新月派作家的某些共同点,但鲁梁之争,新月派并无更多人参与,这也反映出新月派内部在观点、态度上的差异。

梁实秋等人就文学谈文学,左翼作家则是就革命谈文学,二者的着眼点与出发点不同,体现出文学观念的不同;但其中也确有政治立场的差别,梁实秋等人维护现有政权,主张改良,而左翼作家主张通过革命包括暴力革命推翻现有政权,把新月派的批评视为反革命"围剿"的组成部分。后来在很长一段时间里,现代文学史中也一直把新月派梁实秋与左翼文学的论战视为国民党政权在文化战线的第一次"围剿"。在这种背景下,双方论战的火药味很浓,鲁迅称梁实秋为"丧家"的"资本家的乏走狗",梁实秋则逼着鲁迅表态信仰共产主义。不过,摒除其中的政治因素与意气用事成分,双方的论战今天来看仍有其学理内涵与价值。梁实秋反复强调"文艺本身就是目的"①,不能"失了文学的立场"②,很清楚地表现出其明确的纯艺术、纯文学立场。

徐志摩对梁实秋等人沉迷于政治早有不满,《新月》创刊的第二年就曾表示:"我颇想另组几个朋友出一纯文艺月刊,因《新月》诸公皆热心政治,似不屑治文艺,我亦不便强作主张也。"③他逐步淡出《新月》的活动,并于 1931 年 1 月另办了《诗刊》季刊,聚集了陈梦家、方玮德、方令孺等青年诗人,共同探讨和张扬诗艺,发表了一批优秀的诗作和梁实秋、梁宗岱等人的诗论,对于延续《新月》在新诗方面的探索努力具有积极意义。只是由于当年 11 月徐志摩意外去世,刊物很快也就终止了。

1931 年还有一件新月派活动的标志性事件,就是二十岁的新秀陈梦家编选出版了《新月诗选》。诗选从《晨报副刊·诗镌》、《新月》和《诗刊》这三个刊物上挑

---

① 梁实秋:《论思想统一》,《梁实秋文集》第 6 卷,第 436 页。

② 梁实秋:《现代文学论》,《梁实秋文集》第 1 卷,第 400 页。

③ 徐志摩:《致李祁》(1929 年 7 月 21 日),《徐志摩全集》第 6 卷,天津人民出版社 2005 年版,第 59 页。

选汇集了十八位①新月诗人的诗作八十首;陈梦家还撰写了长篇序言,说明新月诗人的文学观念、风格特色等,此文与徐志摩的《"新月"的态度》前后呼应,成为反映新月派文学观念的重要文献。

《诗刊》总共只出版了四期,存续时间只有一年,《新月诗选》也不过是薄薄的一册,然而它们却一同促成了新月诗人的再度聚合,展现了流派的风貌,可以算是新月派最后的辉煌。

1931 年前后,新月派的主要人物胡适、徐志摩、叶公超、闻一多、梁实秋等陆续离开上海。徐志摩的不幸遇难,更使新月派失去了文艺方面的核心。第 4 卷第 1 期的"志摩纪念号"出刊之后,《新月》便休刊了半年之久。到了 1932 年 9 月,由叶公超编辑,又出版了第 4 卷第 2 期,刊物内容恢复以文艺为主,文风也趋向平和稳重,并坚持到 1933 年 6 月,共出版了六期②。1933 年 9 月,胡适作为新月书店的代表,在新月书店和商务印书馆的"让与合同"上签字,新月书店停业,将新月书店的所有存书以及版权转移给商务印书馆,后期新月派前后七年的活动也就正式结束了。

第二年 6 月,胡适等人又创办了《学文》月刊,由叶公超担任编辑,仍以艺术为本位,有意以此来承续《新月》的未竟事业。叶公超说:"《学文》的创刊,可以说是继《新月》之后,代表了我们对文艺的主张和希望。"③《学文》共出四期,只维持了四个月,可以算是《新月》的余绪。

后期新月派总体表现出比前期更旺盛的政治热情和强烈的自由主义政治倾向,但他们的文艺活动和政治活动基本上始终保持着距离,这和左翼阵营文学与政治一体化是完全不同的。所以就群体而言,他们有些人大谈政治,如胡适、罗隆

---

① 包括徐志摩、闻一多、饶梦侃、孙大雨、朱湘、邵洵美、方令孺、林徽因、陈梦家、方玮德、梁镇、卞之琳、俞大纲、沈祖牟、沈从文、杨世恩、朱大楠、刘梦苇。

② 《新月》从第 4 卷第 4 期开始,改为叶公超、胡适、梁实秋,余上沅、潘光旦、邵洵美、罗隆基等七人编辑,但实际编务仍为叶公超承担。

③ 叶公超:《我与〈学文〉》,《叶公超批评文集》,珠海出版社 1998 年版,第 256 页。

基、梁实秋;有些人则专注于文艺,不谈或少谈政治,如徐志摩、闻一多、叶公超。而就个人而言,他们可以一方面积极表达自己的政治立场和观点,另一方面仍保持自己纯文艺的追求,这一点在梁实秋身上就表现得很突出。他们与左翼文学的对峙,当然包含对无产阶级革命的排斥乃至敌视,但就文艺而言,无论是从观念还是创作,他们更多还只是"坚守自由纯正原则"而已。这样看来,新月派作为文学流派的纯艺术倾向还是非常清楚的。

第二节　"几个共同的理想"的维系

徐志摩曾表白说:"我们这几个朋友,没有什么组织除了这月刊本身,没有什么结合除了在文艺和学术上的努力,没有什么一致除了几个共同的理想。"[1]那么,他们"在文学和学术上的努力"是什么呢?"几个共同的理想"又是什么呢?看看前后期新月派作家的理论文字,联系其创作实践,还是可以捕捉到他们为之"努力"的"理想"的踪迹。

一　"健康"与"尊严"——纯艺术的现实追求

新月派标举的"健康"和"尊严"两条原则,可以说既是人生原则,也是文学原则,以致成为其纯艺术追求的标杆。

表现"常态的人性"、"纯正的思想",应该就是新月派"健康"的内涵。"我们认定了这时代是变态,是病态,不是常态。""因为我们相信社会的纪纲是靠着积极的情感来维系的,在一个常态社会的天平上,情爱的分量一定超过仇恨的分量,互助的精神一定超过互害与互杀的动机。"他们强调要以"常态社会的天平"来衡量作家的生活、创作和批评等,要求保持人生与文学的常态,对变态、动态持否定态

---

① 《"新月"的态度》(徐志摩执笔),《新月》创刊号,1928年3月。

度。① 梁实秋在谈到文学批评时就说:"常态的人性与常态的经验便是文学批评的最后的标准,纯正的人性,绝不如柏格森所谓之'不断的流动'。人性根本是不变的。"②徐志摩说:"我们相信一部纯正的思想是人生改造的第一个需要","我们相信感情不经理性的清滤是一注恶浊的乱泉,它那无方向的激射至少是一种精力的耗废",在"解放情感""这头骏悍的野马的身背上我们不能不谨慎的安上理性的鞍索"③。这种观念正来自梁实秋所说的古典主义的经验:"古典主义者所注重的是艺术的健康,健康是由于各个成分之合理的发展,不使任何成分呈畸形的现象,要做到这个地步,必须要有一个制裁的总枢纽,那便是理性",要"把理性作为最高的节制的机关"。④

而他们所说的"尊严",强调的是独立与自由,不归附于某一种派别,不服务于某一种主义,这种立场贯穿于其思想和创作中。《"新月"的态度》把"思想(广义的,现代刊物的内容的一个简称)比作一个市场",文章列举了十三种"非法的或不正当"的"行业"即倾向,认为都是有"危害性的下流的买卖"。攻击、纤巧和淫秽三种倾向,被认作"人类不怎样上流的根性得到了自由(放纵)当然的发展"的本土货而一笔带过,其他十种即唯美与颓废、伤感与热狂、偏激、功利与训世、标语与主义以及稗贩等"由外国转运来的投机事业"则一一受到了抨击。除了唯美与颓废之外,其他八种明显都与左翼文学有关。可以说,文章指向固然有对五四新文学倡导个性解放而引起的文坛某些偏向的批评,更多则是对当时兴起的革命文学的批判,表现出来的正是不满于、不屑于为功利主义服务的"尊严"。梁实秋的许多文章鲜明而激烈地表明了这一态度。后来,徐志摩创办《诗刊》时也有类似的表示:"我们这少数天生爱好,与希望认识诗的朋友,想斗胆在功利气息最浓重的地处与

① 《"新月"的态度》(徐志摩执笔),《新月》创刊号,1928年3月。

② 梁实秋:《文学批评辩》,《梁实秋文集》第1卷,第123页。

③ 《"新月"的态度》(徐志摩执笔),《新月》创刊号,1928年3月。

④ 梁实秋:《文学的纪律》,《梁实秋文集》第1卷,第140页。

时日，结起一个小小的诗坛，谦卑的邀请国内的志同者的参加，希冀早晚可以放露一点小小的光①"，正是这种超功利、反功利倾向延续性的表现。

如果说《"新月"的态度》主要是对功利主义进行批评的话，那么同期《新月》上叶公超的《写实小说的命运》则从正面表明了对文学社会责任问题的态度："小说根本就没有负着改造社会的责任。社会就是可以改进的也用不着一般小说作家故意的来作弄。小说著作是一种创作的文艺，并不是什么道德伦理的记载。至于，一部小说出版之后对于社会有什么无意的影响，这是作者不能也不该去负责的。"②在诗歌领域里，新月派作家也表明了同样的态度："我们喜欢'醇正'与'纯粹'"，"我们在相似或相近的气息之下禀着同样以严正态度认真写诗的精神（并且只为着诗才写诗）"，"我们写诗，因为有着不可忍受的激动，灵感的跳跃挑拨我们的心，原不计较这诗所给与人的究竟是什么。我们不曾把诗注定在那一种特定的意义上（或用义上），我们知道感情不容强迫"。"我们写诗，只为我们喜爱写"。③也就是说，除了写诗本身，没有其他目的或意义。显然，和前者隐含的"为小说而小说"相比，后者"只为着诗才写诗"等一连串表白，就把"为诗而诗"、"为艺术而艺术"的立场说得清清楚楚了。他们从两种不同文体得出了同样的结论，即文学没有也不应有功利的要求，明确表达的正是对文学的"醇正"与"纯粹"即纯艺术品位的追求。

基于这样的纯艺术立场，后期新月派激烈反对当时"革命文学"倡导者主张文艺是宣传与武器的观念。这方面梁实秋发声最多，例如：

鼓吹阶级斗争的文艺作品，我是也不赞成的，实在讲，凡是宣传任何主义的作品，我都不以为有多少文艺价值的。文艺的价值，不在做某项

---

① 志摩：《序语》，《诗刊》创刊号，1931 年 1 月。

② 叶公超：《写实小说的命运》，《新月》创刊号，1928 年 3 月。

③ 以上见陈梦家：《序言》，《新月诗选》，新月书店 1931 年版，第 7 - 9、17 - 19 页。

的工具,文艺本身就是目的。①
　　　　·············

　　把文学当做"武器"! 这意思很明白,就是说把文学当做宣传品,当做一种阶级斗争的工具。我们不反对任何人利用文学来达到另外的目的,这于文学本身是无害的,但是我们不能承认宣传式的文字便是文学。②

　　如以文学为革命的工具,以文学为政治的宣传,干脆说,这便失了文学的立场。

　　文学不能救国,更不能御侮,惟健全的文学能陶冶健全的性格,使人养成正视生活之态度,使人对人之间得同情谅解之联系。文学之任务,如是而已。③

　　梁实秋使用了文学的"目的"、"立场"和"任务"等不同概念,说的其实都是同一个意思,即"陶冶健全的性格,使人养成正视生活之态度,使人对人之间得同情谅解之联系"。他反对除此以外对于文学的功利性要求,也因此反对诉诸暴力斗争的无产阶级革命,反对将文学作为斗争工具的无产阶级文学。他认为,文学家"对于民众并不是负着什么责任与义务,更不曾负责着什么改良生活的担子",而"革命文学"的口号"纵然不必说是革命者的巧立名目,至少在文学的了解上是徒滋纷扰"。④ 叶公超后来在主持《新月》编务时也说过"抱定宣传主义的刊物没有能维持三到五载的",⑤表达的也是同样的立场。

　　梁实秋对文学的"目的"、"立场"和"任务"的解释最重要的缺陷就在于他并没有说出文学与其他文化形式的差异,而所谓"陶冶健全的性格"的目的或功能并非

---

① 梁实秋:《论思想统一》,《梁实秋文集》第6卷,第436页。着重号为原文所有。

② 梁实秋:《文学是有阶级性的吗?》,《梁实秋文集》第1卷,第324页。

③ 梁实秋:《现代文学论》,《梁实秋文集》第1卷,第400、401页。

④ 梁实秋:《文学与革命》,《梁实秋文集》第1卷,第313、312页。

⑤ 叶公超:《〈施望尼评论〉四十周年》,《新月》第4卷第3期。

文学及其他艺术所独有。这方面,陈梦家从美学和艺术本身特点出发的解释倒是弥补了梁实秋的不足。1930 年初陈梦家曾在一家刊物上同时发表了两篇文章,其内容都有关文艺的非功利特质。在《文艺与演艺》中他强调"艺术纯粹的无所谓精神,无功利思想",指出:"真正的文艺,要其为感情的自然表现,不含有任何的目的或作用。从无关心中产生出来,不怀着功利的观念,一种无所为的高尚精神。这纯粹的文艺自有其高尚的价值,而不必强要迎合一般人的兴趣。这才能达到文艺的至高境界。"①在另一篇《诗的装饰和灵魂》中,他指出诗人应当具有"自然创制美观的组织"的能力,诗"在美丽的装饰里藏着美丽的灵魂","诗是美的文学"。基于这样的立场,他批评"'所谓革命的新诗'是变为无次序的无音韵的杂乱的烦嚣的呼声",是"非诗的'所谓诗'",而"革命文学"则是"不似文学的'所谓文学'"。②

尽管如此,还是不难看出,在当时的社会文化环境之中,新月派共同坚持的正是艺术的纯粹、独立与"尊严",否定的正是对文学艺术"宣传"、"工具"、"武器"等功利性要求,并将此视为"健康"的方向,这就不能不和倡导革命文学的左翼文化阵营发生严重的对立和冲突。

二　"理性"的"人性"——纯艺术的思想内涵

新月后期梁实秋的文学观念及其与鲁迅等左翼作家激烈论争的态度虽然不能完全代表新月派,但在新月派文艺思想中无疑占有重要的支撑作用。人性论是梁实秋文学观的基本内容,也成为新月派纯艺术追求中重要的思想内涵。

这方面,梁实秋直接接受了白璧德的新人文主义二元人性论。白璧德认为要使一个社会正常运转,最重要的是健全伦理道德观念。因此他的人性论特别强调理性的节制力,也就是维护所谓普遍的固定的人性,以理制欲,既反对过分功利性

---

①　陈梦家:《文艺与演艺》,《国立中央大学半月刊》第 1 卷第 7 期,1930 年 1 月。

②　陈梦家:《诗的装饰和灵魂》,《国立中央大学半月刊》第 1 卷第 7 期,1930 年 1 月。

的物质主义,也反对放纵情感的浪漫主义及现代主义。1926 年初,梁实秋在美国留学时就写了《现代中国文学之浪漫的趋势》一文,以白璧德的理论为武器对五四新文学进行批判,否定个性解放、表现自我的吁求,强调:"伟大的文学亦不在表现自我,而在表现一个普遍的人性。"①他所说的"普遍的人性"正是理性这一理想的人性。不久后他回国,蓬勃兴起的革命文学浪潮扑面而来,较之五四新文学更为他所不能接受,于是又以人性论为基本武器进行挞伐,以维护纯艺术、纯文学的追求。但由于批评对象从浪漫主义、人道主义变成了阶级论,其人性论本身也就有了一些微妙的变化,主要是从强调人性的善恶冲突的二元论到强调人性的共通性、普遍性,某些时候更多强调人性的自然属性。

首先,他强调"文学发于人性,基于人性,亦止于人性"。

他指出:"在理性指导下的人生是健康的常态的普遍的,在这种状态下所表现出的人性亦是最标准的,在这标准之下所创作出来的文学才是有永久价值的文学。"也就是说,"最标准"的人性是与"健康的常态的普遍的"人生联系在一起的,是由"理性指导"的。② 在这里,人性被规定为一种抽象的、非个性的、带有普遍意义的常态人的特性,这种特性剔除了饮食男女的自然欲求,也摒弃了自私好斗的恶劣秉性,而主要是表现为一种高尚的理性、情感和道德观念。

其次,他强调人性是"固定的普遍的"。

一方面,他认为"人性根本是不变的",是所谓"固定"的;另一方面,他更多强调所谓"普遍",即人性的超阶级性。他既认为这种普遍的人性以理性为核心,"以其有理性的纪律为基础"③;又根据论述对象的变化而从人的自然属性出发来否定阶级性这种社会属性。他说道:"一个资本家和一个劳动者,他们的不同的地方是有的,遗传不同,教育不同,经济的环境不同,因之生活状态也不同,但是他们还

---

① 梁实秋:《现代中国文学之浪漫的趋势》,《梁实秋文集》第 1 卷,第 47 页。

② 梁实秋:《文学的纪律》,《梁实秋文集》第 1 卷,第 143 页。

③ 梁实秋:《文学批评辩》,《梁实秋文集》第 1 卷,第 123 页。

有同的地方。他们的人性并没有两样,他们都感到生老病死的无常,他们都有爱的要求,他们都有怜悯与恐怖的情绪,他们都有伦常的观念,他们都企求身心的愉快。"可见,他承认"资本家"和"劳动者"有众多主客观条件的"不同",却完全否认这些"不同"可能使"人性"产生差异,从而陷入理论上的混乱,受到了鲁迅的尖锐批评。①

第三,他强调"文学是没有阶级性的"。

按照他的思路,既然文学是基于人性的,人性又是固定的普遍的,那么,自然文学就是基于固定的普遍的人性。从创作主体来说,"文学家所代表的是那普遍的人性,一切人类的情思";从价值观上来说,"人性是测量文学的唯一的标准";②从作品上说,"普遍的人性是一切伟大的作品之基础";从批评上说,"纯正之'人性'乃文学批评唯一之标准"。③ 基于这种分析,他坚决否定对文学的阶级划分,认为"文学一概都是以人性为本,绝无阶级的分别"。对作家而言,"心目当中并不含有固定的阶级观念,更不含有为某一阶级谋利益的成见。文学家永远不失掉他的独立。"④对鉴赏而言,他一方面承认不同阶级在文化需求和鉴赏能力上的差异,"一般劳工劳农需要娱乐,也许需要少量的艺术的娱乐,例如什么通俗的戏剧、电影、侦探小说之类";一方面又抹杀这种差异的社会性,认为"鉴赏力之有无却不与阶级相干,贵族资本家尽有不知文学为何物者,无产的人也尽有赏鉴文学者"。⑤ 他由此得出结论:"文学是没有阶级性的"⑥,从而否定主张阶级论的革命文学及其理论主张。

第四,他坚持"天才论",否定"大多数的文学"。

---

① 梁实秋:《文学是有阶级性的吗?》,《梁实秋文集》第1卷,第322页。
② 梁实秋:《文学与革命》,《梁实秋文集》第1卷,第313、312页。
③ 梁实秋:《文学批评辩》,《梁实秋文集》第1卷,第125、124页。
④ 梁实秋:《文学与革命》,《梁实秋文集》第1卷,第313页。
⑤ 梁实秋:《文学是有阶级性的吗?》,《梁实秋文集》第1卷,第323-324页。
⑥ 梁实秋:《文学与革命》,《梁实秋文集》第1卷,第316页。

"革命文学"当时也被界定为"大多数的文学",梁实秋对此极力反对。他坚持认为"一切的文明,都是极少数的天才的创造",①由此出发,他否定"大多数的文学",进而否定"革命文学"。他说:"大多数就没有文学,文学就不是大多数的。"②"好的作品永远是少数人的专利品,大多数永远是蠢的,永远是与文学无缘的。"③梁实秋对"大多数"的蔑视早已有之。他在批评五四新文学人道主义时,曾严词批评所谓"普遍的同情心"。新文学作品中以人力车夫生活为题材,表现对下层人民同情者不少,梁实秋对此大不以为然,认为:"其实人力车夫凭他的血汗赚钱糊口,也可以算得是诚实的生活,既没有什么可怜悯的,更没有什么可赞美的。"他的不满还兼及新文学中对农夫、石匠、娼妓的同情性描写以及对"弱小民族的文学"、"被损害民族的文学"、"非战文学"的介绍,他认为这种"普遍的同情心""乃是建筑于一个极端的假设,这个假设就是'人是平等的'"。他认为这种"平等观念的由来,不是理性的,是情感的"。"同情是要的,但普遍的同情是要不得的。平等的观念,在事实上是不可能的,在理论上也是不应该的。"④这种否定"平等"的态度到了与左翼文坛论争时,就变得更加严重了,他借用《韦伯斯特大字典》的话,直接说:"普罗列塔利亚是国家里只会生孩子的阶级!"⑤"为大多数人读的文学必是逢迎群众的,必是俯就的,必是浅薄的,所以我们不该责令文学家来做这种的投机买卖。"⑥这也正反映出他骨子里的贵族化立场,而且与他自己主张人性的固定与普遍也有所矛盾。这也成为左翼作家将他及新月派视为资产阶级作家的重要依据之一。

---

① 梁实秋:《文学与革命》,《梁实秋文集》第 1 卷,第 309 页。

② 梁实秋:《文学与革命》,《梁实秋文集》第 1 卷,第 314 页。

③ 梁实秋:《文学是有阶级性的吗?》,《梁实秋文集》第 1 卷,第 323 页。

④ 梁实秋:《现代中国文学之浪漫的趋势》,《梁实秋文集》第 1 卷,第 44-45 页。

⑤ 梁实秋:《文学是有阶级性的吗?》,《梁实秋文集》第 1 卷,第 321 页。

⑥ 梁实秋:《文学是有阶级性的吗?》,《梁实秋文集》第 1 卷,第 324 页。

三 "文学的纪律"——纯艺术的形式规范

新月派纯艺术的追求反映在艺术形式上,就是讲求规范或标准,即梁实秋所说的"文学的纪律"。这种要求是从"健康"文学观延伸出来的。梁实秋《文学的纪律》一文十多次提到"健康"二字,指出"文学的纪律是内在的节制,并不是外来的权威。文学之所以重纪律,为的是要求文学的健康"[①],清楚地表明了他所谓的"纪律"与"健康"的关系。针对五四新文学对文学形式的忽视和冲击,他要求的"纪律"一方面是精神上的,即"文学的态度之严重,情感想象的理性的制裁",这是"文学最根本的纪律";一方面又是形式上的,"有纪律的形式,正是守纪律的精神之最具体的表现"。[②] 梁实秋的看法在新月派作家中具有代表性,徐志摩在《诗刊牟言》中说:"我们信完美的形体是完美的精神唯一的表现"[③],陈梦家在编选《新月诗选》时主张"本质的醇正、技巧的周密和格律的谨严"[④],都是把艺术形式的规范与精神的"完美"、本质的"醇正"等联系在一起作为文学发展"一致的方向"。

这种"文学的纪律",突出体现在新月派对诗歌与戏剧艺术的理论探求中。

"格律"是新月派诗歌观念中最重要的关键词。从徐志摩提出"要把创格的新诗当一件认真事情做"[⑤],到陈梦家强调"格律的谨严"[⑥],这种追求贯穿始终。闻一多批评当时反对格律的人,"他们压根儿就没有注意到文艺的本身,他们的目的只在披露他们自己的原形"。他把"目的"是否在于"文艺的本身"作为衡量文艺的重要标准,认为"目的既不在文艺"的人无法运用格律写诗,"格律"所体现的对文艺的"本身"、"目的"的追求,正反映出其强烈的纯艺术立场。

---

① 梁实秋:《文学的纪律》,《梁实秋文集》第 1 卷,第 147 页。

② 梁实秋:《文学的纪律》,《梁实秋文集》第 1 卷,第 145 – 146 页。

③ 志摩:《诗刊牟言》,《晨报副刊·诗镌》第 1 号,1926 年 4 月 1 日。

④ 陈梦家:《序言》,《新月诗选》,第 17 页。

⑤ 志摩:《诗刊牟言》,《晨报副刊·诗镌》第 1 号,1926 年 4 月 1 日。

⑥ 陈梦家:《序言》,《新月诗选》,第 17 页。

闻一多在新诗格律方面做出了重要贡献。他用"带着脚镣跳舞"的比喻生动而深刻地强调了格律对于诗歌创作的重要性,说明"对于不会做诗的,格律是表现的障碍物;对于一个作家,格律便成了表现的利器"。他提出的"三美",即"诗的实力不独包括音乐的美(音节),绘画的美(词藻),并且还有建筑的美(节的匀称和句的均齐)"①,奠定了新月派诗歌格律论的理论基础。其中的"音乐美",此前已有不少人关注,例如饶孟侃就曾批评新诗创作中"对于音节并没有相当的自觉,相当的注意",并从格调、韵脚、节奏和平仄等方面对音节问题做了详细的探究②;后来,徐志摩在总结《诗镌》收获时也特别强调"一首诗的秘密也就是它的内含的音节的匀整与流动"。③ 而属于视觉方面的"建筑美"则是由闻一多提出并强调较多的命题,他将其称之为"诗的实力上又添了一支生力军"④。闻一多的"三美"主张在他本人和其他新月诗人的创作中不同程度地得到实践,对于纠正五四以后白话诗创作中的一些缺失具有积极的意义。

五四新诗是对传统格律诗的反动,新月派倡导格律招致了"复古"、"倒退"的批评。闻一多通过新旧诗比较阐述了新诗格律的三个特点,一是"律诗永远只有一个格式,但是新诗的格式是层出不穷的";二是"律诗的格律与内容不发生关系,新诗的格式是根据内容的精神制造成的";三是"律诗的格式是别人替我们定的,新诗的格式可以由我们自己的意匠来随时构造"。⑤ 由此,他强调新格律诗不是复古而是创新,不是倒退而是进步。陈梦家等后期新月诗人在艺术上的追求更加多样化,在格律问题上对闻一多的主张总体肯定又有了一定的修正。陈梦家把格律比作装画的金框,"格律在不影响于内容的程度上,我们要它,如像画不拒绝合式的金框。金框也有它自己的美,格律便是在形式上给与欣赏者的贡献";同时又

---

① 闻一多:《诗的格律》,《闻一多全集》第 2 卷,湖北人民出版社 1993 年版,第 139、141 页。

② 饶孟侃:《新诗的音节》,《晨报副刊·诗镌》第 4 号,1926 年 4 月 22 日。

③ 志摩:《诗刊放假》,《晨报副刊·诗镌》第 11 号,1926 年 6 月 10 日。

④ 闻一多:《诗的格律》,《闻一多全集》第 2 卷,第 141 页,

⑤ 闻一多:《诗的格律》,《闻一多全集》第 2 卷,第 141－142 页。

指出："我们决不坚持非格律不可的论调,因为情绪不容许格律来应付时,还是得听诗的意义不受拘束地自由发展",表明形式服从于内容的基本认识。① 他认为,诗的要素可以分为两种,一是外在的形式,就是格律,一是内在的精神,就是诗感。"诗的灵魂——就是诗的精神——应当较之外形的修饰更其切要"。在诗歌创作中,"诗的格律,尽可以放得很宽泛"。在他看来,诗歌格律实质是"用美术和音乐的调配,便因美观的格式与和谐的音韵所生出的美感,衬托'诗的灵魂'"②,是一种"装饰"。这样,陈梦家便在阐发闻一多"新诗的格式是根据内容的精神制造成的"观点的同时又有所深入,既重视格律又将其置于服从于内容的适当位置上。

新月派对国剧的倡导,是在另一艺术样式和文学体裁领域里对艺术"外形""纪律"的探索。他们频频使用"纯粹的艺术"一类概念来批评功利主义倾向,表现了对艺术本位的重视。他们的主要观点包括:

第一,从中西对比来肯定中国戏剧的"写意"特点。

他们指出:"西方的艺术偏重写实,直描人生;所以容易随时变化,却难得有超脱的格调。它的极弊,至于只有现实,没了艺术。东方的艺术,注重形意,义法甚严,容易泥守前规,因袭不变;然而艺术的成分,却较为显豁。不过模拟既久,结果脱却了生活,只余了艺术的死壳。"③由此不难看出对中国传统艺术"注重形意"特点的推崇。在偏重内容、理性的写实派和偏重外形、情感的写意派之间,他们试图追求二者平衡发展,但从内心深处而言则更倾向于后者,认为后者在内容上能够达到"理性的深邃处",外形上又是"纯粹的艺术",因此有"最高的价值"。④

第二,推崇中国艺术包括传统戏曲的"纯艺术"的因素。

他们对中国传统戏曲的推崇实际上主要是对其中"纯粹的艺术"因素的青睐

① 陈梦家:《序言》,《新月诗选》,第 15 页。

② 陈梦家:《诗的装饰和灵魂》,《国立中央大学半月刊》第 1 卷第 7 期,1930 年 1 月。

③ 赵太侔:《国剧》,《国剧运动》,第 10 页。

④ 余上沅:《旧戏评价》,《国剧运动》,第 201 页。

和追求。余上沅不止一次将绘画与戏剧联系起来说明所谓"纯粹的艺术":"一幅图画,无论它是什么写实派或自然派,如果没有纯粹图案去做它的脊椎,它决不能站立起来自称艺术。戏剧虽和人生太接近,太密切,但是它价值的高低,仍然不得不以它的抽象成分之强弱为标准。"①"因为这幅画只是这些形象的关系,它是不是代表桌子椅子倒不要紧,要紧的是你去正看倒看,左看右看,它都能给你一种乐趣。绘画要做到了这一步,我们就叫它是纯粹的艺术。"②余上沅和赵太侔都不约而同地谈到传统戏曲中的程式化,如挥鞭如乘马,推敲似有门,叠椅为山,方布作车,四个兵可代一支人马,一回旋算行数千里路等,认为这些"中国旧剧的程式就是艺术的本身"。③ 在他们看来,中国最纯粹的艺术是书法和绘画,诗词、戏剧等其他艺术也都具有同样的精神,趋向于"纯粹的艺术"。显然,他们追求的艺术价值在于"纯粹"的"抽象成分",正与西方美学中"审美观照"的意旨相通。

第三,在追求纯艺术的同时并不反对描写人生,只是反对舍弃艺术追求而单纯地表现人生。

徐志摩曾指出:戏剧"最主要的成分尤其是人生的艺术。""哪一样艺术能有戏剧那样集中性的,概包性的,'模仿'或是'批评'人生?"④他们在肯定传统戏曲艺术形式的同时,也指出其"脱却了生活,只余了艺术的死壳",对其内容持保留态度。不过,在他们看来,艺术性始终是第一位的。"艺术决不是人生,全个儿的人生也决不是艺术。要从艺术里寻人生,那何如跑到大街上,东安市场里去,岂不看的更亲切有味些?"⑤所以对"问题剧"包括郭沫若五四时期历史题材的诗剧多有批评,认为是"艺术人生,因果倒置"⑥,强调"捉着问题,而写不成剧,那仍不能成

---

① 余上沅:《序》,《国剧运动》,第5页。
② 余上沅:《旧戏评价》,《国剧运动》,第194、193-194页。
③ 赵太侔:《国剧》,《国剧运动》,第14、16页。
④ 徐志摩:《剧刊始业》,《国剧运动》,第2-3页。
⑤ 赵太侔:《国剧》,《国剧运动》,第20页。
⑥ 余上沅:《序》,《国剧运动》,第3页。

为艺术品"①。

　　梁实秋曾表示并不赞成格律诗那样固定不变的形式规范,他指出:"守纪律的形式""真正之意义乃在于使文学的思想,挟着强烈的情感丰富的想象,使其注入一个严谨的模型,使其成为一有生机的整体"。② 新月派对艺术形式的探求,正是朝着创造那种"正看倒看,左看右看,它都能给你一种乐趣"的"有生机的整体"不懈努力的过程。

　　新月派的纯艺术观念对于当时新文学运动中的一些现象具有很强的针对性。所谓"健康"与"尊严",明显是针对他们指出的十三种"非法的或不正当"的倾向;梁实秋的人性论主要是针对左翼文学的阶级论;而他们在诗歌和戏剧领域的探索也是针对五四新文学运动中的一些问题的。所以,虽然他们的核心人物大多是大学教授,但其评论的学院气并不浓厚,更多与文艺实践联系在一起,有较强的实践性。新月派没有贯穿始终、完全统一的文学主张,本身的人员构成和文学观念都具有兼容并包的特点,但他们产生的一些颇有影响力和代表性的文学观点,却反映了这一群体的共同特点,在现代文学史上留下了深刻的印记。

第三节　"坚守自由纯正原则的一支砥柱"

一　纯与不纯

　　我们说过,如果用传统的西方标准来衡量,中国现代文学史上真正够格的纯艺术派别应该很少。在本书所论及的各个纯艺术派别中,新月派应该是与政治关联最多的,无论是前期的新月社或是后期的新月杂志、新月书店,其活动都不限于纯粹的文学活动,后期的政治性活动还更多一些,如果作为一个文化派别来论述

① 梁实秋:《现代文学论》,《梁实秋文集》第 1 卷,第 419 页。
② 梁实秋:《文学的纪律》,《梁实秋文集》第 1 卷,第 146 页。

的话或许可以包含更多非文学的内容，从这个意义上说，新月派不是一个"纯艺术"或"纯文学"的文学派别。但是，如果将新月派作为一个文学派别，主要研究它的文学观念和活动（当然不可避免地会涉及政治等其他方面），因为其追求"纯粹的文艺"，所以将之视为"纯艺术"或"纯文学"派别，也就是很自然的了。

新月派作为一个群体，总体上是关心政治的。在早期的俱乐部时期，有些成员本身就是政界人物，其他人则无论是从中国"天下兴亡匹夫有责"的传统还是从英美自由主义政治思想出发，都不可能不对政治问题发声。徐志摩主持《晨报副刊》时期主导的"苏俄仇友"之争和"闲话"之争两场论战就都具有浓郁的政治色彩。闻一多、罗隆基、梁实秋等人在美国留学时参与组织以国家主义为旗帜的政治性团体大江会，回国以后又积极参与了国家主义派的许多活动。[①] 新月派后期聚集上海之后，不仅政治时局成为他们茶余饭后议论的热点话题，胡适、罗隆基、梁实秋等人还在《新月》月刊发表了大量政论文章，鼓吹英美自由主义政治思想，并左右开弓，一方面抨击共产主义运动，一方面批评国民党当局，表现出强烈的政治性，以致当时有人将其视为与共产主义、三民主义"鼎足而立"的"三个思想"，他们也为此颇为自得[②]。在后来的中日战争中，新月派人士的爱国政治热情得到了更充分的张扬。如果说 1932 年初"一·二八"淞沪抗战和 1933 年初热河抗战陈梦家的投笔从戎还只是个案，那么后来胡适、梁实秋、叶公超等人积极参与全面抗战时期的政治活动就是带有群体性的行为了。

新月派参与政治，其中少数人是出于专业或志向对社会政治抱有浓厚的兴趣，特别罗隆基是纯政治派，只谈政治；多数人如闻一多、徐志摩则只是出于知识

① 梁实秋不仅早期积极参加了大江会的活动，后来在国民党当局禁止国家主义派活动的情况下，他还继续参与了张君劢等人领导的国家主义组织"再生社"的活动。1934 年国家社会党建党时，他是十一名执行委员之一，1938 年以后又成为该党出任国民参政员的代表之一。

② 《罗隆基致胡适信》(1931 年 5 月 5 日)中称："前日上海《民报》——据云左派报，汪常有文章在此发表——登一文，说中国目前三个思想鼎足而立：(1) 共产；(2)《新月》派；(3) 三民主义。想不到《新月》有这样重要。"《胡适来往书信选》中册，中华书局 1979 年版，第 64 页。

分子的责任感、使命感关心国家民族的命运，他们通常将参与政治性活动与文艺活动区别开来。正因为如此，在《新月》的办刊方针上罗隆基、梁实秋等与徐志摩、闻一多等之间才会出现分歧，以致有的论者将其分为文艺派与政治派。新月派中后来出现了一些政治人物或政治性很强的人物，前者如胡适、罗隆基、叶公超等，后者如闻一多、梁实秋等，联系这个群体历史上的政治因缘，就知道不是偶然的了。

　　新月派试图将自己从事的文艺活动与政治分开，在纯艺术理论主张方面这种努力尤其明显，他们反对工具论，在文学实践中也不以文学来宣传自己的政治主张，虽然政治立场或倾向难免有所流露。二十年代中期中国国家主义的主张和团体构成驳杂，闻一多对国家主义的高度热衷正是政治参与和爱国主义热情的表现，不过当时他的精力仍偏重于文化方面，意图实践"中华文化的国家主义"。他强调："我国前途之危险不独政治、经济有被人征服之虑，且有文化被人征服之祸患。文化之征服甚于他方面之征服千百倍之。杜渐防微之责，舍我辈其谁堪任之！"[1]他的《七子之歌》、《洗衣歌》等著名的爱国主义诗作，在他自己看来，正是"国家主义的呼声"[2]。闻一多等人在美国就开始倡导国剧，他本人从美国提前回国就都和实现"文化国家主义"的追求直接有关。但正是在这个时期，闻一多等人大力倡导新诗格律化和国剧运动，追求"纯粹的艺术"，又与政治上的追求有着明显的区分。从这个意义上说，新月派对纯艺术的主张是真诚的。

　　三十年代初期茅盾在评论徐志摩时曾经指出："他是一个诗人，但是他的政治意识非常浓烈"。他分析了徐志摩不同时期诗歌创作，从早期"对于人生的单纯信仰"到后期"对于社会的大变动抱着不可解的怀疑"，有着一以贯之的现实观照和政治意识，认为在资产阶级文人中，"志摩是坦白的天真的热情的，所以肯放声大叫罢了"。[3] 其实，除了徐志摩，新月派其他一些作者的作品也并不完全是风花雪

---

① 　闻一多：《致梁实秋》(1925 年 3 月)，《闻一多全集》第 12 卷，第 215 页。

② 　闻一多：《致梁实秋》(1925 年 3 月)，《闻一多全集》第 12 卷，第 220 页。

③ 　茅盾：《徐志摩论》，《现代》第 2 卷第 4 期，1932 年 2 月。

月,对国家未来的期望,对军阀统治的抨击,对民生疾苦的关注,这类"放声大叫"还是时有所见的。不过他们强调发自内心、出于自然,强调形式的美,强调自己是在做"文学"而不是做"宣传",反对将文学作为"武器"或"工具"。从闻一多到后期以短期抗日军旅生活入诗的陈梦家,都是这样。

梁实秋当时写过一篇短文,强调文学的"严重性"也就是严肃性。他提出:"有思想做中心的作品,才是有骨头的有筋络的作品,才能感人。"他肯定左翼文学家重视"文学与人生之关系的重要",反对"为艺术而艺术"和"以艺术为娱乐",表示"凡是主张文学的'尊重与健康'的人都应该在这一点上表示赞成,虽然是站在不同的立场上"。① 这也从一个方面表现出超越"不同的立场"讨论文艺问题的姿态。后来他在另一篇《出了象牙之塔》中说:"十五年前,我还是一个没有成熟的青年。那时候我是艺术至上主义的信仰者,我觉得最丑恶的是实际人生,最美的生活是逃避现实,所以对文学艺术发生了浓厚的爱好。"他表示:"一个人在年青时候若不是'为艺术而艺术'的信仰者,这个人没有出息;一个人若是到了成年之后还主张'为艺术而艺术',这个人也没有出息。"他说明自己已不是"为艺术而艺术",同时也清楚地反对"现在的青年"谈革命、谈斗争,认为青年应该是"为艺术而艺术"的,应该是在"象牙之塔"里的,因为那"原也是人生过程之一个驻足的所在"。② 这也反映出他们的纯艺术主张骨子里与鼓吹革命与斗争的左翼文学的对立,他们的"纯"正是建立在与左翼文学的不"纯"的对比之中的。

二 历史的必然与偶然

梁实秋晚年在回忆徐志摩时曾经说过:"一个人的性格品质以及在行为上的作风,与他的出身和门第是有相当关系的。"他分析徐志摩出自富裕的商人之家,没有受过现实生活的煎熬,因此带来两方面的影响,一是因为无需为稻粱谋,可以

---

① 梁实秋:《文学的严重性》,《梁实秋文集》第 1 卷,第 346 页。
② 梁实秋:《出了象牙之塔》,《梁实秋文集》第 7 卷,第 453 – 455 页。

专注于自己"所要致力的事情",二是容易忽视生活的现实面,对于人世的艰难困苦不易有直接深刻的体验①。徐父经济上的支持对于早期新月社的雅集能够延续起了重要作用。其实,梁实秋自述家中"略有恒产,衣食无缺"②,他本人家境也不错。徐志摩家是富商,闻一多家则是乡绅,家境也很富裕。新月派其他成员中,张嘉铸是徐志摩前妻张幼仪的弟弟,张家也是富商;林徽因的父亲是民国初期的司法总长林长民,也是早期新月社的成员。后期新月派活动中发挥了特殊作用的叶公超和邵洵美都出身官宦世家。叶公超幼年丧父,监护他长大的叔父叶恭绰是民国初期政界"交通系"的首领之一。邵洵美外祖父盛宣怀和祖父邵友濂都是清末高官,家产殷实,他本人曾去英国剑桥大学留学,热爱文学和出版事业,对后期新月派提供了经济上的重要支持。这些人相近的家庭背景与他们相近的文学追求之间虽不能说是直接的因果关系,但无疑是有着不可忽视的联系的。

　　大多数新月作家受过系统的现代教育。闻一多、梁实秋以及余上沅、饶梦侃、朱湘、孙大雨、杨世恩等人都是在清华读书时开始文学活动的,与社会相对封闭的校园文化,民主气氛、自由探讨,为他们纯艺术的追求提供了适宜的环境。闻一多、梁实秋等人在美国的校园戏剧活动也为后来新月派的国剧运动奠定了基础。他们进入社会后又多以在高校任教为业,除了北京大学、清华大学以外,南京的中央大学、上海的中国公学和光华大学、青岛的青岛大学(后改名为山东大学)、天津的南开大学等都是他们讲授文学、培养和提携后进的重要场所。后期新月派文学活动中一些活跃的年轻人中,陈梦家、方玮德、陈楚淮出自中央大学,沈祖牟、储安平出自上海光华大学,何家槐出自中国公学,梁遇春、卞之琳、李广田出自北大,曹葆华出自清华,孙毓棠出自南开,大多与胡适、徐志摩、梁实秋、闻一多、叶公超等人各有师生关系。校园文化和师承关系使得他们在文学观念和创作上或多或少地带有纯艺术的色彩。

---

① 梁实秋:《谈徐志摩》,《梁实秋文集》第 2 卷,第 335 页。
② 梁实秋:《岂有文章惊海内——答丘彦明女士问》,《梁实秋文集》第 5 卷,第 523 页。

徐志摩、闻一多、梁实秋等人早期都鼓吹过浪漫主义,追求"为艺术而艺术",和创造社显得志趣相投。徐志摩和梁实秋都曾记叙过自己在上海造访郭沫若等创造社作家的情景,其中不难看出二者生活境遇的差距。徐志摩描述道:

> 与适之、经农,步行去民厚里一二一号访沫若,久觅始得其居。沫若自应门,手抱褓褓儿,跣足、敞服(旧学生服),状殊憔悴,然广额宽颐,怡和可识。入门时有客在,中有田汉,亦抱小儿,转顾间已出门引去,仅记其面狭长。沫若居至隘,陈设亦杂,小孩屡杂其间,倾跌须父抚慰,涕泗亦须父揩拭,皆不能说华语;厨下木屐声卓卓可闻,大约即其日妇。坐定寒暄已,仿吾亦下楼,殊不话谈,适之虽勉寻话端以济枯窘,而主客间似有冰结,移时不涣。沫若时含笑睇视,不识何意。经农竟喋不吐一字,实亦无从端启。五时半辞出,适之亦甚讶此会之窘,云上次有达夫时,其居亦稍整洁,谈话亦较融洽。然以四手而维持一日刊、一月刊、一季刊,其情况必不甚愉适,且其生计亦不裕,或竟窘,无怪其以狂叛自居。①

徐志摩很自然地将郭沫若等人的"狂叛"与其生活境遇的"不裕"、"竟窘"联系起来。梁实秋也曾去过被他称为"上海标准的上等贫民窟"的民厚里拜访郭沫若,"那情形和志摩所描写的一模一样"。梁实秋为此感叹:"创造社等人的生活状况,和志摩的真是一个强烈的对比。""困苦的生活所培养出来的一股'狂叛'的精神,是很可惋惜的,但是席丰履厚的生活所育煦出来的那种对'梦想的神圣境界'之追求,又何曾是健全的态度?②但这两种形成"强烈的对比"的人群,在共同的艺术追求中可以达成某种一致,却又难以掩盖思想与情趣深处的差异。

---

① 《志摩日记》1923 年 10 月 11 日。《徐志摩未刊日记(外四种)》,北京图书馆出版社 2003 年版,第162 页。

② 梁实秋:《谈徐志摩》,《梁实秋文集》第 2 卷,第 356 页。

　　徐志摩描述的,是创造社作家从日本回国后的生活境遇,造成这种境遇的原因是多方面的。即以家庭背景而言,郁达夫、成仿吾都是幼年丧父,田汉则出身贫农家庭,也不能和新月派之多数相比。此后,在大革命的高潮中,郭沫若、成仿吾都奔赴广东参加实际革命工作,创造社实现"方向转换",后期创造社的冯乃超、彭康、朱镜我、李初梨等人也都成为共产党员,这些都与他们的现实生活处境有一定关系。而新月社作家这时虽然也经历种种动荡,但仍基本保持着"健康与尊严"的生活状况,他们在文学上也打起了"健康与尊严"的旗帜,终于和创造社分道扬镳。

　　人们常将多数成员有留学英美经历的新月派视为英美派,而将多数成员有留学日本经历的创造社和语丝社视为留日派,这种区分虽然不是绝对的,但对于认识和区分他们接受外国文化影响的不同类型还是有意义的。近年来学界对新月派接受西方文学思想影响的内容与路径多有考察与分析,从中大致可以看出:一是接受路径各有差异。新月派多数人是有留学欧美的经历,其中又以英美两国为多,但也有一些人并未跨出国门,是通过师承甚至阅读接触和了解欧美文学思想的,他们往往出自当时的一些名校的外文系,接触欧美文学作品和观念。二是个人接受内容有所侧重。如徐志摩主要是受浪漫主义影响,梁实秋主要是受新人文主义影响,叶公超主要是受现代主义影响,这和个人的教育背景、经历乃至家世都不无关系,但是作为有相同或相近的文化群体,相互之间的影响乃至某种程度的趋同也是明显的。三是不同时期关注热点有所不同。早期主要是热衷浪漫主义,清华时期的梁实秋和闻一多都倾心浪漫主义,而"徐志摩是一个彻底的浪漫主义者"①,其文学观念和创作受英国浪漫主义影响至深;梁实秋虽然曾经激烈地批评五四文学"无节制的浪漫主义",但骨子里仍对浪漫主义情有所钟,他晚年称自己:"古典头脑,浪漫心肠"②,可以说是确评。而到了《新月》月刊初期,梁实秋大力鼓吹的新人文主义明显对同仁有影响,徐志摩执笔的《新月的态度》就是一例。但这

① 梁实秋:《谈徐志摩》,《梁实秋文集》第2卷,第341页。
② 梁实秋:《赠刘真二首》,《梁实秋文集》第6卷,第66页。

时现代主义更为时尚,再加上叶公超因为与艾略特亦师亦友的关系而对现代主义更为青睐,多加推崇,因此意识流、象征主义、新批评等文学观念也不断出现在新月文人的笔下。这些影响千差万别,但也有共同之处,就是总体上都企望超越现实的政治功利性,更多集中于对文学自身特点与规律的探究,这对于新月派形成与坚持自身的纯艺术追求起到了理论上的支撑作用。而通过日本接受的外国文学影响,早期较多来自欧洲现实主义文学,到了二十年代,因为当时日本左翼文学运动的兴起,则更多从中直接或间接地接受俄苏文学的影响,这些对于转向的创造社和后来的左翼文学来说,都产生了深刻有力的思想影响。而且由于中国共产党的成立和发展,一批关心和从事文化的共产党人到苏联留学或通过其他途径接受了左翼文学国际思潮的影响。新月派与当时左翼文学运动的隔膜与对立只有置于当时国际政治与文化的大背景中加以考察,才能更清晰地看出其必然性。

　　新月派文学观念的形成与发展诚然受到了欧美文化的巨大影响,但是中国传统文化的传承也是不可忽视的因素。与徐志摩过往密切的表弟、早期新月社成员蒋复璁曾经与梁实秋主编了台湾版的《徐志摩全集》,他这样描述徐氏在传统文化方面的兴趣与功力及对其新文学创作的影响:"志摩之语体诗文,自为一代宗匠,而于旧文学造诣亦深,于文好龙门与蒙庄,尤工骈文,为新会先生所赞许,而推于康南海也。于诗则好青莲与玉溪,故其自作皆以浩气与真情胜,随意写来,皆成佳什,人或病其堆砌,然不能易之也。"①与徐志摩年龄相当的闻一多、梁实秋乃至更年长的如胡适等新月派成员,幼年大多直接受过传统的文化教育,家庭的熏陶和成长的环境使他们难以割舍对古典文学的喜好,同样表现出对传统文化的认同和依恋。当然,传统的惯性力量并不一定要借助直接的师承关系才能延续,通过社会文化环境的许多潜移默化的因素同样可以影响新的一代。以比徐志摩等年轻十岁左右的陈梦家而言,他出身于西方文化色彩浓厚的基督教教职人员家庭,自小接受新式的学校教育,青少年时代又是在南京、上海这两个现代都市度过,其价

---

① 蒋复璁:《徐志摩小传》,《徐志摩全集》第 1 卷,中央编译出版社 2013 年版,第 9 页。

值观念和知识结构都是在五四新文化运动产生广泛影响的背景下形成的,但是,传统文化对其文学观念和创作的影响还是深刻和广泛的。他在编选《新月诗选》时就写道:"我们自己相信一点也不曾忘记中国三千年来精神文化的沿流,(在东方一条最横蛮最美丽的长河)我们血液中依旧把持住整个中华民族的灵魂"。①这里宣示的也可以说是整个新月派群体对于传统文化的态度。经历过五四时期急风暴雨式的冲击,这时对传统的重新审视与评估以及在此基础上的借鉴与吸收乃是新文学发展的内在要求,在当时的社会文化语境中,这样的任务也只能主要由与左翼文学主潮疏离的学者作家如新月派来承担了。

家庭出身、教育背景、文化渊源、个人经历等因素对于一个人的生活道路、政治立场和文学取向的影响都不是绝对的。沈从文就没有受过系统的教育,更没有留学经历,但仍成为新月派一位有影响的重要作家。试想当年如果当时不是徐志摩对生活困窘的他伸以援手并将其引入新月群体,沈从文完全有可能走上别的道路。因此,新月派群体在上述各个方面的高度趋同性以及其与创造社(包括后期创造社)等群体的高度差异性,无疑提示我们在当时历史条件下这一群体在选择纯艺术文学方向的某种历史必然性。

三　面向昨天、今天和明天

这种历史必然性也就造就了新月派在中国现代文学纯艺术思潮发展中的地位与作用。套用当时文学界习用的方式,下面也以昨天、今天和明天来分别论述。

第一,与"昨天"即五四新文学的关系。

新月派的很多人如闻一多、梁实秋等,本身就是五四新文学的积极参与者,胡适还是主要的倡导者和领袖人物之一。时隔几年以后,发生了"从文学革命到革命文学"的巨变,新月派的文学观念与活动,对于五四这个"昨天"来说,具有其延续和发展的意义。一是继承了五四新文学高扬的"人的文学"观念。因为当时兴

———————————————

① 陈梦家:《序言》,《新月诗选》,第4-5页。

起的无产阶级革命文学一方面继承了五四新文学的革命精神,另一方面其阶级论对五四"人的文学"观念又带有相当程度的否定,这时梁实秋对人性论的强调虽然含有批评个性解放的成分,但仍是在延续和坚持五四"人的文学"的观念。二是鼓吹理性,对个性、自我采取收敛态度,在艺术上也更强调建设和建立规范,这对于五四新文学主要是以冲决罗网的勇气破坏旧秩序来讲,既有某种保守性却又是一种深化与发展;同时,五四时期的主要诉求是实现从文言文到白话文的转变,是通过改变文学语言规范实现新旧文学的革命性转变,新月派的努力则是进一步关注如何建设运用白话文的新文学的文体规范问题。三是在"为人生而艺术"和"为艺术而艺术"之间取一种调和的态度,既追求文学的艺术纯粹性,又不放弃其人生意义(尽管他们对人生意义的认识和表现有其局限性)。茅盾当时分析文坛的现状说:"无产阶级的革命运动卷去了大多数的深受封建制度压迫的青年,他们固然不满于文学研究会的意识不明确的'为人生而艺术',同时也唾弃了创造社派的象牙塔中生活的'为艺术的艺术'了。新的时代要求那表现着新的意识的文学。在阶级斗争日趋尖锐化的新局面下,文学团体必然的要起变化,结果是文学研究会的无形解体,和创造社派的改变方向"。① 这时的新月派被人们视为躲进象牙塔的唯美主义或艺术至上主义者,但他们对于文学的理性要求和人生关怀,显然有别于早期创造社以及湖畔社、浅草社、沉钟社等团体的"为艺术而艺术",而且他们本身也明确反对"为艺术而艺术",他们追求的重点在于"纯粹的艺术",尽管这种追求在当时被视为倒退与落后乃至反动,但从文学本身的发展来看,仍是五四文学精神的延续,不能简单地认为是对五四新文学革命的反动。

第二,与"今天"即当时文坛的关系。

新月派存续期间,先面临大革命的洪流后面临国共之间的生死搏斗,文学上政治化、革命化倾向逐步成为时尚与主流,新月的纯艺术文学追求无疑是边缘化以至反主流化的潮流。特别是在其活动的后期,两个方面的文学主张同左翼文学

① 丙申(茅盾):《"五四"运动的检讨》,《文学导报》第1卷第2期,1931年5月。

界形成了明显的对立。一是"人性论"与"阶级论"的对立。这不仅仅是文学取向的差异,而是自由主义与马克思主义之间意识形态方面的严重分歧与对立,至于人性的复杂性以及新月派主张的合理一面、左翼文学界只讲阶级性而否定人性普遍性的偏狭一面都是经过较长时间的历史检验才为人们所认识的。二是纯艺术文学观与功利主义文艺观的分野。二十年代初张扬纯艺术的创造社这时"转换方向",宣布要"从商品化,奴隶化的今日艺术求我们的真正的艺术的解放,建设解放的艺术,建设人类解放的艺术,建设无产阶级的艺术"。[①] 当时创造社的主要成员都加入了共产党,大革命时期革命文学的倡导者和太阳社的主要成员也都是共产党员,他们倡导和实践革命文学的明确目的就是为了推进革命,这和新月派就文学谈文学来进行理论探讨的出发点和目的都是完全不同的。无产阶级革命文学的兴起把功利主义的文学追求推到了极致,国民党方面后来推出的民族主义文学和三民主义文艺与左翼文艺的政治立场虽然不同,但在政治功利主义方面却殊途同归。新月派作家在政治上大多信奉西方自由主义思想,在文学思想上主张文学与政治分离,保持独立与自由,努力为新文学建立一种非功利的审美价值体系。虽然从当时的社会文化语境来说,这种纯艺术追求显得不合时宜,但仍然成为一种平衡力量推动着文学的发展。叶公超晚年曾说,新月文学最大的意义在于"自文学革命以来,当一切左倾势力的洪流汹涌之际,它是唯一坚守自由纯正原则的一支砥柱","可视其为中国新文学发展过程中的一面里程碑"。他的说法虽有政治立场的偏颇,但也在一定程度上反映了当时文坛的实际情况[②]。三是在文化借鉴上对俄苏文学观念和政策的单一仿效与多方面吸收汲取中外多种思想资源的分野。五四时期甚至追溯到更早,中国文化界包括文学界借鉴外国的思想营养一直是多元、全方位的,到了革命文学兴起以后,和政治上的"以俄为师"相联系,对

---

① 《编辑后记》,《创造月刊》第 2 卷第 1 期,1928 年 8 月。

② 叶公超:《〈新月小说选〉序》,叶公超:《新月怀旧——叶公超文艺杂谈》,学林出版社 1997 年版,第 166 页。

俄苏文学观念和文艺政策的单一倾倒和仿效成为文学界的主流,在对这种倾向的质疑和反对声中,在对西方文艺思想的持续介绍中,新月派的工作占有重要地位,对于中国文学扩大视野、广采博收有自己一份不可抹杀的贡献。

第三,对"明天"即后续文学发展的影响。

新月派坚持纯文学的探求,在当时造成了相当的影响。《新月》月刊和新月书店注重扶持文学新秀,为新月派也为整个现代文学的发展注入新的活力。说到对后续文学发展的影响,最直接的当然是对京派文学的影响。京派的核心人物之一朱光潜甚至将"新月"作为京派的前身,他晚年回忆说:"京派在'新月'时期最盛,自从诗人徐志摩死于飞机失事之后,就日渐衰落。胡适和杨振声等人想使京派再振作一下,就组织一个八人编委会,筹办一种《文学杂志》。""他们看到我初出茅庐,不大为人所注目或容易成为靶子,就推我当主编。"①从朱光潜的描述中不难看出京派形成中胡适的作用,而京派的另一位核心人物则是早年新月的新秀沈从文。被作为京派提及的新月作家还包括叶公超、孙大雨、林徽因、凌叔华等人,此外当时清华、北大等大学学生中一些崭露头角的青年作家如卞之琳、李广田、曹葆华等,和闻一多、徐志摩、梁实秋、叶公超等人都有师承关系,被认为是新月的后起之秀。京派一些重要的文学观念,如主张文学独立于政治,崇尚"和谐"的美学风格,强调情感的"节制"与技巧的"恰当",以至对诗歌等具体文体的探讨等,都不难看出新月派的影子。

新月派企图脱离政治超然地发展文学的理想在现实中无疑难以实现。在二十世纪前期中国特定的社会文化环境中,这种理想的命运就更加可悲。经历了半个世纪的历史积淀,到了一个更为遥远的"明天",在一个相对开放、平和的时代里,徐志摩的诗歌、梁实秋的散文、沈从文的小说,以及新月派的那些文学观念,才逐步为人们重视,这一派别对于文学发展的意义也许才真正显示出来。

---

① 朱光潜:《作者自传》,《朱光潜全集》第1卷,安徽教育出版社1987年版,第5页。

第六章
京派的纯艺术思想

第一节　京派纯艺术倾向的发展

一　群体的集结与观念的张扬

京派作为一个文学史的概念，源于1933年沈从文发表《文学者的态度》引起的"京海"论争。无论"海派"还是"京派"，都不可能涵盖当时上海或北平两地的所有文学群体。上海有左联、现代派、论语派等多种群体和派别；北平则不但有周作人、朱自清等一批自新文学发端即长期在此居住的作家，还有陆续北归的胡适、梁实秋、叶公超等新月派作家和朱光潜、梁宗岱、李健吾等新近留学归国的作家；另外，两地都还有相当数量的通俗文学作家和不断涌现的青年创作新秀。上海和北平当然各有自己的文化特色，但并不等于作家就各自都是一派。与上海作家相比，北平或扩大一点说平津地区作家的共同性可能更多些，但也很难以"京派"一词一言而蔽之。不过，经过这次"京海"论争，虽然"海派"并未成为专指某一文学派别的特定概念,"京派"却倒是逐渐成为一个有特定指向的文学群体的名称。

自 1933 年沈从文等主编《大公报·文艺副刊》开始,到 1937 年平津沦陷,这段时间里在北平形成了以沈从文、朱光潜为中心的文学群体。他们以《大公报·文艺副刊》和《文学杂志》为主要传播阵地,通过创作和评论活动表达出许多相同或相近的文学追求,造成了相当广泛和深远的影响。他们的文学观念,向前可溯源至 1930 年的《骆驼草》以至更早的《语丝》,向后可延展至抗战时大后方甚至抗战胜利之后朱光潜、沈从文等人的言论与活动。但作为一个地域性的观念鲜明的文学群体,作为一个相对紧密、严整的文学存在,这几年中的京派才是充分的、独特的。[①] 因此,本书对京派的论述也主要集中于这一时期。

二十年代中期开始,新文学运动的中心逐渐向上海转移,曾是这一运动策源地和中心的北京随着国民政府定都南京而改名北平,文坛也显得特别沉寂起来。继续留在这里的周作人、朱自清等人,多数在大学里从事文学研究和教学,不同程度疏远了新文学运动。1930 年周作人支持的散文月刊《骆驼草》曾经激起了一些浪花,但只存在了半年。同年,北方左联成立,但参加者主要是青年学生,其活动带有鲜明的政治色彩,在文学运动和创作方面并未产生太多影响。

1932 年胡适因为人权事件辞去中国公学校长职务由上海重回北平担任北京大学文学院院长兼中文系主任,另外还兼任了中华教育文化基金董事会所属编译委员会的主任。早前南下的一些作家(包括新月派的一些主要人物)如闻一多、杨振声、梁实秋、徐志摩、叶公超、沈从文等在此前后也陆续回到北平工作,在他们周围又聚集起一批热爱文学、观念相近的学生和其他青年,北平以及以平津为中心的北方文坛才又逐步活跃起来。

[①] 关于京派的起讫时间和人员范围学界看法不一。例如较早出版的许道明著《京派文学的世界》(复旦大学出版社 1994 年版)就认为,从二十年代后期到四十年代末,"起伏消长 20 年","京派文学有着自身的为其他文学派别无法替代的生命历程",参见该书第 20 页。书中作为京派论及的作家也相当多。

　　1933 年 9 月,发生了对于京派发展关系重大的两件事:一是杨振声、朱自清和沈从文等人创办了《大公报·文艺副刊》,其中又由沈从文实际负责;二是朱光潜从欧洲回国,开始任教于北京大学。或许是个巧合,沈从文和朱光潜这两位后来京派的领军人物几乎是同时在北平登场了。他们的加盟极大地改变了北平文坛的格局,使得北平以至北方文学进入一个重要的发展时期。

　　当时杨振声主持中小学教材编委会的工作,朱自清担任清华大学中文系主任,《大公报·文艺副刊》的具体编辑工作是由沈从文负责的。两年之后,1935 年 7 月萧乾自燕京大学毕业,由杨振声、沈从文推荐,进入《大公报》工作,接编了另一文艺副刊《小公园》;不久《文艺副刊》与《小公园》合并为新的《文艺》副刊,由萧乾主编,沈从文仍参与编辑和组稿,直到 1936 年上海版《大公报》出刊。《文艺副刊》从创刊到 1938 年 8 月天津沦陷因《大公报》停刊而停刊,四年间共出刊了 530 多期。① 《文艺副刊》在沈从文主导下标举文艺自由独立,反对政治化和商业化,在北方文坛树起了一面纯艺术的旗帜。②

　　沈从文重视文学评论包括书评,在他主持下《文艺副刊》形成的这一特点在萧乾主编期间得到进一步张扬,特别是萧乾在 1935 年还曾约请梁宗岱等人创办了《诗特刊》,每半月刊发一期,对诗歌理论和创作进行探讨成为其突出的特点。③ 沈从文和萧乾或利用"读者与编者"、"答辞"等专栏,或采用公开信的形式,与作者、读者进行交流,宣传自己的文学观念。④ 在《文艺副刊》上发表评论性文字的

---

① 　1933 年 9 月 23 日—1935 年 8 月 1 日,"文艺副刊"共出刊 166 期;1935 年 9 月 1 日—1937 年 8 月,"文艺副刊"与原"小公园"副刊合并后的"文艺"共出刊 372 期。合计 538 期。

② 　1933 年 9 月 24 日,沈从文在给大哥沈云麓信中写道:"此刊物每星期两次,皆知名之士及大学教授执笔,故将来希望殊大,若能支持一年,此刊物或将大影响北方文学空气,亦意中事也。"见《沈从文全集》第 18 卷,北岳文艺出版社 2009 年版,第 187 页。经过他和其他人的努力,这一希望很快得以实现。

③ 　1935 年 11 月 8 日出刊,1936 年 7 月 19 日改为《诗歌特刊》,1937 年 7 月 25 日出刊第 24 期。

④ 　这些文字的一部分,后来结集为《废邮存底》,上海文化生活出版社 1937 年出版。

人很多,远远超出了京派范围。但就主要撰稿人以及文学观念相近而言,确实形成了较为一致的文学观念和批评指向,反映了京派群体的总体文学追求。

《大公报·文艺副刊》对于京派文学的发展作用很大,但是报纸毕竟有其局限性,《文学季刊》《水星》等刊物对于京派的发展起过重要作用,不过存在时间都不长,办刊的思路也不限于京派的观念,为了更好地表达京派的文学观念,扩大自身的影响,朱光潜创办的《文学杂志》就应运而生,成为当时派别意识最为自觉、明显的文学刊物之一。刊物刊登的理论文章较多,约占五分之二,每期编排上,以论文打头,以书评压阵。朱光潜撰写的发刊词《我对于本刊的希望》,对于“文以载道”和“为艺术而艺术”都给予批评,强调“艺术良心”,看重文学与文化思想的联系,表示“我们对于文化思想运动的基本态度,用八个字概括起来,就是‘自由生发,自由讨论’”,①比较清晰地表达了京派群体的文学观念。杂志尽管只出了四期就因抗战全面爆发而停刊,却在很短时间内就成为当时最畅销的文艺刊物之一,对于京派文学观念的张扬和京派的发展,起到了与《大公报·文艺副刊》异曲同工的作用。

朱光潜后来回忆说:“在解放前十几年中,我和从文过从颇密,有一段时期我们同住一个宿舍,朝夕生活在一起。他编《大公报·文艺副刊》,我编商务印书馆的《文学杂志》,把北京的一些文人纠集在一起,占据了这两个文艺阵地,因此博得了所谓‘京派’文人的称呼。”②他的回忆虽然于字里行间流露出特定时代的自我贬损,却对这一时期里两份刊物、两位主编的关系和作用做了清楚的说明。

《大公报·文艺副刊》十分注意团结平津一带的作家,几乎每个月都有约稿聚餐会,类似二十年代的语丝社和新月社的聚餐会。应邀参加者除了成名作家(如朱自清、梁实秋、闻一多、周作人、俞平伯等)以外,也有文学新人(如卞之琳、李广

---

① 朱光潜:《我对于本刊的希望》,此文收入文集《我与文学及其他》时改题为《理想中的文学刊物》,《朱光潜全集》第 3 卷,安徽教育出版社 1987 年版,第 437 页。

② 朱光潜:《从沈从文先生的人格看他的文艺风格》,《朱光潜全集》第 10 卷,安徽教育出版社 1993 年版,第 491 页。

田、何其芳、王西彦等)。当时,朱光潜也在家中组织读诗会,每月一次,朗诵中外诗歌与散文并交流创作和鉴赏心得;而林徽因的"太太的客厅"则是形成更早的文艺沙龙,虽然参与面窄一些,但沈从文、萧乾、梁宗岱等人都有涉足。在这些宽松、悠闲、松散的聚会中,作家们交换意见,交流作品,对于京派作家队伍的集聚和京派文学观念的凝结,无疑起到了促进作用。

京派作家除了创办刊物和定期举行文学沙龙活动以外,发表和出版了大量作品,特别是其中的文学理论和文学批评作品,数量之多,远远超过当时其他各种文学派别,对于文学观念的张扬和艺术规律的探讨用力也最深,京派因而也成为当时中国最有活力的文学派别之一。

京派并没有组织正式的社团,也没有共同的宣言,虽有各种聚会和小的群体聚合,但相互联系总体比较松散。被列为京派的作家很多,学术界也有各种争论。周作人、胡适是当时北平文化界的两大重镇,对京派的形成与发展有重要的贡献与影响,但他们的文学观念、趣味和朱光潜、沈从文等人有一定差距,胡适此时也已基本不参加实际的文学活动。因此,本书没有采用广义的京派概念将他们列为京派的领袖。

京派的成员与新月派有所交叉,沈从文就是最突出的例子。巧合的是,就在1933年9月,即沈从文接手创办《大公报·文艺副刊》的那个月,胡适签署了新月书店与商务印书馆的"让与合同",给新月派的活动画上了句号。作为新月余绪,随后有叶公超编辑的《学文》问世,但只延续了四个月,有的论者直接将其视为京派的活动,当然亦无不可。不过,京派总体在观念上和新月派仍有较多差异,人员上的某些交集来往并不能掩盖思想上的差异。新月的大将梁实秋1934年就回到北平任北大研究教授,但其与朱光潜、沈从文等人来往不多,后来相互间为文学观念龃龉还发生过论争,学界一般也并不视其为京派,可见对新月派与京派的关系不能简单地归为延续或承接的关系。

二　理论批评见长的文学群体

京派是中国现代文学理论发展中最严肃也最扎实的一个纯艺术派别。与其他一些派别相比,京派在理论批评方面阵容最强大,同时,他们在创作上也有相当的实绩作为理论的支持和印证。其构成人员以相对封闭沉寂的平津地区的大学教师和学生为主,他们的理论探讨和艺术追求更带执着的书卷气和学术味。

京派作家中在文学理论方面贡献和影响最大的无疑是朱光潜。他不仅亲自参与组织京派的沙龙活动、主办刊物,倡导京派的文学主张和理想,更为重要的,是以一个学贯中西的纯粹理论家的身份出现在文坛。他所提出的美学主张和实际开展的文学批评都对京派同仁产生了很大的影响,在京派文学的发展走向和审美趣味上深刻地打上了自己的烙印,使得京派在理论上严整坚实,因此被视为京派的理论旗帜。

朱光潜是典型的学者型作家,国学修养基础坚实,大学学业在香港完成,后来又留学英、法、德等国长达八年,积累了深厚的西方学养,自身也形成了体系性的美学和文学理论思想。在美学和文学观念方面,朱光潜的几本著作当时在学界和社会上影响都很大,其中包括《给青年的十二封信》①、《谈美》②、《孟实文钞》③、《文艺心理学》④和《诗论》⑤。后两本书虽然正式出书较晚,但初稿早在回国前就已完稿,回国后又在多所大学授课⑥,有些观点也写成文章发表,可以说其内容早

①　上海开明书店 1929 年初版。

②　上海开明书店 1932 年初版。

③　上海良友图书公司 1936 年初版,书中汇集了 1933 年归国前后所写的论文和评论,1943 年增订并改名为《我与文学及其他》由开明书店出版。

④　上海开明书店 1936 年初版。

⑤　国民图书出版社 1943 年初版。

⑥　他当时除了担任北京大学西语系教授以外,还在北京大学中文系、清华大学中文系研究班以及中央艺术学院任教,开设《文艺心理学》与《诗论》等课程。

已传播开来。他不像沈从文那样积极地投身文坛笔战当中,但也有一些言论就现实的文艺问题表达自己的看法,其中,关于"静穆"的言论还引发了鲁迅的激烈批评。

朱光潜认为保持与现实的距离,进入"超乎利害关系而独立"的审美世界,进入"无所为而为"的纯粹的艺术活动,从而获得心灵的净化与平衡,实现"人生的艺术化",这不仅是一种艺术态度,也是一种人生态度。① 贯穿于他著作中的这种理念本身具有相当的合理性,也为在日益严峻的现实功利要求面前显得不合时宜的纯艺术追求提供了某种可以自足的安慰,从理论上支撑了纯艺术思潮的发展。

沈从文作为一个自学成才的文学家,主要是以小说创作实绩逐步形成了自己在文坛的地位。从二十年代后期起,他也陆续发表了不少评论作品,其文学思想虽然不像专业评论家那样体系完整、逻辑严密,但也富有见地和特色。他以鲜明的态度对当时文学运动的走向发表意见,引起了几场不大不小的争论,受到文坛的关注。

沈从文对文学的纯艺术追求主要表现在对政治化和商业化倾向的抨击中强调文学的自足与自律。在"京海"论争中,他的批评矛头主要指向商业化;他对文学政治化的批评兼对国民党政府和左翼文坛两方面,这种批评态度和观念这时虽然已经多有流露,但比较集中的展现则是在稍后关于反"差不多"的论争中。1936年10月,他批评当时文坛存在"文章内容差不多,所表现的观念也差不多"的现象,认为其原因在于作家"记着'时代',忘了'艺术'"②。他的言论引起了左翼文坛的批评,但得到朱光潜等人的支持。这场论争因抗战全面爆发而中断,不过在抗战中和抗战胜利之后,沈从文关于文学与政治关系的思考并没有停止,而且言辞更为激愤,看法也常有偏颇,引起左翼文学界的批评也更为严厉。

---

① 参见朱光潜:《谈美》,《朱光潜全集》第 2 卷,第 5 - 6 页、第 90 页。

② 沈从文:《作家间需要一种新运动》,《沈从文全集》第 17 卷,第 101、102 页。

　　1934年沈从文出版了评论集《沫沫集》①，书中所收论文为其三十年代初在武汉大学授课的讲稿。他以自己的人生体验、创作经验、艺术感受与历史眼光相结合，评论了许多新文学作家。这一时期，他也有不少作品评论发表。② 他重在文学趣味的纯正和道德感，既勾勒和评品作家的艺术风格，又评判作家的历史地位，表现出强烈的个性与悟性，见解独到，文中所表现出的文学主张，与朱光潜既有共同点，又有差异，可以说是从批评实践方面支持了朱光潜的美学和文学思想，互补地形成了京派文学观念的主要内容，表现出在政治化和商业化潮流冲击下坚持不懈的纯艺术追求。

　　李健吾是文坛的多面手，小说、散文、戏剧创作和翻译、文学研究都各有成就，但作为京派成员，却主要以文学评论著称。他自幼在北京长大，中学就开始发表作品，在清华读书时就已名噪文坛，1931年留校任教一年后赴法国留学，1933年和朱光潜同船回国。他一度没有正式工作，只是应胡适之约为中华教育文化基金董事会所属的编译委员会翻译外国名著，1935年到上海暨南大学任教，才有了正式工作。这几年里，他主要以刘西渭的笔名在《大公报·文艺副刊》等报刊上发表文学评论和戏剧评论。其中论及巴金、沈从文、曹禺等人的作品，后来收入《咀华集》和《咀华二集》③，集中展现了他作为京派批评家的主要成就。他曾经受邀担任《大公报》文艺评奖的评委④和《文艺杂志》的编委⑤，这也反映出他在当时北平文坛和京派群体中的地位。他认为文学批评"属于社会，然而独立"⑥，"厌憎"将

---

① 上海大东书局1934年初版。
② 以1934年而言，沈从文发表作品四十余篇，论文占了一半。这与做编辑有关，也表现出他对文学问题发表意见已经更有自信。
③ 《咀华集》、《咀华二集》由文化生活出版社分别于1936年、1942年出版。
④ 当时称裁判委员，另有杨振声、朱自清、朱光潜、叶圣陶、巴金、靳以、林徽因、沈从文、凌叔华，共十人。
⑤ 另有胡适、周作人、杨振声、朱自清、朱光潜、林徽因、沈从文、废名、凌叔华，共十人。
⑥ 李健吾：《咀华二集·跋》，《咀华集·咀华二集》，复旦大学出版社2005年版，第185页。

"批评变成一种武器,或者等而下之,一种工具"①。他推崇西方文学理论特别是印象主义,其评论很少涉及政治性内容,基本是纯粹的艺术批评。《咀华集》推崇"含咀英华",强调把作品当作美妙的花朵来品味鉴赏,这书名本身就表明一种批评姿态。但是他也注意体察作者创作的用心与甘苦,不乏精彩的论断。他的批评极具个性,本身就是美文,受到沈从文、朱光潜等人的赞许。

　　梁宗岱的个性和学术见解都颇为独特。1924 至 1931 年间,他曾在欧洲留学八年,与著名作家罗曼·罗兰、后期象征主义诗人瓦莱里(梁宗岱译作梵乐希)都有来往,曾有诗论发表于新月派的《诗刊》杂志。1931 年回国后任北京大学法文系教授兼系主任,1934 年离职去日本游历一年,但仍时有作品在国内发表。1935年秋回国后任南开大学教授,随后参与编辑《大公报·文艺》的《诗特刊》。该刊重视诗学理论的探讨,对西方现代诗学作了一系列介绍。梁宗岱在创刊号上发表《新诗底十字路口》作为发刊词,文章全面否定五四新文学革命倡导者的主张,认为"简直是把一切纯粹永久的诗底真元全盘误解与抹煞了","不仅是反旧诗的,简直是反诗的"②。此前,他基于西方象征主义的观念,宣传"纯诗"概念,主张"摒除一切客观的写景,叙事,说理以至感伤的情调","纯粹凭藉"音乐和色彩,创造一种"绝对独立,绝对自由,比现世更纯粹,更不朽的"的艺术世界③,《新诗底十字路口》一文可以说是对这一观点的进一步阐发和张扬。"纯诗"观念和梁宗岱对象征主义的介绍和借鉴从诗歌方面大大丰富了京派纯艺术观念的内容。这段时间里先后出版的《诗与真》和《诗与真二集》两本评论集反映了他的成就。④

　　李长之是一位出道之初就自认是"将以文艺批评为专业"的批评家⑤。某种

①　李健吾:《咀华集·跋》,《咀华集·咀华二集》,第 94 页。

②　梁宗岱:《新诗底十字路口》,收入《诗与真二集》时改为《新诗底纷歧路口》,《梁宗岱文集》Ⅱ,中央编译出版社 2003 年版,第 156 页。

③　梁宗岱:《谈诗》,《梁宗岱文集》Ⅱ,第 87 页。

④　《诗与真》《诗与真二集》分别于 1935 年、1936 年由上海商务印书馆出版。

⑤　李长之:《批评家为什么要批评?》,《李长之书评》第 1 卷,河北教育出版社 2006 年版,第 44 页。

意义上说，他是一位独来独往的学者批评家，将其归入京派，更多是从其文学思想倾向而言的。他1931年入清华，先修生物学，后转哲学系，1936年毕业后留校工作，距抗战全面爆发只有一年时间。因此，他被视作为京派的评论文章如果限定在抗战前，那么大部分就都是在做学生时写的。他的文学批评以传记批评为主，其中最重要的成果是对鲁迅的系列评论，这些文章先在报刊上发表，后来合成《鲁迅批判》①一书出版，成为这一领域重要的开拓性著作；除此以外，他还评论了周作人、胡适、茅盾、张资平等知名作家和臧克家、卞之琳等文学新秀，可说是面广量大。他写有不少研究文学批评的文章，具有很强的学科意识和整体观念，在京派作家和现代文学发展中有突出的地位。他的批评以坚实的理论和专业知识为背景，同时又重视感情的作用，有浓厚的感情色彩，显示出独特的风格，按他自己的说法，"理智和情绪"二者"在我却是互相为难"地统一于一体②。他的批评重视探寻文学作品的"纯粹艺术价值"③，偏重艺术风格的分析和评判。他坚持批评家独立的理性思考，反对当时流行的社会学批评。他自称是"近于屈原的一流，太有棱角"，"偏激"，"好露锋芒"④，这种特点给他的批评带来了尖锐明快的风格，但也常带来某些局限和偏激。

　　除了这些作家以外，为京派文学观念和文学批评发展做出贡献的还有萧乾、常风、叶公超、李影心等人。总的来说，京派作家的文学理论研究和批评活动各有侧重和特点，但在反对政治化和商业化的倾向，追求文学的独立、自由发展方面，在反对附加过多思想和道德观念，追求文学的超脱现实和纯粹美感方面，有其强烈的共同性，显示出明显的群体特色，区别于当时的左翼文学和其他文学群体。

　　京派的活动正处在兴盛之际，却由于抗战全面爆发戛然而止。因为战争，京

---

① 《鲁迅批判》由北新书局于1936年初版。

② 李长之：《杨丙辰先生论》，《李长之批评文集》，珠海出版社1998年版，第254页。

③ 李长之：《鲁迅批判》，《李长之批评文集》，第57页。

④ 李长之：《杨丙辰先生论》，《李长之批评文集》，第254页。

派原来活动的地域环境不复存在。《大公报》为适应时局变化先后有多种地方版，抗战时期先后创办了汉口版、香港版、重庆版、桂林版，《文艺》副刊除曾短期停刊外基本上一直还存在，成为跨越时期、版别最多的一个副刊，但其风格也因战争原因而面目殊异，失去了往昔的平和从容而带有更多的战斗性，成为宣传抗日的一片阵地，萧乾一度主持的香港版《文艺》副刊甚至还介绍了当时延安文艺发展的不少情况。① 就京派几位主要评论家而言，李健吾滞留上海并主要从事戏剧创作与评论，朱光潜、沈从文、李长之、梁宗岱、萧乾等多数人都到了大后方，萧乾后来又去了欧洲学习和从事战时新闻报道②，李长之、梁宗岱后来也主要从事文学研究与教学。这时，以救亡为中心的政治化文学潮流推及全国，纯艺术的群体活动难以再坚持下去。虽然沈从文和朱光潜还在继续宣传他们的文学主张，开展现实感较强的文学批评活动，但京派评论家群体以至整个京派作为一个整体已不复存在。

抗战胜利之后，沈从文等人又陆续回到北平。但这时国内政治和文学界的状况包括北平本身的状况和战前都有了明显的区别，京派的复萌已经失去了充分的条件。沈从文、萧乾又接办《大公报》文艺副刊，朱光潜也将《文艺杂志》复刊③，他们还主持了其他一些报纸杂志的副刊，虽然时间不长，但也有一定影响。他们的文学观念延续了三十年代的脉络，而且变得更为执着，言论也更为激烈。在国内两条政治道路的对立与斗争上升为主要矛盾的形势下，沈从文、朱光潜、萧乾等人独立、自由、纯粹的文学追求与中间道路的政治追求纠结到一起，显得勉为其难，已经是无可挽回地衰落了。他们与当时作为文坛主流的革命文学运动的分歧和

---

① 参见萧乾：《未带地图的旅人——萧乾回忆录》，中国文联出版公司 1998 年版，第 92-94 页。

② 萧乾在 1937 年全面抗战爆发后遭《大公报》遣散，曾到武汉参加杨振声、沈从文等人的中小学教材编写工作，并辗转到了昆明。后由《大公报》召回，于 1938—1939 年间在香港主编复刊的《文艺》副刊，1939 年 9 月去英国。

③ 《文学杂志》1937 年 5—7 月出刊第 1 卷第 1—4 期。1947 年 6 月 1 日复刊，至 1948 年，出刊第 2 卷第 1—12 期，第 3 卷第 1—6 期。

隔膜也越来越严重,以致后来三个人被郭沫若分别定位为所谓红、蓝、黑三色的反动文人。在当时的政治文化环境下,这也不足为怪了。但是,他们都没有在完全可能的情况下选择去台湾或国外,而是留在大陆迎接新中国的诞生。后来,他们都经历了自身思想包括文学思想的严厉批判与自我批判,京派的文学观念也自然被视为落后、错误甚至反动而遭到摒弃,沈从文被迫改行离开了文学界,萧乾、李长之被打成右派。直到三十年后,京派及其文学观念才开始得到学术界的重新认识。

第二节 "文学是一种纯粹的艺术"

在中国现代文学中,京派对于纯艺术观念的肯定和张扬无疑是最明确、最积极的。朱光潜指出"文学是一种纯粹的艺术"①,沈从文曾以是否具备"一种纯艺术创作成立的条件"为标准来评论作家的创作②;李长之也以这种标准评论鲁迅的创作,认为其"纯艺术的作品不很多",他解释说:"我所谓纯艺术,并不是说它毫没有别的作用,乃是说它的作用乃是放在创作欲之后的,并且它的形式,是完整的艺术的,与其说它纯艺术,或者不如说是'非纯作用'。"③显然,在他看来,艺术纯粹与否,首先在于是否将功利性的"作用"排除在"创作欲"之外或之后。沈从文曾表示"我准备创造一点纯粹的诗"④,他说的诗是广义的,而梁宗岱根据象征主义理论强力主张的"纯诗"则是专指狭义的诗了,因为他们认为诗的性质是"纯粹的

① 朱光潜:《与梁实秋先生论"文学的美"》,《朱光潜全集》第 8 卷,安徽教育出版社 1996 年版,第 512 页。

② 沈从文《论施蛰存与罗黑芷》指出罗黑芷的作品"仍然缺少一种纯艺术创作成立的条件",认为这种"不纯粹的艺术"作品"容易使人遗忘"。《沈从文全集》第 16 卷,第 174、176 页。

③ 李长之:《鲁迅批判》,《李长之批评文集》,第 44 页。

④ 沈从文:《水云》,1943 年 1、2 月发表于《文学创作》第 1 卷第 4、5 期。参见《沈从文全集》第 12 卷,第 110 页。

审美的"①，"一切纯文学都要有诗的特质"②，所以他们对"纯诗"的要求也正反映出对于文学整体上的纯艺术要求。京派的这种纯艺术要求在一系列文学基本问题上都有鲜明的表现。

一　美在"无所为而为"和"距离"中

京派所要求的文学的纯粹艺术性，主要表现在两方面，一是在文学的基本性质上强调美与审美，二是在文学的主体态度上强调"无所为而为"。朱光潜《谈美》中的那段著名的话概括地表达了上述两层意思，他说：

> 美感的世界纯粹是意象世界，超乎利害关系而独立。在创造或是欣赏艺术时，人都是从有利害关系的实用世界搬家到绝无利害关系的理想世界里，艺术的活动是"无所为而为"的。③

朱光潜谈的是艺术，因为他确认文学是艺术，所以自然也适用于文学。

首先，他根据西方美学家康德、叔本华、克罗齐等人的观点，强调艺术活动是进入美感的世界即纯粹的意象世界中对美的对象的创造或欣赏，这种活动"超乎利害关系而独立"，与现实世界无关。

当然，他也意识到审美活动与现实世界的复杂关系，因此后来分析到了人作为审美主体及其活动的多样性，指出："人生为有机体"，科学的、伦理的和美感的种种活动在理论上虽可分辨，在事实上却难以完全分割，因此，"美感的人"同时也还是"科学的人"和"伦理的人"④。另外，他还提出美感经验三阶段论，认为艺术

---

① 李长之：《鲁迅批判》，《李长之批评文集》，第89页。

② 朱光潜：《谈读诗与趣味的培养》，《朱光潜全集》第3卷，第349页。

③ 朱光潜：《谈美》，《朱光潜全集》第2卷，第6页。

④ 朱光潜：《文艺心理学》，《朱光潜全集》第1卷，第315-316页。

在美感经验前和美感经验后阶段与道德都有关系,而在美感经验中阶段则可以也应该与道德无关。在这一阶段,"无论是创造或是欣赏,心理活动都是单纯的直觉,心中猛然见到一个完整幽美的意象,霎时间忘去此外尚有天地,对于它不作名理的判断,道德问题自然不能闯入"。他进一步指出:"艺术的作品是否成功,就要看它能否使人无暇取道德的态度,而专把它当作纯意象看,觉得它有趣和入情入理。就美感经验本身说,我们赞成形式派美学的结论,否认美感与道德观有关系。"①他后来解释,这里所说的"道德"实际上就是指"政治"②,其实,也可以理解为在他所说的"美感经验中"阶段排除了更广泛的多种社会现实因素。

梁宗岱在界定"纯诗"时强调:"它本身底音韵和色彩底密切混合便是它底固有的存在理由"③,朱光潜的认识较梁宗岱更为开阔,认为文学上"美"的含义较广,可以"指文字所传达的一切——连情感思想在内",指出认为"美"仅是"指文字所给的音乐和图画"的观念"比较狭窄",因此,即使是"道德性"在文学中"也可以成为美感观照的对象",④关键是要采取"超乎利害而独立"的审美态度。沈从文说"纯粹的诗"就是"与生活不相粘附的诗"⑤,也是就作者审美态度而言的。

从这种认识出发,很自然地就将文学艺术的功用定位在"无所为而为",而与各种实用的功利追求相区别。朱光潜多次强调"无所为而为",他在《谈美》中数次提到"无所为而为的玩索"⑥,在《文艺心理学》中强调"无所为而为的观赏"⑦,中文用语虽有不同,但英语都是一个,即 disinterested contemplation。虽然京派评论

---

① 朱光潜:《文艺心理学》,《朱光潜全集》第 1 卷,第 320 页。
② 见朱光潜 1981 年在《文艺心理学》第八章结尾处的"作者补注",《朱光潜全集》第 1 卷,第 325 页。
③ 梁宗岱:《谈诗》,《梁宗岱文集》Ⅱ,第 87 页。
④ 朱光潜:《与梁实秋先生论"文学的美"》,《朱光潜全集》第 8 卷,第 512 页。
⑤ 沈从文:《水云》,1943 年 1、2 月发表于《文学创作》第 1 卷第 4、5 期。参见《沈从文全集》第 12 卷,第 110 页。
⑥ 《朱光潜全集》第 2 卷,第 95 - 96 页。
⑦ 《朱光潜全集》第 1 卷,第 324 页。

家对"为艺术而艺术"口号本身态度不一，朱光潜持批评态度，李长之则主张"为艺术而艺术"，但是他们在反对文艺的实用性方面是一致的，而且也都认识到现实文学活动中审美与实用之间的复杂关系。李长之指出，民俗学研究认为艺术起源于实用不无道理，"初级的艺术是实用的，但人类社会演进到了现阶段，艺术就不仅只是实用的，而且最高的艺术，竟是超实用的了"。① 朱光潜也分析中国文学"尚文"的传统本来就"不是看重它本身的美，而是看重它的效用"，到了魏晋时期才形成了纯文学观念并见之于创作。② 他们认为："艺术不为用，并不碍于其有大用"。③ 这种大用就是通过艺术包括文学去实现"人生的艺术化"④，朱光潜甚至将此作为解决中国社会问题的一剂药方。在他们看来，虽然"艺术的凭借是物质的，艺术的反映是时代的，艺术的功效是造福利于人类的，容或是武器的是宣传的，然而这与创作之主观的意识的过程不必有关"。按照李长之的说法，这就是"为艺术而艺术"⑤；按照朱光潜的说法，则是"无所为而为"，二者在精神上是一致的。所以，在他们看来，古代的"文以载道"也好，现代的"以文学为宣传"也好，都属于"临时抱佛脚的为人生的艺术"，"结果是没有艺术，且也没有人生"。⑥ 沈从文屡屡针对文学的政治化、商业化等功利主义倾向发起激烈的批评，正是这种观念和立场的表现。

　　京派批评家在坚持文学艺术审美纯粹性的同时，并未放弃对现实人生的关怀，他们兼顾二者以求平衡的直接理论依据是英国学者布洛的"审美心理距离说"。朱光潜在《谈美》中列出专章讨论"艺术和实际人生的距离"，阐发的正是布

---

① 李长之：《批评家为什么要批评?》，《李长之书评》第 1 卷，第 45 页。
② 参见朱光潜：《文艺心理学》，《朱光潜全集》第 1 卷，第 295 - 296 页。
③ 李长之：《批评家为什么要批评?》，《李长之书评》第 1 卷，第 46 页。
④ 朱光潜：《谈美》，《朱光潜全集》第 2 卷，第 90 页。
⑤ 李长之：《批评家为什么要批评?》，《李长之书评》第 1 卷，第 46 - 47 页。
⑥ 李长之：《批评家为什么要批评?》，《李长之书评》第 1 卷，第 47 页。

洛的观点,后来他还写过几篇专门从"距离"角度讨论文艺问题的文章①。他指出:"要见出事物本身的美,我们一定要从实用世界跳开,以'无所为而为'的精神欣赏它们本身的形象。总而言之,美和实际人生有一个距离,要见出事物本身的美,须把它摆在适当的距离之外去看。"②他将"无所为而为"的审美精神和与实际人生保持"距离"的审美态度结合起来,视为发现美、创造美、欣赏美的必要条件和艺术活动的基本要求。

朱光潜结合悲剧、中国传统艺术以及文学等方面的实例分析艺术创作和欣赏中的审美距离问题。从创作方面看,他认为:"艺术家和诗人的本领就在能跳出习惯的圈套,把事物摆在适当的距离以外去看,丢开他们的习惯的联想,聚精会神地观照它们的本来面目。"③他谈到古希腊悲剧和中国旧戏中的戴面具、穿高底鞋、拉了嗓子演唱、诗歌押韵等艺术的手段都不符合实际生活,"免不了几分形式化,免不了几分不自然",但是"至少可以在舞台和世界之中辟出一个应有的距离"。④从欣赏方面看,这种"距离"也是观众或读者进入艺术世界的必要条件,就是"悲剧和人生之中自有一种不可跨越的距离,你走进舞台,你便须暂时丢开世界。"⑤他屡次指出观众或读者如果不能把握这种距离,就会混淆现实世界和艺术世界的界限。

朱光潜对距离说的介绍和解读引起了评论界的注意,当时有人指出这是"中国讲究新文学有了近二十年的历史"以来第一次有人做这样的工作⑥。京派的其他评论家也支持这种"距离说"。李长之在谈到鲁迅关于文学和实用关系的看法

---

① 这一时期发表并收入《孟实文钞》的主要有《和青年朋友谈文艺的甘苦》(收入《孟实文钞》时改题为《谈学文艺的甘苦》)、《悲剧与人生的距离》和《从"距离说"辩护中国艺术》等。

② 朱光潜:《谈美》,《朱光潜全集》第 2 卷,第 15 页。

③ 朱光潜:《从"距离"说辩护中国艺术》,《朱光潜全集》第 3 卷,第 380 页。

④ 朱光潜:《悲剧与人生的距离》,《朱光潜全集》第 3 卷,第 377 页。

⑤ 朱光潜:《悲剧与人生的距离》,《朱光潜全集》第 3 卷,第 375 页。

⑥ 杨刚:《读〈孟实文钞〉》,《国闻周报》第 13 卷第 48 期,1936 年 12 月 7 日。

时指出："他说是一种余裕,是一种不用之用,就是和实生活有一种距离的意思,这确乎是一切艺术的审美的性质和审美的价值的所在。""这点距离的所在,正是审美的领域的所在。"由这一认识出发,他认为鲁迅的《阿Q正传》是"绝对有纯粹艺术价值的东西"。① 另外,萧乾也肯定欣赏艺术"距离是要的",指出"这距离并不限于物的方面,心理的距离更需要",因此,要"训练我们神经对美的反应,保持住自己和艺术品的距离"②;李影心强调,"艺术是一种较高的存在","至少得和现实容有相当的距离"③;常风认为,作者面对自己的实际生活经验要"冷静",要"与这种经验保持相当的距离"④。这些意见反映了京派群体对于"距离"重要性的共识。

朱光潜三十年代回顾自己的成长经历时,认为是从文学活动中学会了一种"文艺的观世法",即采取"冷静的客观的态度""超世观世","不当作世界里有'我'而去看世界;还是把'我'与类似'我'的一切东西同样看待","我不敢说它对于旁人怎样,这种超世观世的态度对于我却是一种救星。它帮助我忘去了许多痛苦,容耐许许多人所不能容耐的人和事,并且给过我许多生命力,使我勤勤恳恳地做人。"⑤到了四十年代末,朱光潜由距离和观照生发开来,发表了所谓"看戏与演戏"两种人生理想的观点,自认是"生来爱看戏"的人,就将"文艺的观世法"这种艺术态度发展为一种人生态度了。⑥

同现实人生或审美对象之间保持一定的距离,是实现"无所为而为"审美的必

---

① 李长之:《鲁迅批判》,《李长之批评文集》,第47、56、57页。"余裕"见鲁迅《革命时代的文学》,原文为:"自然也有人以为文学于革命是有伟力的,但我个人总觉得怀疑,文学总是一种余裕的产物,可以表示一民族的文化,倒是真的。"参见《鲁迅全集》第3卷,人民文学出版社1981年版,第423页。"不用之用"语出鲁迅《摩罗诗力说》,《鲁迅全集》第1卷,第71页;参见本书第11页。

② 萧乾:《欣赏的距离》,《萧乾全集》第6卷,湖北人民出版社2005年版,第103-104页。

③ 李影心:《评〈五月〉》,1936年1月3日《大公报·文艺》。

④ 常风:《〈南行记〉》,1936年3月6日《大公报·文艺》。

⑤ 朱光潜:《谈学文艺的甘苦》,《朱光潜全集》第3卷,第343-344页。

⑥ 参见本书第62页。

要条件,距离因而是审美或艺术活动中同现实的一种必要的状态或关系。京派理论家追求艺术或审美的纯粹性,强调这种距离的存在或保持,都是可以理解的。但是,审美或艺术活动与人生保持距离并不等于是在现实生活中与人生拉开距离,更不应是将自己定位于"看戏"的,置身于现实社会生活的矛盾和斗争之外,"无所为而为"地审美也并不天然地与现实生活中的"有为"相对立,在当时的历史环境下,朱光潜等人的这类观点受到左翼文学界的批评是不奇怪的。

二 "静穆":纯艺术的"极境"追求

三十年代朱光潜和鲁迅围绕"静穆"的一场冲突,深刻地反映出二者在审美理想、风格追求乃至人生态度等方面的重大差异,朱光潜的观点在一定程度上带有京派群体的共性,"静穆"二字正可以用来概括京派在审美理想和文学风格上的共同追求。朱光潜由赏析唐代诗人钱起的名句"曲终人不见,江上数峰青"提出了"静穆"是艺术的"最高理想"、"最高境界"的命题。朱光潜过去不止一次推崇"静穆",例如:在《给青年的十二封信》的第十一封信《谈在卢佛尔宫所得的一个感想》中写道:"一切希冀和畏避的念头在霎时间都涣然冰释,只游心于和谐静穆的意境。"①在《诗的主观与客观》中肯定古希腊人"把和平静穆看成诗的极境"。② 在《诗论》第三章《诗的境界——情趣与意象》中指出:"静穆是阿波罗的基本精神",因此"转移阿波罗的明镜来照临狄俄倪索斯的痛苦挣扎,于是意志外射于意象,痛苦赋形为庄严美丽。"③这时,他发挥了自己过去的说法,指出:"'静穆'是一种豁然大悟,得到归依的心情。它好比低眉默想的观音大士,超一切忧喜,同时你也可说它泯化一切忧喜。这种境界在中国诗里不多见。屈原、阮籍、李白、杜甫都不免有些像金刚怒目,愤愤不平的样子。陶潜浑身是'静穆',所以他伟大。"他认为"艺

---

① 《朱光潜全集》第 1 卷,第 52 页;

② 《朱光潜全集》第 3 卷,第 63 页。

③ 《朱光潜全集》第 3 卷,第 366 页。

术的最高境界都不在热烈”，而“静穆”则是“一种最高理想”，“不是在一般诗里所能找得到的”。① 显而易见，朱光潜也正是将“静穆”作为一种艺术的“极境”来推崇与追求的。

京派其他作家虽然没有直接采用“静穆”的说法，但他们的一些表述很相近。沈从文像朱光潜一样非常崇仰古希腊艺术，“只想造希腊小庙”的说法正是这种态度的表露。② 他认为：“能够冷方会热”，一个作家要学会“控驭感情”才能够“运用感情”，③哪怕是描写人类痛苦都是“用微笑表现”④，这些看法显然蕴含着静穆的精神元素。李健吾曾这样评价徐志摩的后期创作：“渐渐在凝定，在摆脱夸张的辞藻，走进一种克腊西克的节制。”他认为：“这几乎是每一个天才者必经的路程，从情感的过剩来到情感的约束。伟大的作品产生于灵魂的平静，不是产生于一时的激昂。”⑤后来，他批评巴金小说充溢“热情”而缺乏节制时又肯定：“中国克腊西克的理想是‘不踰矩’，理智和情感合而为一”⑥。他对节制或“不逾矩”的肯定，对“情感的约束”、“灵魂的平静”的强调，都是对克腊西克（classic）即古典的、传统的文化精神的肯定，与沈从文讲的“控驭感情”一样，都与朱光潜提倡的“静穆”的基本精神一致。

与“静穆”相近的另一表述是“和谐”，这方面梁宗岱曾多次强调。他推崇波德莱尔的“契合”论和莱布尼茨的名言“生存不过是一片大和谐”，认为他们都揭示了一个“深沉的基本真理”。⑦ 而把这一“真理”运用到文学艺术上，“无疑地，所谓一

---

① 朱光潜：《说“曲终人不见，江上数峰青”》，《中学生》1935 年 12 月号；《朱光潜全集》第 8 卷，第 396 页。朱光潜在文中对“静穆”夹注为 serenity，该词一般翻译为：安详、平静、宁静；而现有的中译英“静穆”为 solemn and quiet，意为庄严而安静。

② 沈从文：《习作选集代序》，《沈从文全集》第 9 卷，第 2 页。

③ 沈从文：《情绪的体操》，《沈从文全集》第 17 卷，第 217 页。

④ 沈从文：《废邮存底·给一个写诗的》，《沈从文全集》第 17 卷，第 186 页。

⑤ 李健吾：《〈鱼目集——卞之琳先生作〉》，《咀华集·咀华二集》，第 59 - 60 页。

⑥ 李健吾：《〈爱情的三部曲——巴金先生作〉》，《咀华集·咀华二集》，第 8 页。

⑦ 梁宗岱：《象征主义》，《梁宗岱文集》Ⅱ，第 68 - 70 页。

件艺术品底美就是它本身各部分之间，或推而至于它与环绕着它的各事物之间的匀称，均衡与和谐"①。无独有偶的是，梁宗岱也像朱光潜一样，把陶渊明视为自己艺术理想的标本，称赞陶诗"融和冲淡，天然入妙"②，在法国留学期间就编选出版了《陶潜诗选》，受到罗曼·罗兰、瓦莱里等人的赞赏，成为中法文化交流史上的一段佳话。

朱光潜等人将"静穆"作为文艺的"最高理想"，明显受到古希腊以降文学艺术特别是德国古典美学的影响，同时也延续了中国传统文化中"温柔敦厚"、"中和"等观念的渊源。他们并非没有看到现实社会的种种苦难，也不是没有悲愤和冲动，"控驭感情""超一切忧喜"的"静穆"，作为一种艺术理想和风格追求，与他们"看戏"者的自我角色定位确实是不可分割的。

京派评论家几乎都专门谈过技巧问题，对当时文坛的流行观念"已把技巧二字抛入毛坑里"极为反感③。沈从文指出："一个作品的成败，是决定在技巧上的。"④萧乾曾撰文"为技巧伸冤"，他认为"文艺可以是善的"，但即使是"善的宣传，若使是文艺的，就是必须是美的。即使为了广远的流传，不也应该在描画上细心一点么"。⑤ 如果说他们还只是从作品成败而言，那么李健吾、李长之就是从文艺的根本性要求出发了。李健吾指出："技巧本身并非目的。一切（技巧在内）用来为了传达人类之于艺术的要求，传统把这种要求析成种种分子，最主要的叫做真理。"而艺术传达真理的特点在于通过所谓幻觉或形象来表现"真实的境界"，"艺术家的匠心便在千变万化中""让它们尽可能永恒下去"。⑥ 李长之则认为："技巧的重要，毋宁说是有过于内容。其所以为艺术者，不在内容，而在技巧。因

① 梁宗岱：《诗·诗人·批评家》，《梁宗岱文集》Ⅱ，第 187 页。

② 梁宗岱：《谈诗》，《梁宗岱文集》Ⅱ，第 100 页。

③ 沈从文：《论技巧》，《沈从文全集》第 16 卷，第 472 页。

④ 沈从文：《论技巧》，《沈从文全集》第 16 卷，第 471 页。

⑤ 萧乾：《为技巧伸冤》，《萧乾全集》第 6 卷，第 121 页。

⑥ 李健吾：《附录：关于现实》，《咀华集·咀华二集》，第 156－157 页。

为技巧是文艺之别于一般别的非文艺品的惟一的特色之故。"他甚至认为,轻视技巧就"无疑的是否认了文艺"①。李健吾、李长之的论述,都是从文艺与非文艺的区别出发,把技巧作为文学及其他艺术的基本特点来看待的。

由于京派作家认同距离说,他们认为技巧本质上体现为距离概念,技巧服从于创造美或审美对象,服从于造成距离,因此,"调配'距离'是艺术的技巧最重要的一部分"。对此,朱光潜的说明是:"艺术取材于实际人生,却须同时与实际人生之外另辟一世界,所以要借种种方法把所写的实际人生的距离推远。"各种艺术手段和技巧,"都可以把我们搬到另一世界里去,叫我们暂时摆脱日常实用世界的限制,无粘无碍地聚精会神地谛视美的形相。"②

萧乾在讨论技巧问题时曾说:"一个适当的和谐的安排将使我们忘记了彩色和画板,而投入超现实的境界",只要是"一个善选择、会安排的作者始能得到预期的效果"③。这两句话一方面说明了技巧服务于创造"超现实"即与现实有"距离"的艺术世界,服从于静穆、和谐的美学理想,另一方面也表明在技巧上追求的是"适当的和谐的安排"。京派评论家对技巧的类似诠释不少,例如:沈从文认为,技巧真正的意义"应当是'选择',是'谨慎处置',是'求妥贴',是'求恰当'"④。梁宗岱说:"最理想的艺术是说其所当说,不说其所不当说"。⑤ 李健吾说:"无论精致粗糙,艺术要的只是正好。"⑥这些表述的意思都很接近,其中又以沈从文所说的"求妥贴"、"求恰当"最具代表性,影响也更大。

当然,京派作家重视技巧,但并没有走向形式主义,并不主张脱离现实人生内容而片面倚重技巧。沈从文一方面强调"莫轻视技巧,莫忽视技巧",一方面又呼

---

① 李长之:《我对于文艺批评的要求和主张》,《李长之书评》第 1 卷,第 31 页。

② 朱光潜:《从"距离说"辩护中国艺术》,《朱光潜全集》第 3 卷,第 381、385 页。

③ 萧乾:《为技巧伸冤》,《萧乾全集》第 6 卷,第 121 页。

④ 沈从文:《论技巧》,《沈从文全集》第 16 卷,第 471 页。

⑤ 梁宗岱:《诗·诗人·批评家》,《梁宗岱文集》Ⅱ,第 190 页。

⑥ 李健吾:《〈画梦录〉——何其芳先生作》,《咀华集·咀华二集》,第 88 页。

吁"莫滥用技巧"。① 他指出:"技巧必有所附丽,方成艺术,偏重技巧,难免空洞。技巧逾量,自然转入邪僻"。他批评小说家穆时英"所长在创新句,新腔,新境,短处在做作,时时见出装模作样的做作。作品于人生隔一层",内容"空洞""浮薄","大部分作品,近于邪僻文字"。② 这也正说明京派强调技巧是与他们对"静穆"一类特定艺术风格的追求联系在一起的。

三 "为艺术而艺术,为批评而批评"

在现代纯艺术思潮的各个群体中,京派可以说最重视批评,人数最多、力量最强,批评观念和风格最为鲜明。

京派对批评的认识,是与对文学本身的认识密切相关的。在他们看来,文学既是纯艺术的,批评的目的自然就是为了实现和保证这种艺术的纯粹性。梁宗岱指出,一首诗或一件艺术品的"伟大与永久","和它所蕴含或启示的精神活动底高深,精微,与茂密成正比例",他依据英国批评家佩特的说法,揭示了"批评家底任务便是在作品里分辨,提取,和阐发这种种原素"。③ 李长之明确提出"为艺术而艺术,为批评而批评"的口号,他认为批评与艺术一样,都是"不为用,并不碍于其有大用","为批评而批评,才是真的批评。世间再没有比真理更可贵的,却只有不为别的目的才能得到"。④ 这正说明,为了追求纯粹艺术,他们要求纯粹批评亦即排除了文学艺术以外的"别的目的"的批评,试图在当时流行的偏重政治思想内容的社会学批评之外建立更带艺术学科气息的批评格局和风气。

朱光潜反对导师式的、法官式的、舌人(即阐释者)式的批评,提倡饕餮者式的批评。"'饕餮者'只贪美味,尝到美味便把它的印象描写出来。"所谓饕餮者式的

---

① 沈从文:《论技巧》,《沈从文全集》第 16 卷,第 473 页。
② 沈从文:《论穆时英》,《沈从文全集》第 16 卷,第 233 - 234 页。
③ 梁宗岱:《谈诗》,《梁宗岱文集》Ⅱ,第 89 页。
④ 李长之:《批评家为什么要批评?》,《李长之书评》第 1 卷,第 46 - 47 页。

批评主要就是以法朗士为代表的印象主义批评。朱光潜本人倾向于这种"欣赏的批评"，但也认识到"印象派往往把快感误认为美感"的缺点，认识到文艺趣味本来有就有高低之分，有内行外行之分，各种印象的价值并不相同。① 朱光潜以外的其他京派评论家几乎都兼事创作，他们习惯于沉浸在作家创造的艺术世界之中，以自己的人生体验和艺术直觉来感受作品，揣摩作者的思想和创作意图，捕捉和表现新鲜的审美"印象"。重欣赏，重"印象"，几乎成为京派批评的共同特点。其中，又以李健吾最为突出，他对"批评是一种判断"命题的否定②，对批评"是一种独立的艺术，有它自己的宇宙"的肯定，对创作与批评"相成之美"的分析，对批评活动中"公道"原则的强调③，对批评发现自我实现自我的意义揭示④，都显得既新颖又有一定的深度。他在批评方法上注重对作品的整体审美体验，强调要"自行缴械"即解除对文学规范的成见以及种种"现实的沾著，人世的利害"的顾虑，从而进入对作品的独到体验，都是从对文学特性出发又来自批评实践的经验之谈。⑤

　　不过，他们并非忽视系统知识对于批评的重要性。李长之明确提出："文艺批评有艺术性，也有学术性。从事的人，得有天才，也得有学识。"他认为批评家需要基本知识、专门知识和辅助知识等三类学识，包括语言学和文艺史学，文学美学或者叫诗学，生物学、心理学、历史学、哲学和社会科学等，"三者缺一不可，有一方面不充分不可"。⑥ 他和京派其他批评家正是这种兼有多方面学识的学者。所以他们笔下的"印象"自然是学者的"印象"，"内行"的"印象"，他们的批评和道地的西方印象主义又有差别。李健吾说过："一个批评家是学者和艺术家的化合，有颗创

---

① 朱光潜：《谈美》，《朱光潜全集》第 2 卷，第 39 - 41 页。

② 李健吾：《〈边城〉——沈从文先生作》，《咀华集·咀华二集》，第 24 页。

③ 参见李健吾：《答巴金先生的自白》，《咀华集·咀华二集》，第 15 - 16 页。

④ 参见李健吾：《自我和风格》，《咀华与杂忆》，中央编译出版社 2005 年版，第 111 - 112 页。

⑤ 李健吾：《〈爱情的三部曲〉——巴金先生作》，《咀华集·咀华二集》，第 3 页。

⑥ 李长之：《论文艺批评家所需要之学识》，《李长之书评》第 1 卷，第 54 - 58 页。

造的心灵运用死的知识。"①他本人对萧乾《篱下集》的评论正是这种"化合"的杰作。在这篇评论中,有对现实主义和浪漫主义特点的分析,有对卢梭和乔治·桑大段论述的引用和借鉴,还穿插了欧里庇德斯、拉辛、叔本华、古尔蒙、莎士比亚、屈原、贾谊、沈从文、曹禺等诸多中外作家的典故或言论;重点分析作品特别是人物时,又不忘透视作者的"人生观",不忘展开对现代人"命运"的联想和分析。②文章中,他似乎是描述,但论述、抒情也都包含其中;他似乎是"印象"的,但其学理、知识、经验和阅历又正渗透其中。他许多带有较强学理性的分析都是掺揉在对作品的艺术欣赏中漫步闲谈式地展开,再加上文笔优美,给人的感受确实与那种以逻辑关系为纲而四平八稳展开的论文不同。在这篇万字评论中,作者当然有充裕的空间来展开这些色彩斑斓的笔墨;而在短小的评论作品中,这种特点也时时可见,只不过因为篇幅的制约而显得更为隐蔽,"印象"的生动活泼也更为突出了。

京派重视批评的独立地位和自由。尽管他们有相近的情趣偏好和价值取向,但仍强调批评没有固定的标准,重在自我,这和周作人有相同之处,而不是像梁实秋那样企图建立某种纯艺术的或学术的规范。李健吾曾说:"什么是批评的标准?没有。如若有的话,不是别的,便是自我。"他认为强调"自我",必然导致强调"批评的独立","犹如王尔德所宣告,批评本身是一种艺术"③,批评的独立性正是其艺术纯粹性的保证。正因为如此,他们强调:"一个批评者有他的自由","他不是一个清客,伺候东家的脸色","他的主子是一切,并非某党某派",④坚决地反对政治和其他功利性因素对文学批评的干预,反对把批评变成一种武器或工具,反对将政治上"定于一"的要求用于批评活动,坚持"批评是反奴性的"要求。⑤ 沈从文

---

① 李健吾:《咀华集·跋》,《咀华集·咀华二集》,第 93 页。

② 李健吾:《〈篱下集〉——萧乾先生作》,《咀华集·咀华二集》,第 36 - 49 页。

③ 李健吾:《自我和风格》,《咀华与杂忆》,第 112 页。

④ 李健吾:《咀华二集·跋》,《咀华集·咀华二集》,第 185 页。

⑤ 李长之:《产生批评文学的条件》,《李长之批评文集》,第 375、377 页。

反对文学上的政治化和商业化侵扰,对于把批评变为"武器"而论战不断的现象表示厌恶和不满,称之为"争斗"和"私骂",其他京派作家的这些论述显然从批评方面支持了他的主张。在当时特定的文化环境中,京派评论家这种"自由生发,自由讨论"的主张对于发展批评本身以及推动文学向纯艺术方向的发展无疑起到了积极的作用,虽然这种作用又是有限的。

与其他纯艺术派别相比,京派虽然没有明显的组织活动,但人际联系相当紧密,思想上交流较多,在基本问题上的共同性较强。他们在文学理论批评活动中具有明显的特点:一是理论性突出而且系统,在文学的基本性质、文学创作与欣赏、文学风格和文学批评等诸方面较全面地论述了文艺的纯粹性要求;二是多方面地接受西方思想的影响并结合中国的实际加以阐发;三是体现自身文学观念的文学批评活跃。这三个特点互相联系互相促进:理论的系统性是以西方系统的美学文学思想为支撑的,同时这种理论观念通过文学批评得到彰显,扩大了影响。

第三节　纯艺术的巅峰与末路

一　最鲜明最坚定的纯艺术追求

京派的美学追求和理论探索沿着过去若干作家、社团、流派的轨迹,将现代文学理论中的纯艺术倾向发展到了极致,在三十年代以至整个现代文学史上有其突出的价值和意义。

由于拥有朱光潜这样的理论家,其他人也大多具有较高的理论修养,整体上理论准备充分,京派对纯艺术的理论探讨较其他派别更为充分、深入。京派对纯艺术观念有较多正面、系统的论述,从理论范畴来说涉及美和审美、艺术与人生、艺术与政治、无为与有为等方面;从文学活动本身来说涉及创作、鉴赏、批评等方面,内容相当丰富。他们的观念与早期王国维、蔡元培等人的相关主张衔接,对美和非功利性的强调都更为突出,具有强烈的美学色彩,不仅与功利主义文学倾向形成对立,与当时其他纯艺术派别相比,也有明显的差别。

相比而言,新月派主要是梁实秋个人在理论和批评上着力,其他人参与不多;而梁实秋深受白璧德新人文主义的影响,谈人性论较多,对文学艺术活动其他方面涉及不深。三十年代中期,朱光潜围绕"文学的美"问题对梁实秋文学思想局限性的批评就反映出二者美学修养和审美价值观的差距。当时梁实秋撰文谈《文学的美》,认为美学的原理不能应用到文学上,美"只是文学上最不重要的一部分","讨论什么是文学的美,只能从文字上着眼",而文字所包含的各种因素中只有声音和图画二者可以有美的成分,其他如情感经验、人生社会现象和道德意识等都"与美无关"。其他艺术可以只是美,而在文学中美并不重要,最重要的是"道德性",这与其他艺术形成了根本性的差别。因此,文学不是纯粹的艺术。① 梁实秋的观点反映出他对于美的认识过于狭隘和保守,他与京派作家在坚持文学的纯正性,反对文学成为道德、政治的宣传工具上固然方向一致,但对于纯正性的理解与要求却有不小的差异。梁实秋的这种观念早有表现,李长之就曾经批评过他"只以为直接的道德表现才是道德",所以描写风景成不了伟大的文学的观点,指出"由风景,白菜,萝卜,亦可以间接表现人性",也可以成为"伟大的文学",认为梁实秋"伦理的立场太过,而哲学意味的美学的根据还太稀少",而"一个批评家却是宁当重在后一方面的"。② 朱光潜强调文学的审美特点与价值,他认为文学的"纯正"首先在于美的"纯正",因此,他对于梁实秋过分强调作品"道德的意义"所可能具有的"宣传道德"的意味存有警惕,更不能容忍梁实秋对于文学美的轻视。也正因为如此,他强调文学的审美对象并不限于文字的声音和图画等形式层面,"道德性"以及其他"文字所传达的一切"内容因素都"可以成为美感观照的对象",强调"美在文学中的重要不亚于其他艺术",显然,朱光潜由此得出的"文学是一种纯粹

---

① 梁实秋:《文学的美》,《梁实秋文集》第 1 卷,鹭江出版社 2002 年版,第 497、499、500 - 501、509 页。

② 李长之:《梁实秋·〈偏见集〉》,《李长之书评》第 3 卷,第 33、38 页。

的艺术"的结论更具有理论上的明确性与坚定性,这也在相当程度上反映出京派纯艺术论的共同特点。①

当时其他几个纯艺术思潮或代表人物的情况与梁实秋有些类似,胡秋原、苏汶理论批评的领域较窄,主要集中在文艺自由问题上;林语堂等论语派专注于表现主义理论的介绍与幽默、小品文观念的张扬,理论视野与深度都较局促;周作人虽然涉及面较宽,但更多是对个性主义思想的阐扬,对文学活动本身的研究并不如京派深入,对于审美这一艺术基本特质论述也不多。相比而言,京派在宣传张扬西方审美理论推动文学现代化方面,对于纯艺术思潮乃至整个现代文学的理论贡献也就显得更为可贵了。

京派的批评活动中常常鲜明而有力地张扬纯艺术的文学主张,这也是其他纯艺术派别或作家很难相比的。例如,当时几位京派作家都曾批评巴金"感情太热"②,蕴藏在这种批评背后的价值标准正是对艺术审美价值的追求。李健吾指出,巴金处在当时的社会,因为"不能从行动上得到自由,转而从文字上图谋精神的解放",所以"不由自主"地"用一种艺术的形式"即小说来完成自己的社会使命。这种"不由自主",一方面使得他的作品能够"满足艺术的要求","成全了他在文学上的造就";另一方面也制约了他在抒情热烈的同时不得不服从艺术的要求而有所节制。作为正文的一种补充,巴金常以序跋来表达作品主体部分中未能表达或未能充分表达的思想和情感,李健吾对这种做法不以为然,指出:"一件艺术品——真正的艺术品——本身便该做成一种自足的存在。它不需要外力的撑持,一部杰作必须内涵到了可以自为阐明"。他肯定巴金有热情有信仰,对其表示理解与尊重,但站在追求"真正的艺术品"的纯艺术立场,又对巴金这样的艺术家有时"宁可牺牲艺术的完美,来满足各自人性的动向"表示惋惜,认为其"不是一个热

---

① 朱光潜:《与梁实秋先生论"文学的美"》,《朱光潜全集》第 8 卷,第 511－512 页。

② 沈从文:《给某作家》,《沈从文全集》第 17 卷,第 223 页。

情的艺术家,而是一个热情的战士"①。巴金关于自己看《雷雨》"流过四次眼泪"的表白引发了朱光潜的批评:"能叫人流泪的文学不一定就是第一等的文学"。朱光潜指出:"用泪表达得出的思致和情感原来不是最深的,文学里面原来还有超过叫人流泪的境界",这就是美或美感。他认为,读文学作品流泪可能是因为美感而引起,但更多是因为"犹如抽烟打吗啡针"一样的一般快感引起,"根本算不得美感",流的也是"实际人对于实际悲痛的'同情之泪'";所以,"眼泪是容易淌的,创造作品和欣赏作品却是难事",作者和读者都应该"少流一些眼泪",或许才可以多写或多欣赏一些"真正伟大的作品"。② 朱光潜讲的"真正伟大的作品",李健吾讲的"真正的艺术品",都是从追求文学艺术"自足的存在"的纯艺术立场出发的。其他如沈从文批评郭沫若"同情的线是为'思想'而牵,不是为'艺术'而牵的"③;李健吾认为萧军身上存在"不由自主的政治家"和"不由自主的字句画家"两种性质,但"他们不能合作,不能并成一个艺术家"④;相反,他赞扬沈从文是"渐渐走向自觉的艺术的小说家",认为沈从文作品中"艺术家的自觉心是那真正的统治者"⑤。这些都反映出京派作家开展批评的标准与利器正是以审美为核心的艺术"自足的存在"。这样的批评活动无疑增进了人们对审美与艺术关系的了解与思考,扩大了纯艺术思潮和新文学观念的影响。

京派追求纯艺术的文学,沿着这一方向对文学艺术的社会作用和文学运动的发展有着自己的理想和急切进取的热情,沈从文表现得尤为突出。这方面他们不像周作人那样消极,也比新月派等有更自觉、更具体、更积极的群体追求。

当然,京派的这种文学观念与其深受影响的西方美学思想一样,在学理上本身也有可探讨之处。其中最主要的一点就在于审美无功利的理想境界在现实生

---

① 李健吾:《〈神·鬼·人〉——巴金先生作》,《咀华集·咀华二集》,第 20-21 页。

② 朱光潜:《眼泪文学》,《朱光潜全集》第 8 卷,第 499-500 页。

③ 沈从文:《论郭沫若》《沈从文全集》第 16 卷,第 155 页。

④ 李健吾:《〈八月的乡村〉——萧军先生作》,《咀华集·咀华二集》,第 116 页。

⑤ 李健吾:《〈边城〉——沈从文先生作》,《咀华集·咀华二集》,第 25-26 页。

活中实现的可能性究竟如何。当时一位接近京派的论者在介绍朱光潜的"距离说"时就质疑："艺术的距离是否仅仅形式上的,是否仅仅要使我们'无粘无碍'的'谛视美的形相'呢?"作者举例说："看过悲剧之后,感情不必都能得到涵涤,有时反而会撩起更大的抑郁和愤懑。这种抑郁就算并不讨厌,也不可恶,反之我们倒很喜欢保有它,然而它能够盘在我们心脑中,却也是事实。艺术的手指一弹触到这种感情问题上面来时,我们就无法可以停止在'无粘无碍',停止在'谛视美的形相'上面了"。[①] "审美距离"作为一种理想状态,确实揭示出审美活动包括文艺创作与鉴赏的特质,但在审美实际中人们又不可能与社会与人生现实完全"无粘无碍",上文的质疑正触及了这一矛盾。

由于当时中国社会的基本性质、主要矛盾和文化背景的限制,京派这种文学观念很难像强调社会功利性的文学政治化或道德化的思潮那样得到普遍的赞同和响应,甚至学理上平心静气的探讨也很难进行下去。而且,有些看上去是美学思想或文学思想的矛盾和冲突,实际上也反映了不同社会理想的矛盾和冲突。京派的审美理想以及道德标准,带有强烈的古典的、传统的色彩,这就很自然地与现代社会的现实和变革发生矛盾、冲突,客观上妨碍了文学、作家与时代的趋合,限制了表现文学的思想深度和多种艺术风格的发展。

二　从"过去的丰富的储蓄"中汲取与开掘

京派对于五四以来新文学的继承与发展,是以多方面的反思与调整为基础的。这主要表现为:一是以非功利来调整五四以后发展起来的功利化倾向,着重从纯艺术立场出发,反对政治化、商业化潮流,沈从文将此作为文学运动发展的根本性问题来强调就是突出的代表。二是以和谐静穆的风格来调整五四及当下革命文学的粗犷热烈,这突出反映在鲁迅与朱光潜关于静穆的观念冲突上。三是对五四传统本身的认识,其中又包括对中西文化关系的认识,特别是对中国传统文

---

① 杨刚:《读〈孟实文钞〉》,《国闻周报》第 13 卷第 48 期,1936 年 12 月 7 日。

化的认识、理解和传承问题,显示出与五四时期不同的基调。京派在进行文艺理论与批评的建设的时候,传统文化资源常在其中或隐或显地发挥着重要的支持作用。和五四时代不同,在新的文化环境下,对传统不再简单否定,而是通过重新阐释和运用来推动民族文学的进步,成为京派和其他一些派别的努力方向,其中,京派显得更自觉更主动更全面,而且由于他们整个群体厚实的西学背景和学术造诣,也使得这种努力在推动中西融合方面发挥了更积极的影响。

经过五四以来十多年的发展,新文化新文学已经站稳了文坛,只是在发展方向和路径上还不断有争论以至冲突。对于京派作家来说,他们比五四前辈对西方文学与文化有了更深入的了解,又脱离了五四时代那种弃旧图新、矫枉过正的暴躁凌厉的氛围,自然可以更从容地审视和取舍中西文化遗产特别是中国传统文化。他们纯艺术的立场和追求,既是影响和制约这种审视和取舍的重要因素,同时也在这种审视与取舍中得到深化和加强。

京派对于五四新文化运动中否定文化传统的偏激倾向有所反思。正因为如此,李长之明确反对胡适等人关于五四是中国的"文艺复兴"的说法,他批评说:"有破坏而无建设,有现实而无理想,有清浅的理智而无深厚的情感,唯物,功利,甚而势利,是这一个时代的精神。这哪里是文艺复兴,尽量放大了尺寸说,也不过是启蒙。"他还指出:"这种文化运动是移植的,像插在花瓶里的花一样,是折来的,而不是根深蒂固地产自本土的丰富营养的。"①这些看法虽然有其偏激之处,但针砭的问题却是确实存在的。京派作家清楚地意识到,在新的社会历史语境下中国文学要得到更好的发展,必须重视文化传统的作用。朱光潜很早就指出:"文学上只有好坏的分别,没有新旧的分别"②。他还从历史连续的必然性出发肯定文化传承的必然性,强调"本国传统的完全破除亦非历史的连续性所允许"。③ 李长之

---

① 李长之:《五四运动之文化的意义及其评价》,《李长之批评文集》,第335、336页。

② 朱光潜:《给青年的第十二封信》,《朱光潜全集》第1卷,第39页。

③ 朱光潜:《编辑后记(一)》(《文学杂志》创刊号),1937年5月;《朱光潜全集》第8卷,第529页。

这方面的论述则更加周详与完备。他指出：旧的文化作为一个体系"是已经完成，已经过去了"，但是，它的"继续发展是可以的。继续发展并不是依样重抄。继续发展与新成分相交融"。"文化是一个有机物，它有整个性，补缀式的文化吸收和补缀式的文化复兴，毫无是处。"①他提出："我们是必须把研究中国文学的事纳入体系的学术的轨道，从世界性，整个性，窥出那文化的价值，从而批判之，变改之，由中国文学的新建设，以备人类的美丽健康的文学的采择的！"②他认为要从工具、内容和形式等三个方面重新估价中国文学，以谋中国文学的建设基础，并进行了批评实践，他后来也成为对古典文学研究用力最深入并频频从中汲取资源应用于分析现实文艺问题的京派批评家。

京派在展开纯艺术观念时非常注意对中国传统资源的开掘与利用。诗歌是中国古代文学中成就最高的文体，从文化传统的继承而言，资源也最丰富，而从现实的文学发展来说，又恰恰是与传统断裂最深的，因此京派评论家们对这一领域传统的承续问题给予了普遍的关注。

朱光潜的《诗论》是在西学背景下对中国古典诗歌经验的总结。他晚年说："在我过去的写作中，自认为用功较多，比较有点独到见解的，还是这本《诗论》。"③他对诗歌的高度重视，与当时文学界推崇小说的主流看法并不一致，分析起来，大致有以下几个原因：一是他认为"诗为具有音律的纯文学"，"文学到了最高境界都必定是诗"，④对于他提倡的纯艺术纯文学来说，诗具有代表性；二是传统文学教育背景使得他对中国诗歌充满依恋，尽管他也承认中国诗在意涵的"深广伟大"方面不及西诗，但还是更看重中国诗"在神韵微妙格调高雅方面往往非西诗所能及"；三是新诗的发展状况使他严重失望，"很深切地感觉到大部分新诗根

① 李长之：《释美育并论及中国美育之今昔及未来——为纪念蔡子民先生逝世作》，《李长之批评文集》，第 326 页。

② 李长之：《论研究中国文学者之路》，《李长之批评文集》，第 409 页。

③ 朱光潜：《诗论》，《朱光潜全集》第 3 卷，第 331 页。

④ 朱光潜：《诗论》，《朱光潜全集》第 3 卷，第 79、268 页。

本没有'生存理由'"①,从而迫切地希望能推进借鉴西方经验与传承中国传统的结合,从而为新诗乃至整个新文学的发展寻找出路与机遇。他特别指出"新诗显然已放弃中国固有的传统","想诗由颓废而复兴,也只有两个办法:接近民众与恢复传统"。"所谓恢复传统,意思并不在'复古',而在运用过去的丰富的储蓄"。②《诗论》正是他"运用过去的丰富的储蓄"来发展纯艺术的新诗的一种努力。

类似的情况在同样深受西方诗学浸润的梁宗岱身上也很突出。以他的说法,在留学五六年间自己"几乎无日不和欧洲底大诗人和思想家过活","可是每次回到中国诗来,总无异于回到风光明媚的故乡,岂止,简直如发现了一个'芳草鲜美,落英缤纷'的桃源,一般的新鲜,一般地使你惊喜,使你销魂"。自然,他说的"中国诗"是古诗而非新诗,他眼中的新诗正在"十字路口"迫切需要明确方向,他提醒要考虑"怎样才能够承继这几千年底光荣历史,怎样才能够无愧色去接受这无尽藏的宝库",才能创造出和旧诗"同样和谐,同样不朽的天地",③主张对于中西文化"尽量吸取,贯通,融化而开辟一个新局面"。④ 梁宗岱在理论上的主要贡献是对西方象征主义诗论的张扬,而这种张扬正是与发掘中国古典诗歌的相应传统紧密联系在一起的。

李长之在谈到中国文学的内容时指出:"只有从整个的文化价值出发,来认识我们的大作家,在我们文学史上几个煊赫的人物,像孔子孟轲荀况庄周韩非屈原司马迁董仲舒阮籍陶潜李白杜甫韩愈李商隐李煜朱熹苏轼辛弃疾王实甫关汉卿施耐庵王阳明曹雪芹吴敬梓金圣叹鲁迅等,是必需抉发出他们的真面目和真价值的。"他在谈到形式问题时又强调:"更其明显的是愈有着世界的文学的通则,而愈

---

① 朱光潜:《诗论》,《朱光潜全集》第 3 卷,第 112、268 页。
② 朱光潜:《诗的普遍性与历史的延续性》,《朱光潜全集》第 9 卷,安徽教育出版社 1996 年版,第 340、339 页。
③ 梁宗岱:《论诗》,《梁宗岱文集》Ⅱ,第 30 页。
④ 梁宗岱:《论诗》,《梁宗岱文集》Ⅱ,第 43 页。

不仅是只斤斤于本国的面目所能措手的"。① 如果说前面所说的"整个的文化价值"包含的内容还比较宽泛的话,那么后面所说的"世界的文学的通则"所指就非常明确了。

当时推崇西学的普遍,京派作家自身的西学背景,都使得他们对传统文化的借鉴与接续,仍是服从于西方理论的总体框架,更多是像李长之这样以西方理论的视角和标准来审视中国传统文学包括文论。朱光潜说自己的《诗论》是"试图用西方诗论来解释中国古典诗歌,用中国诗论来印证西方诗论"。②《诗论》主要立足于中国诗歌的分析,但其展开的理论框架和时时引入比照的西方诗学理论和创作实践,都清楚地反映出西方思想和学术规范的影响。他的《文艺心理学》将中国文学发展历史纳入西方理论范畴中去分析,从而对于中国文学尚用且偏重道德政治的传统以及魏晋南北朝时期纯文学发展的历史趋势作了较好的说明。这些正说明当时他们有了文学上的世界眼光并应用于中国文学的研究之中,就像李长之所说的:"必须了解比文学的范围更广大的一民族之一般的艺术特色,以及其精神上的根本基调,还有人类的最共同最内在的心理活动与要求,才能对一民族的文学有所把握。"③

李长之本人在这方面表现出高度的自觉,他指出需要将"西洋文学史上许多公认的范畴""确切地"运用于中国文学研究中,对于文学、文艺、剧、文、抒情诗、史诗等西方概念需要"澄清"和"把握",以此来检验"中国文学里是不是有这些东西"。他认为,只有"这样,我们才仿佛是把许多草药,经过分析提炼之后,就可以随便作为取用之资了。中国文学中无尽藏的宝库,便可以耀然生辉,不至荒芜了"。④ 他自己也尝试运用西方的理论范畴来分析中国古典文学,其中突出的例

---

① 李长之:《论研究中国文学者之路》,《李长之批评文集》,第 404–405、408 页。

② 朱光潜:《诗论》,《朱光潜全集》第 3 卷,第 331 页。

③ 李长之:《论研究中国文学者之路》,《李长之批评文集》,第 402 页。

④ 李长之:《论研究中国文学者之路》,《李长之批评文集》,第 408–409 页。

子是用西方"古典的"与"浪漫的"或"美的"与"表现的"两组概念来梳理中国古代文学。他在三十年代论及这个问题时,认为"中国古代文学批评思潮"的发展"恰如在哲学上似的,也有一种和西洋相近的比拟,那就是孔子是代表古典的,而孟轲是代表浪漫的","孟子在性格上艺术家的气质浓一些"。[①] 他从理想人格、思想和批评标准等方面分析了孔孟的差别。过了几年之后,他又写作长文《孔子与屈原》对这一话题展开了更为充分的阐述,不过把浪漫派的代表由孟轲换成了屈原,称"孔子代表我们民族的精神,屈原代表我们民族的心灵",二人"是中国精神史上最伟大的纪念碑,是中国人伦之极峰"。[②] 他所使用的古典的与浪漫的两种精神范式以及分析二者差别时所用的一组组具体范畴,如美的与表现的、理智的与情感的、外倾的与内倾的、男性的与女性的、音乐的与绘画的、社会的与个人的等,都明显反映出西方理论和方法的影响和他本人用西方思想来解释和分析中国文学的努力。

京派作家对于传统文化怀有特殊的情愫和理性的态度,他们不是被动地盲目地接受西方文化,而是努力在分析鉴别的基础上发掘传统文化资源,同时借鉴西方经验,实现中国资源与西方资源的融合。

朱光潜《诗论》中西方理论的运用或影响是明显的,但全书核心的概念"境界"却是地道本土的,书中对于中国诗的节奏、声韵、格律等问题展开了重点分析,主要也还是立足于本土的。朱光潜引入了众多西方资源,其性质与作用却是多种的,有的据以分析,有的据以批评,有的只是用以对照,说明中西的不同特色,有的则直接予以质疑或批评,例如第七章中运用中国资源来批评莱辛的诗画同质说。京派作家们对于古人的推崇常与使用一定的西方理念相联系,如朱光潜笔下的陶渊明与"静穆",李长之文中的孔子与"古典"、孟子(后来改为屈原)与"浪漫",西方

---

① 李长之:《梁实秋·〈偏见集〉》,《李长之书评》第 3 卷,第 34 页;参见《释美育并论中国美育之今昔及其未来——为纪念蔡孑民先生逝世作》,《李长之批评文集》,第 319－324 页。

② 李长之:《孔子与屈原》,《李长之批评文集》,第 283 页。

理念的引入或运用当然因二者精神上的联系所致,其实重点都在于中国古人。以朱光潜对陶渊明的关注和欣赏而言,不仅与其自幼形成的趣味倾向有关,也与现实的人生体验和价值取向相连。他在分析陶渊明的嗜酒时指出:这"在近代人看是'逃避',我们不能拿近代人的观念去责备古人,但是'逃避'确是事实。逃避者自有苦心,让我们庆贺无须饮酒的人们的幸福,同时也同情于'君当恕醉人'那一个沉痛的呼声"①。朱光潜当时也遭到"逃避"的指责,不过陶渊明的酒在他这里换成了文学艺术而且是"纯粹的"的文学艺术。

京派对理想的文学批评形态的表述不一而足,有创造的批评、印象的批评、审美的批评、批评的感情主义,等等,究其内涵,一方面是从西方法朗士、克罗齐等人那里得到启发,另一方面是从中国传统批评中汲取了养分。传统批评擅长对作品审美风格进行整体性体悟式的描述与品评,京派对这一传统予以重视。李长之称之为"中国印象批评",指出"这种方法,是由作品中得到作者的个性,由作者的个性以了解作品,所得的遂是不分作品不分作者的一种混同的印象,复由经济的艺术的字眼而表现之",认为"确乎是中国所特有的,而作了几千百年的传统",是中国文化"特有的长处","应该发挥了去,以备广大的人类文化之建立之采择的"。当然,他们也认识到传统批评的缺点在于"很容易流入不确切而模糊",造成"不着边际"的争论。② 朱光潜指出,中国的"诗话大半是偶感随笔,信手拈来,片言中肯,简炼亲切,是其所长;但是它的短处在零乱琐碎,不成系统,有时偏重主观,有时过信传统,缺乏科学的精神和方法"。"中国人的心理偏向综合而不喜分析,长于直觉而短于逻辑的思考。谨严的分析与逻辑的归纳恰是治诗学者所需要的方法"。③ 因此,他们主张一方面要吸取传统批评的精华,一方面要吸收西方系统分析与实证的科学思维,以促进中国文学批评的现代化。

---

① 朱光潜:《诗论》,《朱光潜全集》第 3 卷,第 257 页。

② 李长之:《王国维文艺批评著作批判》,《李长之书评》第 4 卷,第 264－265 页。

③ 朱光潜:《诗论》,《朱光潜全集》第 3 卷,第 3 页。

京派对文学批评的这种要求也反映在他们自己的文学批评实践中。李长之在评论王国维的著作时认为《人间词话》不及《红楼梦评论》"有组织",但见解却比后者"成熟","其中还有一种特色,便是特别有中国传统的文艺批评气息",字里行间流露出对这种"气息"的赞赏,一定程度上反映出对传统文学批评的青睐。① 京派的文学评论在文体形式上已经采用西方论文体式而非传统的诗话形式,但他们对于传统的借鉴感悟意会和西方的条分缕析结合起来,无疑增强了论著的生动性与感染力,这在李健吾、李长之等的文学批评和朱光潜、梁宗岱等的理论著作中都有突出的表现,这不仅在当时的文坛吹起一阵别样的风,即使时至今日也给人以清新之感。

三 "看戏"与"演戏"之间

京派的纯艺术思想对于三十年代功利化政治化的文学主流来说,是一种制衡和补充,不仅弥补了新文学发展中的某些不足,也给新文学后续的发展提供了可贵的探索经验。但是由于自身学理上的不足和时代条件的限制,这种纯艺术思想并未能得到更多更好的发展。以其主要代表人物后来的思想演变而言,恰恰证明过于强调艺术"纯粹"于社会人生之外的理念的脆弱性。

京派从捍卫文艺的纯粹性和独立性出发,对于国共两党的文艺政策都有批评。但他们对实际的政治活动既无兴趣更无参与的激情,并不像新月派的胡适、梁实秋、罗隆基等人那样直接谈论政治问题,也不明显偏向国民党当局。如果说胡适、梁实秋等人批评国民党当局的言论中更带"进言"成分和"铮臣"色彩的话,那么沈从文、朱光潜等只是一般性的发议论而已,他们对胡适等人这方面的作为也并不以为然,二者之间还是有差别的。

抗战打破了京派自得其乐的艺术天地,除了李健吾情况特殊留在上海外,他们多数都义无反顾地去了大后方。这一时期国家民族的危急存亡,大后方的艰苦生活,无疑促进了他们关心国家命运和现实社会,增加了对政治问题的关注,他们

---

① 李长之:《王国维文艺批评著作批判》,《李长之书评》第4卷,第258页。

自然也更多地探讨文学与人生的关系,一些作品也比过去更直接地触及社会现实,但内心仍沉溺于纯艺术的追求之中,行动上也努力和政治保持距离。沈从文激烈地反对作家参与文化社团组织并担任领导职务,就是其中一例。在这段时期里,沈从文虽然对"文运的重建"发表了许多意见,但对现实政治的直接评论并不多。1939 年初他的《一般与特殊》①曾经引起左翼作家的批评,并被归结为"反对作家从政",与梁实秋的所谓"与抗战无关"论相提并论。四十年代初沈从文发表过几篇关于文学运动和文学观的文章:《文运的重建》②、《新的文学运动与新的文学观》③、《对作家和文运一点感想》④、《文学运动的重造》⑤等。这些文章的基本主题就是坚持纯艺术文学主张,反对文学运动与现实政治建立或保持密切关系。但是,即使这样,沈从文还是从中表现出了对政治问题的关心。

李长之在抗战时期大力呼吁加强"文化国防"建设,相关论述后来汇集为《迎中国的文艺复兴》一书,内容虽然涉及美学和文学问题,但视野更开阔,论及更广泛的思想文化问题,面对现实的文化环境展开对历史的回顾和对未来的展望,阐述如何保卫和发展中国的传统文化,肯定儒家文化是中国"根本的立国精神",强调在争取"民族的解放"的同时争取"文化的解放",在建设"国防文化"的同时建设"文化国防"。⑥ 他的思想立场明显发生了从个人本位到民族国家本位的转变,他所专注着力的传记批评中的审美人格化品评的特点也有所淡化,转而重视传主与国家、社会的关系,这些都反映出严酷的战争环境和严峻的历史变革促进了作家个人思想的演变。

沈从文等人对政治问题的关心逐渐增多的经历反映出他们自觉不自觉地突破

①　《今日评论》第 1 卷第 4 期,1939 年 1 月,收入《沈从文全集》第 17 卷。

②　1940 年 5 月 4 日昆明《中央日报》,收入《沈从文全集》第 12 卷。

③　《战国策》第 9 期,1940 年 8 月,收入《沈从文全集》第 12 卷。

④　1942 年 2 月 11 日重庆《大公报·战国》,收入《沈从文全集》第 17 卷。

⑤　《文艺先锋》第 1 卷第 2 期,1942 年 10 月,收入《沈从文全集》第 17 卷。

⑥　参见李长之:《迎中国的文艺复兴》,商务印书馆 2013 年版,第 113、47、29 页。

了自己原先设定的文学与政治的界限,抗战胜利之后,随着国内政治局势的变化和自由主义政治思想的滥觞,他们对政治的参与更为积极。他们的总体思路是从既有的文艺观出发,通过文学艺术的美育作用,实现人心净化,进而改造社会和国家,如果说他们这时与三十年代有所不同的话,就是更加关注改造社会和国家的话题。

这时,沈从文屡屡由文学谈起,话题从"文运的重造"转到了"国家重造"①,甚至开始写起了政论时评。这一时期里,他涉及政治问题的这类政论时评越来越多,甚至比他的文艺作品更为人瞩目。沈从文对内战的基本看法是"自相残杀",他感叹:"十年的对外苦撑,到胜利来临,国家重造的当儿,解决矛盾,平衡感情,还得用集团屠杀方式。"他将问题的根源归之为"国族品德",提出:"中国若真有所谓思想家,或大政治家,应当从这个问题上提出他对这个国家重造的见解。"②

沈从文本人的"见解"则是可以由文学艺术替代政治、宗教的作用,通过"一种更新的坚韧素朴人生观的培育"来实现"国家重造"。他提出,"一个伟大纯粹艺术家或思想家的手和心,既比现实政治家更深刻并无偏见和成见的接触一切",因此,艺术家或思想家比政治家更"深刻",文学艺术比宗教、政治更"进步",原因就在于文学艺术不需要诉诸武力而是诉诸人心;他期望"明日的艺术"能够摆脱宗教、政治的"实力扶育",并"净化廓清"宗教、政治的影响而"成为一种更强有力光明的人生观的基础",从而为"国家重造"创造条件。③ 他还提出,"国家重造应在武力以外想办法","抽象原则即可代替武力"。④ 他推崇蔡元培的"美育代宗教",进而提出"美育重造政治","深信中国问题得在内战以外求进步,求解决",而"解决"的前途则在于"用'美育'与'诗教'重造政治头脑之真正进步理想政治"。⑤ 他托名"巴鲁爵士",连续发表了五篇"北平通信",批评国内政治特别是国共内战,强

---

① 这一时期沈从文的文章中"重造"一词使用频繁,诸如"重造政治"、"重造社会"、"重造青年"等。

② 沈从文:《五四》,《沈从文全集》第14卷,第269页。

③ 沈从文:《一个传奇的本事》,《沈从文全集》第12卷,第231-232页。

④ 沈从文:《芸庐纪事》,《沈从文全集》第10卷,第237页。

⑤ 沈从文:《试谈艺术与文化》,《沈从文全集》第14卷,第384页。

调"艺术重造政治"的理想。

沈从文还期盼形成艺术或文化"重造政治"、"重造国家"的组织,以推进这种理想的实现。他对国共两党和"第三力量"都不满意,认为应该实现各种专业文化力量"更新的粘合,来重造这个国家",他将此称为"第四组织";[①]他还有类似的"第四党"的说法,认为"除第三者外,实在还应当有个第四党或更多的党,一切以人民真正利益为重,以训练专门技术为国家建设而服务,为和平民主的进步政治而服务"[②]。当时民盟曾邀他加入,他以"中国应当要个第四党"为由而拒绝。[③] 他在现实的政治体制和机制之外寻找国家与社会出路的这些追求,虽然很真诚,但与现实距离太远,不免陷入虚幻和孤寂。

朱光潜直接介入政治问题的讨论比沈从文稍晚一些。1947 年夏天,他的《看戏与演戏》对自己的文艺观、人生观作了带总结性的系统表述,自认是社会斗争中"袖手旁观""看戏"的人。[④] 但过了不过三四个月,他的态度就发生了微妙的变化。他发表文章,假托苏格拉底来到北平与两位中国教授对话,批评当时国内政治状况,并从分析"中国民族性和中国文化的弱点"入手探讨造成这种状况的原因。[⑤] 自此时到北平解放前的一年时间里,他不间断地发表了政论时评十多篇[⑥],

---

[①] 沈从文:《一种新希望》,《沈从文全集》第 14 卷,第 279 - 280 页。

[②] 沈从文:《总结·传记部分》,《沈从文全集》第 27 卷,第 90 页。

[③] 沈从文:《沈从文自传》,《沈从文全集》第 27 卷,第 149 页。

[④] 朱光潜:《看戏与演戏》,《朱光潜全集》第 9 卷,第 257 - 271 页。

[⑤] 朱光潜:《苏格拉底在中国(对话)——谈中国民族性和中国文化的弱点》,《朱光潜全集》第 9 卷,第 284 - 302 页。

[⑥] 这些文章包括:《自由分子与民主政治》(1947 年 12 月)、《挽回人心》(1948 年 1 月)、《谈群众培养怯懦与凶残》(1948 年 2 月)、《给不管闲事的人们》(1948 年 3 月)、《谈行政效率》(1948 年 4 月)、《养士与用士》(1948 年 4 月)、《给苦闷的青年朋友们》(1948 年 5 月)、《行宪以后如何?》(1948 年 5 月)、《立法院与责任内阁》(1948 年 6 月)、《文学院学生的出路》(1948 年 6 月)、《为"勘建委会"进一言》(1948 年 8 月)、《常识看金圆》(1948 年 9 月)、《谈勤俭建国运动》(1948 年 9 月)、《国民党的改造》(1948 年 10 月)、《世界的出路——也就是中国的出路》(1948 年 11 月)等。参见《朱光潜全集》第 9 卷。

话题从政党到政府,从政治到经济,从当局到群众,几乎都有评论,对国共两党都不乏批评。他开始以"一个近于爱管闲事的人"的身份来批评"不管闲事的人",认为后者"不能是一个社会的人","不能是一个有道德的人"。① 他在"看戏"之余不由得要评戏,要导戏,甚至令人感觉有点跃跃欲试要"演戏"的味道。朱光潜对理想中国的构想与沈从文相似,还是以"人心净化"为目标,侧重于思想文化层面。但是他比沈从文更多涉及各种政治问题,例如,论述"目前世界政治的大道至理是民主自由与共产主义结合与改善"②,建议国民党"善意地扶植一个第三党出来"③,呼吁"不要以空招牌的民主,促成政府的软弱无力"④等。虽然他这时仍然坚持"反对拿文艺做宣传的工具或是逢迎谄媚的工具"⑤,也写了不少纯粹探讨艺术问题的文章,但他和沈从文对政治问题的高度专注正说明当时国内政治局势的发展使得他们已经很难完全沉迷于纯艺术的追求之中。如果说他们早期对"文运"的关心和评点还基本属于文学范畴的话,那么这时的这些言论就明显是"越界"了,"看戏"的人也几乎成了"演戏"的人了。

萧乾出道之初就较多表现出对现实的关注。1946 年回国后,他主要在上海《大公报》撰写国际评论和政论,在精神层面仍然与朱光潜、沈从文等人保持着联系,一方面坚持文学的独立性和纯粹性,一方面又以文化建国为目标表达强烈的社会诉求。他执笔的《大公报》社评《中国文艺往哪里走》,表现了此时的文学主张⑥;而稍后执笔的《大公报》社评《自由主义者的信念——辟妥协、骑墙、中间路线》则直接谈论政治问题,集中反映了自由主义政治思想⑦。他还托名"爱沙尼亚

---

① 朱光潜:《给不管闲事的人们》,《朱光潜全集》第 9 卷,第 367 - 368 页。

② 朱光潜:《世界的出路——也就是中国的出路》,《朱光潜全集》第 9 卷,第 526 页。

③ 朱光潜:《国民党的改造》,《朱光潜全集》第 9 卷,第 522 页。

④ 朱光潜:《立法院与责任内阁》,《朱光潜全集》第 9 卷,第 451 页。

⑤ 朱光潜:《自由主义与文艺》,《朱光潜全集》第 9 卷,第 482 页。

⑥ 载 1947 年 5 月 5 日《大公报》。

⑦ 载 1948 年 1 月 18 日《大公报》。

商人塔塔木林"，在《大公报》开辟时事特写专栏"红毛长谈"，对国内政治进行批评，从社会结构层面设计未来中国，表达自由主义政治理想。萧乾二战期间的欧洲生活经历，使他的论述更多带有对世界格局演变的考虑和西方自由主义政治思想的浸染，反映出当时追求"第三条道路"自由主义知识分子的共同思想，与沈从文、朱光潜主要局限于人道主义和美学立场谈论政治问题显得有所不同。

　　到了1948年秋天，北平已处于围城之中，沈从文发表《"中国往何处去"》，表达对自己政治理想破灭的迷惘，感叹道："这种对峙内战难结束，中国往何处去？往毁灭而已。"①同时，他也敏锐地预感到未来文艺运动的走向："时代如已大变，要求一个作家的，不仅仅如过去方式严肃制作作品，还必需活活泼泼来把握政治上常在变动不居的新办法，新政策，新方向。一切得配合，由于配合，有时还需改变一个旧式'思想家'的工作态度，用一个'工作员'情绪去服务去领导。""这通通不是我能力性情所长，所以近二年来，我不仅对新文运无助，且在误解中很容易给人一种和'进步'游离、落后现象。"②言语中不难看出他对国家政治命运和纯艺术文学前途的担忧与失望是交织在一起的。

　　朱光潜、沈从文等人抗战以后的变化正从一个侧面说明，作家生活在现实社会生活之中，特别是在社会处于激烈动荡之际，是很难与政治长时期保持远距离的观照关系。抗战时期他们的社会文化环境有变化，但因为是在国统区，整体氛围没有太大的变化；抗战后，左翼文化在国统区的影响日益扩大，文化界、教育界从教授学者到青年学生，对不同政治立场、不同文化方向的辨析与选择都日趋鲜明，朱光潜、沈从文等人对于社会人生的深切关注和强烈的责任感决定了他们不可能置身事外，现实不仅促使他们深入地思考"中国往何处去"、"中国文艺往哪里走"的问题，而且也大大压缩了他们纯艺术主张的生存空间，揭示出他们的艺术理

---

① 沈从文：《"中国往何处去"》，分别发表于《论语》第160期（1948年9月）与1948年9月13日上海《大公报·文艺》。《沈从文全集》第14卷，第323页。

② 沈从文：《复姚明清信》，《沈从文全集》第17卷，第486－487页。

想在当时中国特定历史条件下是多么难以实现。

北平解放前夕,已被视为"反动文人"的沈从文等人本有机会去台湾或香港,他们却选择了留下。而新月派的胡适、叶公超、梁实秋早在抗战初期就已担任了国民党当局的职务,走上了从政的道路,这时也都去了台湾。这不但说明沈从文等人对新政权并无更多的恶感和惧心,也从一个方面反映出京派作家对文学艺术的追求与政治态度没有直接的关系。

我们说过,中国的纯艺术派与西方主张"为艺术而艺术"的唯美主义者有区别,他们的纯艺术追求并没有完全脱离现实的社会人生,这方面京派又是其中的突出者。很清楚,他们的纯艺术理想总体上只有在和平安定的环境中才能部分实现,这种理想内在所需要的"自由生发,自由讨论"也只有在宽松民主的文化氛围下才能展开,而以包括纯艺术在内的文化精神的振兴来实现"国家再造"也只能寄希望于已经或即将掌握政权的政治集团,这些都使得他们对政治、对这样或那样的政治集团有吁求,有期盼,在得不到满意的回应时,不免有抱怨,有批评。这样,他们本来是想远离政治埋头学术或艺术,与政治绝缘,结果不但没有绝缘,反而是结上了缘,这也是一种宿命吧。

附录

中国现代文学思潮研究十五年[*]

一 新时期中国现代文学思潮研究的特点

从 1980 年中国现代文学研究学会第一次年会初步涉及思潮问题算起,新时期对中国现代文学思潮的研究已经走过了十五个年头。

那次会后,1981 年、1983 年又先后召开过两次中国现代文学思潮流派问题学术交流会。不过,当时人们对于思潮和流派在内涵、特点等方面的区别还注意得不够,关注的重点又是流派,因此,虽在梳理外来文学思潮的影响方面有了一些成绩,但在中国文学思潮自身的研究上实质性的进展不大。

八十年代中期文学研究新方法的讨论和实践,对现代文学研究的影响是多方面的,而强调研究的整体性、系统性无疑是其中一个重要内容。黄子平等的“二十世纪中国文学”与陈思和的“中国新文学整体观”的理论命题正是在这种背景下提

---

* 本文曾分两部分分别发表于《文学评论》1996 年第 5 期和《社会科学战线》1997 年第 2 期。

出的。这对于重视文学流变、强调事物联系的思潮研究来说,无疑起到了有力的促进作用。在此之前,现代文学界已有关于现代文学基本性质的讨论,从过去对"反帝反封建"的强调转变为对"文学现代化"的厘定,对文学现象的审视角度和评价标准都发生了变化。这些都对思潮研究的发展产生了重要的影响。

经过几年的积累,以 1992 年 9 月举行的十九至二十世纪中国文学思潮研讨会为标志,现代文学思潮的研究取得了突破性的进展。这次会议对文学思潮的内涵与特质问题的重视和探讨,表明思潮研究正在摆脱过去思潮流派一锅煮的局面而取得独立的地位。会议对十九至二十世纪中国文学思潮发展的总体趋势与阶段特征的讨论,对文学思潮研究的思想方法与操作程序的切磋,都显示出现代文学思潮研究已经达到了一个新的水平。这段时间里比较集中地出现了一批反映这种进步的综论性思潮史论著。据笔者视野所及,其中集体撰著包括:刘增杰等的《十九至二十世纪中国文学思潮史》[1]、许志英等主编的《中国现代文学主潮》[2]、包忠文主编的《现代文学观念发展史》[3];此外,谢冕主编的《二十世纪中国文学丛书》十种中约有半数属于或基本属于思潮研究[4]。此类个人专著则有:魏绍馨的《中国现代文学思潮史》[5]、栾梅健的《二十世纪中国文学发生论》[6]、邵伯周的《中

[1] 六卷本,河南大学出版社 1992 年版。作者后来在该书第 3、4 卷基础上压缩改写成另一部思潮史教材《中国现代文学思潮》,河南大学出版社 1996 年版。

[2] 六卷本,第 1 卷《五·四:人的文学》南京大学出版社 1992 年出版。福建教育出版社 2001 年出版了该书完整的六卷合编本(上下册)。

[3] 江苏教育出版社 1992 年版。

[4] 时代文艺出版社 1993 年版。其中,属于或基本属于思潮研究著作包括:《新世纪的太阳——二十世纪中国诗潮》(谢冕)、《锁链上的花环——启蒙主义文学在中国》(韩毓海)、《灵魂的挣扎——文化的变迁与文学的变迁》(王富仁)、《抗争宿命之路——"社会主义现实主义"(1942—1976)研究》(李杨)、《艰难的指向——"新诗潮"与二十世纪中国现代诗》(王光明)等。

[5] 浙江大学出版社 1988 年版。

[6] 台湾业强出版社 1992 年版。

国现代文学思潮研究》①和黎山峣的《中国二十世纪文学思潮论》②等。这些论著除个别出版于八十年代末期以外,都集中于最近这两三年。这还不包括对个别思潮进行专题研究的许多著作。这些论著的水平虽有不同,但和八十年代中期出版的由马良春等人编著的《中国现代文学思潮流派讨论集》③中的有关成果相比,无疑已经显示出现代文学思潮研究明显的进步。

概括地说,思潮研究的这种进步主要表现在以下几个方面。

（一）文学思潮的内涵与性质进一步明确,思潮研究已经取得了与流派研究相区别的独立地位

前面提到,在八十年代初期,人们对于思潮和流派这两个相关而又有着各自不同内涵的研究范畴,在理论上和实践上界线都不是十分明晰的。两次思潮流派问题交流会所涉及的论题和学者们的观点都反映出这一点。显然,在文学研究中,思潮有自己的"格",不应与流派、社团或其他作家群体相混淆,这个问题是逐步为研究者们所注意的。

文学思潮作为从西方引进的文艺学名词,其基本内涵所指是一定历史时期和一定地域范围内作家群体活动所形成的文学思想和创作的潮流。一种思潮一般都有比较明确的理论主张,在艺术表现的对象、形式和方法等方面有自己特定的选择与追求,通常要由一定数量的作家的共同活动而汇成一股带普遍性的趋向,并取得相当的创作实绩,产生较为广泛的社会影响。其中,人们特别重视是否形成一种带普遍性的趋向,是否产生较为广泛的社会影响以及持续时间的长短。这也是区别文学思潮和文学思想、文学流派的重要标志。

文学思潮和文学流派有着密切的联系,有时二者的外延甚至在一定程度上是

---

① 学林出版社 1993 年版。

② 武汉大学出版社 1994 年版。

③ 人民文学出版社 1984 年版。

重合的。欧洲文学史上的古典主义、浪漫主义和现实主义,一方面是具有共同艺术主张和风格的文学流派,另一方面又构成左右一个时代、代表一个时代的文学思潮,就是明显的例子。现代文学中的左翼文学,也正是这样一身而兼二任。

但是,思潮又不同于流派。它只是在思想和艺术倾向等方面形成一定的共同趋向,而不像流派那样在许多方面有较为严格的一致性要求。和流派相比,思潮对作家群体的涵盖面更宽,规范性更小。这样,就可能出现某种思潮中并不存在流派或者存在多个流派的情况,而后者更为常见。西方现代主义文学思潮、我国五四新文学思潮中就都有多种流派存在。

正因为如此,与流派研究相比,思潮研究要求更高的整体性与综合性,也只有在比较扎实的作家研究和流派研究的基础上才能取得可靠的进展。八十年代以来现代文学流派研究成果累累,众多论著涉及了现代文学发展中出现的几乎所有的流派和准流派,还出版了一些有分量的专著,如:施建伟的《中国现代文学流派论》①、殷国明的《中国现代文学流派发展史》②、贾植芳主编的《中国现代文学社团流派》③等。原本界线不甚分明的思潮流派研究中流派一翼的突进,不但给思潮研究创造了有利的条件,而且也将思潮研究的独立性和必要性突现出来。于是,从更开阔的视野上对文学现象进行多方面兼顾与综合的思潮研究,便在八十年代后期以自觉的姿态出现了。

（二）思潮研究的思路形成了多样化的格局

八十年代以前对现代文学思潮发展的脉络存在这样的规范化认识:思潮史就是思潮斗争史、阶级斗争史,就是马克思主义文艺思想指导下的无产阶级革命文学和一切资产阶级小资产阶级反动文学之间的不断斗争的历史。在这种认识的

---

① 陕西人民出版社 1986 年版。

② 广东高等教育出版社 1989 年版。

③ 江苏教育出版社 1989 年版。

指导下形成了相应的思潮研究的单一化格局。这在五十至七十年代间出现的几本"中国现代文艺思想斗争史"一类书籍中表现得尤为突出。新时期的思潮研究则在反复冲击这种认识的过程中逐步恢复和发展起来并出现了以下变化。

第一,对各种文学思潮的性质和相互关系有了新的认识。过去许多年里一直是从既定的社会政治观念出发,将现代文学思潮划分为左翼、中翼和右翼;而且,由于越来越脱离当时的具体历史背景和文学艺术自身的特点,导致"左"者越来越少,"右"者越来越多,"中"者名存实亡。新时期的研究中,人们逐步克服了过去的简单化、绝对化的偏颇,对现代文学史上各种文学思想、派别以至思潮的性质和特点有了新的认识,在此基础上对它们之间的关系有了新的认识。过去只看到"对立"和"斗争",现在则注意到了相互联系、相互竞争、相互促进和相互补充的一方面,对于"对立"和"斗争"的性质和作用也有了新的评价。

第二,突破了单纯从社会政治观念出发划分文学思潮的格局,出现了多种平行的研究视角。从社会政治观念出发来划分文学思潮的方法,在新的历史时期有了新的意义;同时,其他考察和透视文学思潮的角度也获得了相应的重视。例如,从审美原则和外国文艺思潮影响的角度出发,就有了对过去褒贬畸异的现实主义、浪漫主义、现代主义文学思潮一视同仁的条分缕析;从文化研究的角度出发,就有了对过去讳莫如深的人道主义文学思潮的钩玄提要,就有了对过去弃若敝屣的通俗文学思潮艺术地位的重新发现。它们和根据对文学与政治关系的不同认识与态度而区分左翼、中翼、右翼的思路一起,成为三种主要的研究视角或思路,这些研究相互交叉相互渗透,逐步勾勒和描绘出现代文学发展的立体图像。

第三,思潮研究中对理论形态和创作形态的考察并行发展。一般说来,对文学思潮的研究不外三种路径:一重理论,二重创作,三则二者并重。过去由于强调理论与创作的直线对应,基本都是采用第三种方法,而且带有简单化、绝对化的弊病。近年来这种情况已有较大改变,同时另外两种路径的研究也有不同的进步。王永生主编的《中国现代文学理论批评史》、温儒敏和许道明的同名著作《中国现代文学批评史》等侧重于对文学理论、文学批评以及思想论争等方面的爬梳剔括、探幽发微,它们虽不是专门的思潮史著作,但也在不同程度上勾画出现代文学中理论形态的思潮脉络。此外,有的论者则偏重从创作形态着手研究思潮。许志英等人认为,与理论思潮概念相对称,可以提出一个创作思潮的概念。因此,他们对中国现代文学主潮的研究,便将文学思想及其他思想方面的内容推置到较远的背景地位,突出了文学题材与主题的交替更迭分合演变,也从特定角度丰富了思潮研究的思路,有自己的特点,可以为其他类型的文学思潮研究提供创作方面的较为宏观的佐证。

(三)对现代文学思潮发展的总体趋势的认识更趋清晰

随着对现代文学性质认识的变化和研究思路的多样化发展,过去对中国现代文学思潮的简单化认识有所纠正。现代文学思潮的总体发展在众多研究者的笔下得到了越来越清晰的描绘:经过十九世纪后期到二十世纪初期的长时间酝酿积累,以"五四"为标志,中国文学的现代化思潮蓬勃兴起;发展到二三十年代,出现了多种思潮并存和激烈竞争的局面;而以抗战全面爆发为分界,以《在延安文艺座谈会上的讲话》为标志,出现了文学思潮一元化的趋向,这种一元化的倾向大体一直延续到七十年代"文革"结束。大量论著都反映出这一较为共同的认识。但是在如何评价这种趋势的问题上仍存在不少分歧,焦点就在于如何看待文学与政治的关系以及各种思潮流派对这一关系的态度。

中国现代文学的主潮曾经强调文学服务于反帝反封建的政治目标,并紧密联系这一斗争的实践。这种倾向在推动现代文学的发展方面产生了相当的积极作用;同时也存在许多难以避免的偏颇和失误,给文学现代化的进程蒙上了一些阴影。进入新时期以后,随着文学观念等多方面的认识变化,人们对这种偏颇和失误给予了较多的注意和批评。这是正常的,也是必需的。但是,在把握这一段历史包括把握这一时期文学思潮的发展时,如何分析当时存在的民族的、阶级的尖锐矛盾和激烈斗争的历史背景及其作用,如何估价当时众多作家表现出来的强烈的社会责任感和忧患意识的意义等,仍是需要深入思考的重要问题。

"在广泛的世界性联系中开辟民族文学发展的新道路","走向世界文学",这是八十年代中期颇有影响的两种现代文学研究论著的标题。① 它们所揭示的正是中国现代文学现代化历史进程中的一个重要侧面:中外文化撞击中外国文学思潮对中国文学的影响。八十年代以来,这一课题对于研究者具有长久的魅力。在大量论著中,具有较强系统性的是黄药眠、童庆炳主编的《中西比较诗学体系》②和范伯群、朱栋霖主编的《1898—1949 中外文学比较史》③。这两部书并不是专门研究文学思潮的著作,但都对现代文学史上重要的作家、流派和思潮所受的外国思潮的影响进行了多方面的梳理。它们和许多其他同类论著一起,从特殊的角度展现了中国现代文学思潮的风貌特点和发展轨迹。

二　研究思路之一:文学与政治——左翼、中翼和右翼

从所表现的社会政治观念出发按左、中、右来划分文学思潮进行研究这种过去几十年里一直延续的传统研究思路,在新时期仍在沿用,但有了新的意义和内涵。由于现代文学与政治斗争存在着特别密切的联系,这一思路自然有其合理性和必要性。但是,过去的研究在政治与文学二者之间的选择,包括指导思想、审视角度和价值取向,都偏在政治一方面(且不论对政治内涵把握上的偏差)。新时期的研究则突出了文学本体的观念,强调从艺术的特质、规律等层次去考察文学思潮的特点,沿用已久的左翼、右翼等概念还在使用,但对其内涵的理解已经渐渐发生了变化。这种研究中过去存在着另外一些简单化、绝对化的偏向,主要表现为:
(1) 对左翼文学思潮绝对肯定,忽视了其内部客观存在的群体和个体的多方面差

① 前一篇论文为王富仁所作,发表于《中国现代文学研究丛刊》1985 年第 1 期;后一部书为一批知名学者集体编著,副题是"中国现代作家与外国文学",湖南人民出版社 1985 年版。
② 人民文学出版社 1991 年版。
③ 江苏教育出版社 1993 年版。

别,在肯定其历史功绩时忽视了其未能避免的偏差和失误;(2)对与左翼文学相疏离或对立的其他文学思潮特别是自由主义文学思潮绝对否定,既缺乏对其本来面目的认真考察,更缺乏对其地位和价值的科学评价;(3)对左翼文学思潮与其他文学思潮特别是自由主义文学思潮的关系的认识陷于"阶级斗争"的模式框架,将一部复杂的曲折的现代文学思潮史或现代文学史简化为单一的直线的阶级斗争史。八十年代以来的现代文学思潮研究中,上述偏向也逐步得到纠正。

(一) 对左翼文学思潮的研究

"文革"时期对左翼文学传统从"左"的方面的无端否定,使得新时期开始不久,研究者们就将这一领域的拨乱反正提到了重要地位,以1980年纪念左联成立五十周年为标志,开始了左翼文学思潮研究的新进程。

首先,研究者在深入发掘、全面梳理、反复辨析历史资料的基础上对左翼文学思潮的功过得失努力作出客观公正的重新评价,其中涉及多方面的内容,包括文学观念、创作实绩以及与其他思潮、流派的关系,等等。过去从单纯的政治标准出发对左翼文学一边倒全盘肯定的片面性和绝对化的错误得到纠正。

左翼文学理论观念的核心内容主要包括了以下三个方面:第一,"武器论"的文学本质观;第二,"大众化"的文学方向论;第三,"现实主义"的创作方法论。对这些理论观念,"文革"前一直是全面肯定的。八十年代以来的许多论著,围绕着上述几个方面,在充分肯定左翼文学运动及其理论的历史意义的同时,开始注意对其中忽视文学特征和艺术规律的局限和偏颇进行揭示和否定。例如,将文学等同于宣传,将文学在一定时空范围内的性质和功能等同于文学的基本性质和功能,将文学适应大众与文学提高大众对立起来,用既定的政治观念取代对生活的真实体验和认识,片面强调世界观的决定作用而忽视艺术实践的重要意义,等等。这些过去被认为正确的文学观念,在这一时期得到了清理。与此同时,对左翼文学创作也有了比较客观的评价,对左联成立、发展和解体过程也根据新的观点和资料进行了梳理,对左翼文学的成绩也有了比较客观的评价,对左翼文学思潮的面貌有了更准确的把握，也对后来发展到极其严重的极"左"文学思潮的历史渊源有了更深刻的认识。

三十年代左翼文学思潮是一个世界性的文学现象。梳理外国文艺思潮特别是"拉普"文艺思潮对中国左翼文学的多方面影响，是新时期左翼文学思潮研究中的一个重要侧面。其中比较突出的成果是艾晓明的《中国左翼文学思潮探源》①，该书详细考察了苏俄文艺论战以及后来苏联文学思潮的演变在中国的传播和影响，分析了各个时期中苏左翼文学思潮以及其中各种派别的相互联系和区别，成为这方面展开最为全面、论证最为充分的论著。但是，应该承认，由于苏俄文艺的原始资料尚待进一步开掘，近年来对左翼文学思潮接受苏俄影响的揭示还远未达到十分清楚的水平。

三十年代左翼文学思潮是四十年代工农兵文学思潮形成的基础，后者是前者的继续、调整和发展，广义上说来，也属于左翼文学思潮的范围。新时期对这一文学思潮的研究态势和对三十年代左翼文学的研究十分相似。对毛泽东《在延安文艺座谈会上的讲话》的重新读解，对赵树理等作家的重新审视，很自然地成为八十年代后期"重写文学史"的热门话题。由于这一思潮与五十年代以后文学思潮的演变关系更为密切，因而对它的研究也就引起了更多的争论。

应该说，在这些年的研究中，过去那种由于政治意识、功利需要和情感因素而产生或加强的对左翼思潮的偏爱和畸热已经消退，附加其上的种种非文学因素也在研究中逐渐剥离，这一文学思潮的本来面貌和价值也就可以得到比较充分和实事求是的肯定了。当然，也有人完全否定它的文学意义，即否定它作为一种文学思潮存在的意义，连带着也还有一些严而近苛、冷而近酷的纯艺术、纯"本体"的分析评论。这种"偏激的真理"在冲击过去的僵化认识方面，自然有其作用。但从对历史的全面把握来说，又不能不要求研究者们从观念上、方法上以至情感上进行适当的调整。

———————————

① 湖南文艺出版社 1991 年版。

（二）对自由主义文学思潮的研究

过去被视为右翼的现代文学派别除了"民族主义文学"、"三民主义文学"等少数派别以外，多数在新时期被纳入自由主义文学思潮范畴进行研究。作为一个副部主题，自由主义文学与左翼文学相映衬，繁荣了中国现代文坛，为这一时期文学的多元化增添了丰富的色彩。长期以来，由于对这一部分作家、流派采取一概否定的态度，各种文学史著作或略而不提，或语焉不详，仅根据"批判"的需要摘取片言只语作为靶子，不仅得出的结论是错误或偏颇的，资料积累等基本建设也几近一片空白。近年来对这一思潮的研究就是从对作家、流派进行扎实的单个剖析开始的。新月派、论语派、京派，以及属于这些文学派别的胡适、徐志摩、梁实秋、林语堂、周作人、沈从文等作家都引起相当的注意，产生了丰富的研究成果。就连一直关注较少的现代评论派近年也有人进行认真的研究。

对这些派别性质的认定，过去主要是从政治上进行的，几乎无一例外地给他们加上了"反动思想"、"反动文人"、"反动派别"之类的政治帽子。近年来在调整了文学观念和研究思路以后，通过细致的分析研究，基本确定了这些派别在政治上总体属于自由主义，在文艺倾向上则以远离现实政治，追求文学的独立地位和自身价值为文学活动的最终目的和价值评判的最高标尺，虽然它们各自表现出不同的思想特征和艺术风貌，但也大都从不同方面表现出文学现代化的追求和进步。

这种带有甄别性的研究大致包括了以下一些内容。

首先，将一些思潮派别的代表人物的文学倾向和他们当时的政治态度以及以后的政治归宿加以区别。例如有的论者注意到新月派作家胡适、梁实秋、闻一多、徐志摩等人政治态度的前后变化及其相互差异；有的论者通过对历史过程的仔细审视以后得出结论，认为"第三种人"从 1932 年 7 月苏汶揭起旗帜开始，到抗战初期自行消亡止的六年时间里，其性质是逐渐发生变化的。对其他作家的类似分析还有许多。

其次,将一些思潮流派的代表人物的政治主张和文学观念加以区别。例如,胡适等人热衷于发表政治主张,参与政治活动,这些和他们的文学主张、文学活动有联系又有区别。近年的研究由于改变了过去那种文学是政治的直接反映的思路,对于二者之间的复杂关系就比较注意研究和容易理解了。

再次,对思潮流派的理论主张与创作实践加以区别。人们注意到,新月派的文学态度和创作之间,梁实秋的理论与新月派的创作之间,林语堂的幽默主张和《论语》等杂志发表的幽默作品之间,都存在距离;有观念的宣扬而少创作的实绩,或有创作成就而无理论建树,这些情况在现代文学思潮流派的发展中也都是存在的。

此外,研究者们还开始注意对作家流派的文学主张(如梁实秋的“人性论”、林语堂的“幽默”论)的学理价值和历史意义加以区分;对思潮流派中的群体与个体差别(如新月派和京派,徐志摩与闻一多的区别)进行分析;对某些重要的历史事实(如梁实秋是否宣扬过“与抗战无关论”)进行澄清和重新评价,等等。通过这些细致的分析,对这些思潮流派的性质特点也就有了更为科学的认识。

经过众多学者的努力,这些作家派别的基本面貌越来越清晰地被勾勒出来了。相比较而言,重点作家个人的情况更明朗一些,而各个流派的整体面貌还有待进一步梳理,这方面的系统著作也还不多。至于对这些流派融汇接续而成的思潮的综合研究,则更显得不足。可以说,对整个思潮的综合研究则尚未充分展开。

三十年代左联对新月派,“自由人”、“第三种人”,论语派等文学派别的批判,过去一直被认为是反击国民党当局“文化围剿”的重大斗争。这一结论在八十年代初期即被动摇,以后研究逐步深入,不断又有新的进展,许多论著从不同侧面展示了三十年代各种文艺思潮流派特别是左翼思潮与自由主义思潮之间错综复杂的关系。可以肯定,这两种思潮的对立有政治性的因素,更多的则是非政治性的因素。它们之间的论争,主要属于因文学观念不同而产生的文学性论争,属于对新文学发展的不同思路的论争,属于新文学运动内部的论争。充分认识这一点,显然不但有利于准确地评价历史,也有助于从中发掘更多的经验教训以利于今天的新文学建设。

出于对那种过去将一切文艺问题归结为政治问题的倾向的反拨,人们在调整现代文学思潮的研究思路时,要求将学理问题与政治背景加以区分,这无疑是正确的。但是,如果试图完全割断二者的联系,则又是不正确和不现实的,并不利于对思潮的深入认识。中国现代的社会环境没有给自由主义的政治思潮提供发展的温床,自由主义的文学思潮也不能不在夹缝中艰难地求取生存而最终难以生存,之所以如此,除了客观原因以外,也还因为这一思潮有其自身的弱点和缺点。只有注意而不是忽视以至抹杀这一点,对自由主义思潮(包括其中许多流派、作家)的肯定才能建立在更坚实的科学基础之上。但是,在对一些自由主义作家或流派的研究中,则时见有脱离具体的历史背景而将对象"虚悬"于某种主观意念的"极境"加以褒扬的情况。看来,也许只有当人们更好地对历史采取远距离观照的态度时,这种调整才能更加有效地实现。

右翼毕竟是一个政治上的概念,现在比较普遍的看法是认为过去说自由派是右翼并不妥当,只有"民族主义文学"、"三民主义文学"才是真正的右翼。这一线索上的文学活动似乎不成气候,但仍是一种绵延不断的思潮。对其予以清理,有利于澄清现代文学的全貌,也有利于对左翼、中翼的研究。这些年里虽然有一些文章根据新的观点和新的材料对这些文学现象进行研究,不过总体看来,这方面的研究工作还很不足,真正右翼文学思潮的面貌还有待进一步揭示。

三 研究思路之二:主观与客观——现实主义、浪漫主义和现代主义

新时期现代文学思潮研究最为普遍的另一种思路便是从文学创造的审美原则(或者说是创作方法)出发,根据创作中主观与客观关系的不同处理,分别研究现实主义、浪漫主义、现代主义等文学思潮以及它们的相互联系和作用。

（一）对现实主义文学思潮的研究

自二十年代以来，现实主义就不断被推向文学的主潮地位，后来"社会主义现实主义"又被推崇为独一无二的"最优秀"的创作方法和"最革命"的文学潮流。但这和西方文学理论和文学史意义上的现实主义相比，已经相差甚远。进入新时期以来，从对当前文学发展的设计和规范出发，如何认识现实主义的性质、特征和功能，如何认识它和其他思潮特别是现代主义思潮的关系，便成为经久不衰的热门话题。正是在这种背景之下，对现代文学三十多年历史中现实主义思潮流变的梳理和研究，澄清过去对现实主义的种种错误的偏见，就显得更具有现实感和重要性。

澄清的偏见之一，是现实主义内涵的政治化。现代文学史上现实主义之所以得到独尊，除了受到苏联"拉普"和"社会主义现实主义"思潮的影响以外，更重要的原因在于当时中国社会以及革命的现实需要。革命要改变现实，首先需要揭露和批判现实，而强调忠实地表现现实生活特别是社会中下层生活的现实主义（包括批判现实主义）就正好与之契合。与此同时，文学政治化便成为普遍的持久的倾向。这种倾向当然有利于对政治革命的推进；同时，由于加强了文学（首先是文学工作者）同现实革命斗争的联系，对于开拓视野、深化主题、变换风格也不无益处。但是与之俱来的对艺术特点的忽视以至否定，对艺术规律的忽视以至践踏，使新文学的发展受到了极大的阻碍。

澄清的偏见之二，是现实主义创作的观念化。从二十年代开始，许多新文学工作者在注意现实主义与反映论哲学思想的联系的同时，过分机械地强调现实主义应该反映事物的本质；在世界观与创作方法关系的问题上，孤立强调世界观对创作方法的指导和决定意义，忽视创作方法的相对独立性和作家的创作个性与才能的意义；在对社会主义现实主义的宣传中，强调表现社会主义精神而忽视"写真实"的要求；这些认识误区的共同点就在于使艺术创造受制于抽象的思想观念，造成以艺术形象去演绎思想的观念化倾向，进而造成作品中的公式化、概念化弊病。

新时期以来,这种观念化的倾向在清醒的现实主义理论的观照下得到了反省和剖析。

澄清的偏见之三,是现实主义范围的宽泛化。新文学发展中始终存在的现实主义宽泛化的倾向,在价值观念上特别倚重于现实主义,并将一切合理的文学现象、各种值得彰扬的外国文学作家和作品倾向,全都与现实主义挂起钩来。描写现实题材、服务于现实斗争、表现革命的思想,等等,都可以成为归属现实主义的理由。这样,现实主义也就失去了自身严格的质的规定性,现代文学思潮也就丧失了自身的复杂性而被简化到令人难以置信的地步。

新时期以来,上述种种偏向在清醒的现实主义理论的观照下得到反省、剖析和纠正,现实主义思潮的面貌以及它同其他思潮的关系才显出比较清楚的轮廓。应该承认,在中国现代文学的发展中,对现实主义的情有独钟有其合理性,同时也存在理论上和实践上的偏颇。这也许是近年来现实主义思潮研究提供的最重要的启示之一。

(二)对浪漫主义文学思潮的研究

中国现代文学发展中现实主义独尊而浪漫主义衰微,对这一历史现象,过去主要是强调现实主义的优越性和历史选择的必然性,对与此交织在一起互为因果的局限性与片面性却缺乏应有的认识。这样,对五四时期浪漫主义的盛极一时,对三四十年代浪漫主义的余绪不断,都缺乏足够的认识;对浪漫主义文学思潮在现代文学发展中的地位和价值,也缺乏应有的评价。与上述对现实主义概念的清理相联系,近年来的浪漫主义思潮研究从以下几个方面进行了开掘与反思。

首先,是对浪漫主义发展过程的梳理。过去谈到浪漫主义,一般只是局限于五四时期,其中又主要局限于创造社。近年来,人们大大扩展了视野。例如有的研究者就将新月派与前期创造社置于同一文学思潮的链索上加以比较分析,注意到它所具有的浪漫主义性质以及不同于创造社的若干特点,认为它继承和取代了创造社在现代浪漫主义文学思潮中的地位。此外,一直遮遮掩掩的郭沫若抗战时期的历史剧中的浪漫主义因素,长期被忽视的周作人、废名、丰子恺以及后期的沈从文等人的浪漫主义倾向,都受到研究者们的注意。经过多方面的梳理,浪漫主义思潮的线索也就逐渐被比较清楚地描画出来。

对于浪漫主义与现实主义关系的认识也有所转变。以前过于强调二者的差异和对立,而相对忽视相互之间的联系和渗透,在将现实主义宽泛化的同时,又将浪漫主义局狭化了。例如:过去一般将鲁迅看作现实主义作家,将文学研究会看作是现实主义的社团流派,新时期以来不少论者注意到他们与浪漫主义的联系。

对于现代文学中浪漫主义渊源的考察也为许多研究者所关注。比较多的论著是从西方浪漫主义文学思潮影响的角度进行沿波讨源的工作,有的论文还从外国文学的多元复合体的角度分析浪漫主义思潮的渊源,有的学者则探讨了人们较少论及的现代中国浪漫文学和传统文化渊源的关系,指出郭沫若、郁达夫、周作人等作家因受传统文化影响的内容不同而形成相异的浪漫主义风格。这些都丰富和深化了对中国现代浪漫主义文学思潮的认识。

（三）对现代主义文学思潮的研究

与现实主义、浪漫主义相比,现代主义是现代文学中发展最不充分的思潮。八十年代以来,它引起的争议最大。和新时期文学的现实的价值取向和发展前途相联系,这一思潮的性质、特点和意义,都被人们反复探讨,引起了一次次的争论。与此同时,现代文学研究界也对现代文学中现代主义思潮是否存在、如何存在及其地位意义等问题逐步开展了研究。

人们首先注意的是几个现代主义色彩比较明显的文学流派,包括:二十年代中期的象征诗派、二十年代末至三十年代初的新感觉派、三十年代初的现代诗派和四十年代后期的九叶诗派。大量论著对这些流派的形成和发展、基本特征以及中外思想渊源,对其中的重要作家的作品、思想和其他文学活动,或剖解个案,或对照比较,进行了较为全面的回顾和分析。

随着八十年代中期对西方美学文艺学理论思想的大量介绍,人们的视野进一步拓宽,开始对上述流派以外的若干流派、作家所具有的现代主义特色也给予注意。例如,出现了一些论文对弗洛伊德的精神分析理论在中国现代文学中所造成的广泛影响进行梳理和分析,而不仅仅限于新感觉派的范围。对于文学研究会、前期创造社、新月派等社团,对于鲁迅、郭沫若、田汉等惯常被认为属于现实主义或浪漫主义的作家,对于徐訏、张爱玲、无名氏等长期被遗忘的作家,也都出现了从现代主义角度去进行研究的论著。对于西方现代主义思潮中各种流派(诸如表现主义、未来主义、意象派、存在主义等)对中国文学的影响也都有人开始关注。二十年代中国文坛上曾有不少人(包括鲁迅、郭沫若、沈雁冰等)提倡过所谓"新浪漫主义",其基本成分应该说就是现代主义。近年来一些学者对此作了许多探究。这样,就不仅揭示了中国文学所受西方现代主义思潮影响的普遍性,而且也使得从审美原则这一视角所展示的现代文学的思潮涌动更为清楚和全面了。

在现代文学史上,浪漫主义也好,现代主义也好,确实都没有能像现实主义那样形成线索清晰、规模雄壮、经久不衰的潮流。但是,如果将此简单地看作正确的革命的思想或思潮对错误的反动的思想或思潮斗争的胜利,而忽视当时的中国和欧美相比在政治、文化、经济等方面的差异,包括在文化传统、文人心态和社会环境等方面差异,则无疑是错误和荒谬的。同样,在分析现代文学在审美原则上对现实主义的情有独钟时,一方面指出其理论上和实践上的偏颇,一方面也不否认它所具有的合理性成分。应该说,这些都是新时期从审美原则(或者说创作方法)角度出发进行思潮研究的重要进步与收获。

四 思潮史著作:品格、角度和整合

现代文学思潮研究在取得开拓性进展的同时,也还存在一些需要进一步解决的问题,其中根本问题应该还是如何更好地调整研究的观念和方法。具体说来,主要是加强对思潮的文学史品格的把握、对思潮研究角度的选择和对思潮现象的整合等几个环节。

（一）对思潮的文学史品格的把握

前面谈到，新时期的思潮研究由于同流派研究逐步分清了界限而取得了自己的独立地位。但是在实际的研究过程中，这种界限又往往区分得并不是那么清楚，从而影响了对文学思潮品格的准确把握。

一般说来，因为文学流派是比文学思潮更小、范围也更具体的文学现象，流派研究对思潮研究来说，往往既是基础，又是突破口。但是，思潮和流派毕竟是内涵不同的概念，所指也是性质、特点不同的现象。这一点在具体操作中常被模糊。一些标明是"思潮史"或"思潮研究"的著作，如果将其与一些"流派史"对比一下目录，便会发现：它们分列的文学研究会、创造社、新月派、七月派等章节是相似的，只是这些文学现象在此处是"思潮"，而在彼处是"流派"，二者似乎并无区别。这样，作为小概念的"流派"扩放成了大概念的"思潮"，造成了"思潮"概念的泛化，从而给思潮面貌的梳理、思潮规律的探寻等增加了不必要的混乱。

在文学思潮的形成和发展中，一定的文学思想特别是其理论形态具有重要的意义。对思潮的研究总离不开对其思想倾向特别是理论形态的研究。但是人们在具体展开这种研究时，往往容易忽略它和一般的思想研究或理论研究相比又需要有其侧重点。有的著作分别介绍了许多有代表性的作家理论家的文学思想，但对这些思想在一定思潮发展中的地位和作用，对这些思想的相互联系与区别及其对思潮发展的影响，却论述不够。这种孤立的评介，自然很容易减弱思潮研究所应具有的强烈的整体感和历史感，即使对于一般的思想史或理论史著作也不可取，更何况是强调揭示文学的整体流动变化的思潮研究。

思潮研究是有一定范围的，它所要捕捉的是整个时代的文学潮动，不应该也不可能对所有的作家、作品、文体进行包罗万象的具体分析和评价。有的思潮史著作对研究对象缺少必要的选择（包括剥离、剔除那些并不属于思潮范畴的文学现象），平行罗列的现代文学思潮达到几十种。除了存在上述对思潮品格的把握偏差以外，对各种思潮间的关系若何，也往往缺乏必要的揭示。文学思潮的概念在一般的文学评论中有时难免出现宽泛化的现象,但在专门研究思潮的著作中至少应保持一定自成体系的品格。像"郭沫若为代表的史剧创作中的'古为今用'思潮"以及"汉奸文学—'和平文学'思潮"的分列,并不能说一点没有道理,但是如果将其作为和现实主义、浪漫主义、现代主义等并列的思潮,总令人觉得有失对思潮品格掌握的一致和平衡。经过这样宽泛化扩大化的处理以后,本应勾勒得清楚一些的"潮"的线索倒可能反而被淹没得不那么清楚了。

(二)对思潮研究角度的选择

按照现代文学思潮研究的性质和任务,的确应该将三十多年间整个中国文学发展过程中出现的各种重要文学现象都置于自己的视野之内,对它们的来龙去脉、演变兴衰等进行全方位的剖析。但是就具体的一个研究者、一本著作而言,又不能不选择一定的研究角度进行观照和描述的。

在目前的三种思潮研究的角度中,除了上述两种通行的角度外,从文学的文化特征来考察思潮的第三种研究角度,也为很多研究者所青睐。从这个角度出发分析思潮,最常见的是对"人的文学"思潮和通俗文学思潮的研究。在中国现代文学的发展过程中,人的解放一直是一个受人关注的问题,从五四时期对个性解放的张扬到后来对阶级解放的强调,都在作家、作品和整个文学的身上留下了深深的烙印,影响着现代文学和社会思想的面貌。新时期以来,随着对人道主义等理论问题的探讨,现代文学界对人的解放(或人道主义)思潮的研究也始终没有停止,特别是在对五四新文学思潮的研究中,这一视角则为较多研究者所采用。另外,自八十年代中期以来,不少人对长期被摒弃于现代文学之外的通俗文学思潮予以注意,对它的性质、特点、构成以及与精英文学(或严肃文学、高雅文学)的关系等展开研究,撩开了长期为人忽视以至遗忘的文学史和文化史的一角。在当前通俗文学发展迅猛声势逼人的背景下,这种研究也就带有追根溯源的意义,因而更富于现实感。

这三种研究角度或思路是从思潮的不同性质特点切入的。此外,对文学思潮的研究路径还大有天地。例如,从特定的社会背景、文化背景来考察文学思潮的产生和发展,从外国思潮和中国思潮的比较来分析文学思潮的性质和特点,从政治思潮和文学思潮的关系来考察二者的联系和区别,等等,都不失为思潮研究的有效途径。

这些角度和思路,在涉及的范围上互有交叉。它们之间的关系也是互为补充的。就具体的一个研究者、一本著作而言,又不能不选择一定的研究角度。而气象万千的现代中国文学思潮,也许则正需要在这种种不同视角的交叉扫描的合力作用下,其面貌才能得到更全面的展示和更深刻的说明。因此,既要根据研究的需要恰当地选择研究角度,又要充分注意一种角度的局限性,不要将其和其他角度的研究割裂开来或对立起来。

在研究的具体操作中,常见有从既定的思路出发来剪裁文学现象,削足适履,以"总结规律"的现象。中国新文学在短短几年至十几年间,上演了西方上百年以至几百年的思潮演变,其中的损益变异,就很难作简单化的解释。中国文人口中的西方口号,往往也不同程度地失去了原汁原味。那种一味把中国现代文学当作西方文学思潮的衍生物,笼统地用西方的种种思潮对它进行框定的做法,显然不利于准确地认识现代中国各种文学思潮以至整个现代中国文学的特质。

(三) 对思潮现象的整合

作为一种特殊的文学史研究和写作,思潮史著作比作家、作品、流派等方面的研究更需要强调对文学现象的宏观把握和综合概括——整合。新时期现代文学思潮研究在这种整合方面已经取得了明显的成绩。对思潮品格的严格把握和对思潮研究角度的精心选择,也给这种整合提供了有力的基础,但并不能代替这一方法和工作本身。从目前的研究现状来看,还应注意从以下几个方面加强整合。

首先,是加强对单个思潮面貌的梳理。

对于一种思潮而言,它所包含的不同流派各有哪些相同相异之处,在这一思潮发展中各自起到何种作用,又如何交替更迭延续这一思潮,这些问题还需要有更为系统的综合的论述。但是可惜的是一些综论性的思潮史著作恰好在这一方面着力不够,因此往往虽然勾画出了潮流的存在,但对潮流的涌动起伏以及相互作用就很缺乏深入的揭示。

有些论著对现代文学思潮的评介,往往都是按时间划分为三大块或更多的几大块,然后并列共时性的若干思潮以及流派,对于一种思潮历时性的发展线索,有时反倒交代得不清楚。例如,自由主义思潮所包含的那些流派各有哪些相同相异之处,在这一思潮发展中各自起到何种作用,又如何交替更迭延续这一思潮,这些问题已为一些学者所注意或触及,但尚需作比较深入的考察分析和系统的综合研究。

对于同一时期内属于同一思潮的若干流派,往往也需要对各自的地位性质以及相互关系进行恰当的分析。例如有的思潮史著作就将四十年代的"现实主义主潮"分为五个支脉,包括工农兵文学、七月派文学、历史剧创作、讽刺暴露文学和反思文学,既肯定其一致性,又注意其各自的特点。这就比眉毛胡子一把抓的罗列要好得多了。

思潮是思想的运动,从根本上说,又是人的运动。揭示一种思潮内部的这两种运动,也是文学思潮研究中整合的重要内容。仍以自由主义思潮而言,现代评论派、新月派、论语派、京派等流派之间,思想既有一致或接近之处,但也有差异、矛盾、对立以至斗争,如果加以细致的梳理分析,就可以使得对这一思潮的认识更加立体化。而胡适、周作人、沈从文等人在这一思潮的发展中不同程度地具有某种贯串作用,如果能对其作一番细致的考证,也会使得这一思潮的面貌获得更具生动性的展现。

其次,是加强对思潮之间相互关系的分析。

各种思潮之间的互相促进、承传和发展,或者互相对立、矛盾和斗争,构成了思潮运动和文学发展的生动流程。思潮史研究最富有价值之处或许正在于此。但是可惜的是一些思潮史著作恰好在这一方面着力不够。例如在论述四十年代思潮发展的"一元化趋向"时,在介绍"毛泽东文艺思想的形成"的同时,不可避免地需要介绍民族主义文学、七月派和后期京派等作为前者对立面或差异物的思潮或流派。因为正是通过对它们的批判、克服、吸收或扫荡，"毛泽东文艺思想"才有一元化的成功。选择这些派别，正是选择了历史进程中最有代表性的侧面以便表现这一进程。但是，这几个思潮或流派作为主潮的对立面或差异物的性质和意义是不同的。民族主义思潮，当时是作为敌对文艺思潮进行批判的，现在也还大体维持这个看法。后期京派属于自由主义文艺思想，虽然当时有相当一部分人把它作为敌对思潮，但现在看来，无疑只是左翼文艺思潮、现实主义思潮外部的新文学"友军"。至于胡风和七月派，则只是现实主义文学内部的不同派别而已。如果对上述差别不能很好地加以揭示，那么，对从左翼文学到毛泽东文艺思想的主潮与这些思想的对立与斗争也就不能很好地加以说明，对于潮流的涌动起伏以及相互作用就可能缺乏更有力的揭示。这样的问题在一些思潮史著作中还是存在的。

再次，是加强多种研究角度和思路的交会。

历史本身是多种力量综合作用的结果。也许，正需要在各种不同视角的交叉扫描的合力作用下，现代文学思潮发展的立体图像才能得到更全面的展示和更深刻的说明。但是，值得注意的是，这些不同的视角或者思路并不是完全对立或矛盾的，它们的内涵和外延往往都有所交叉。例如对现实主义思潮和左翼文学思潮的研究在把握的对象方面就存在很大的重合性。这只是因为每个研究对象身上包含有多种因素和侧面，它可以和其他不同的对象因不同的因素和侧面而形成各自的联系，归入不同的思潮。而思潮研究的不同角度或思路所侧重的也正是对象身上这各自不同的因素或侧面。注意到这一点，就可以充分认识思潮现象的复杂性与不同角度和思路的研究的共通性。

最后，是加强对思潮运动规律的揭示。

准确地揭示规律，是成功的整合的应有之义。作为一种科学研究，现代文学思潮研究也毫无例外地应该将探寻思潮发展运动的规律作为重要目标。现代文学中的各种思潮之间，这些思潮的多种因素之间，都存在着一定的内在的必然联系，这种联系不断地重复出现，在一定的条件下影响和制约着现代文学思潮以至整个现代文学的发展趋向。这种联系就是不以人的意志为转移的规律和法则。研究这种规律,首先,可以促进对现代文学思潮发展总体趋向以至各种具体现象的认识;其次,可以为作为现代文学延续的当前文学的发展提供更富科学性的启示;最后,还可以为在更高层次上研究文学思潮发展的普遍性规律提供鲜活的经验和教训。因此,对这种规律的研究是必要的,执着于这种研究的"规律情结"也并非就是一件坏事。现代文学思潮的发展中确实存在交叉、反复、渗透、融合等复杂的情况,存在许多偶然性、无序性的现象,但并不能因此就忽视以至否定其中确实存在也必然应该存在的必然性和有序性。一盘珍珠只用一根线来穿,当然过于简单;但是并不等于任何穿珍珠的努力都是徒劳的,珍珠并非只能一盘散沙似地存在。过去对现代文学包括其中思潮发展规律的研究有简单化、庸俗化的倾向,例如,对现代文学思潮发展的一元化这一总体趋势的形成规律,过去有人从马克思主义对反马克思主义、无产阶级对资产阶级小资产阶级的斗争的胜利来解释,有人从现实主义对非现实主义的斗争的胜利来解释,总之是正确战胜错误、革命战胜反动、先进战胜落后的必然结果。批评、纠正这种简单化、庸俗化的倾向,并不能因此就轻视探寻规律这一活动本身的重要意义,并不等于应该或者可以放弃对规律的探寻。当然,重视揭示规律并不等于用观念剪裁历史,用抽象的原则规范生动的文学现象,那样的话,确实只能像过去那样走到扭曲历史的道路上去。

现代文学思潮研究领域里应该注意和可以总结的规律还是很多的。例如,中国现代文学的三十年,是中国文学由古典形态向现代形态转变的关键时期,文学性质、文体特征和文学内容等都发生了重大变化。文学思潮的演进反映了这种变化,也推动着这种变化,成为这种变化的重要特点。它的运动和古典文学相比,应该有值得总结的规律性的经验。其次,这三十年也是几千年的君主制结束后社会生活发生重大变化、外忧内患最严重的时期之一。文学与社会的关系,文学与时代的关系,这些问题在思潮发展中都是尖锐而无法回避的。简单的主张"文学从属于政治"或"文学脱离政治"都是不可取的。其中的经验教训对于今天和将来,无论是和平年代还是战乱时期,都应是十分宝贵的。还有,这三十年又是中外文化交流撞击最激烈的时期,而当时中国在政治、经济、科技等方面与西方相比都处在前所未有的劣势状态,思潮的运动和这种文化背景之间的规律性关系的揭示,其意义当不仅限于思潮史研究本身。另外,通常所说的现代与当代两部分要打通,这已成为多数人的共识,那么在思潮研究领域里如何打通?本文所说的思潮研究的三种思路或角度,如果不限于三十年而是拓展到整个二十世纪,那么这些思潮的运动又有哪些共同点和不同点?就思潮研究目前的进展而言,这些带普遍意义的规律性问题的研究显然还是不够充分和深入的。

现代文学思潮研究是一块尚待进一步开发的学术领域。可以相信,在整个现代文学研究多方面进展的基础上,通过加强上述几个环节,这一领域里必将结出更丰硕的果实。

从更广阔的视野中透视历史

——中国现代文学理论批评史近著漫评[*]

如果从 1927 年陈钟凡出版《中国文学批评史》算起，中国文学理论批评史研究的历史已经快八十年了。但这一研究的对象一般迄于近代，现代文学理论批评史方面最早的专著如果从王永生主编的《中国现代文学理论批评史》①出版算起，则晚了几十年。

和热闹的文学理论、中国现代文学史甚至不太热闹的中国古代文学批评史研究相比，现代文学理论批评史研究一直比较冷寂。治此研究的一般为文学理论和现代文学两个学科的学者，就这两个学科本身而言，中国现代文学理论批评无疑处在比较边缘的地位。现代文学理论批评的两个特点很容易使人们忽视其意义：一是中国现代文论主要是接受西方的影响形成的，虽然各个时期、各个派别接受的影响不同，但总体原创性较弱；二是中国现代文论内容上与即时性的政治文化

---

* 本文发表于《图书评论》2005 年第 10 期。

① 贵州人民出版社 1986 年版。

联系太紧密,形态上又以批判性、论争性的文字为主,在新的历史条件和文化语境中直接产生指导作用的价值不高。其实,现代文学发展中理论批评的自觉是一个非常明显的特点,重大文学现象的发生几乎没有不和一定的理论批评相联系的。理论批评史的研究对于整个中国现代文学史研究来说,是不可或缺的一部分,同时也是现代思想史研究的一个重要侧面。正因为如此,许多学者在这方面进行了辛勤的工作,标以文学理论史、观念史、批评史等相近名称的通史性著作就有十多种。还有一些思潮史研究的论著,其中对文学理论批评状况的描述分析也占主要的地位,可以视为同类著作。

近几年来,这方面又出版了一些新著,包括:杜书瀛等主编的《中国二十世纪文艺学学术史》①、席扬等著《二十世纪中国文学思潮史论》②、庄锡华著《文学理论的世纪风标》③、黄曼君主编《中国二十世纪文学理论批评史》④、许道明著《中国现代文学批评史新编》⑤、周海波著《中国现代文学批评史论》⑥、陈剑晖等主编《二十世纪中国文学批评史》⑦等。总体上看,这些著作和二十世纪八九十年代的论著相比,有相当的进步。

"现代"这个概念在中国文学界有着特定的所指,即从五四文学革命到新中国成立这三十多年时间,此前称为近代,此后称为当代。二十年前就有学者提出"二十世纪中国文学"的理论命题,但在实际操作和学术体制上,一般仍按现代、当代进行学术领域分割。多数现代文论史、批评史著作论述范围也大致如此,例如:二

---

① 上海文艺出版社 2001 年版。

② 时代文艺出版社 2001 年版。

③ 江苏文艺出版社 2001 年版。

④ 中国文联出版社 2002 年版。

⑤ 复旦大学出版社 2002 年版,

⑥ 上海人民出版社 2002 年版。

⑦ 海南出版社 2003 年版。

十世纪九十年代出版的温儒敏、许道明的同名著作《中国现代文学批评史》①论述都是迄于 1949 年；而包忠文主编的《现代文学观念史》、《中国当代文学理论史》②两本书，就是以 1949 年为界分别进行论述。近年出版的此类著作，明显跨越了这一分期，大多以二十世纪作为一个整体来研究，几本标明"现代"的著作论述范围也都延伸至二十世纪后期。例如，许道明的《中国现代文学史新编》和 1995 年初版相比，最大的改变就是从迄于 1949 年延至 1979 年，时间跨度增加了一倍。这主要是因为从批评史角度来考察，后三十年文学批评的许多现象早就萌芽于前三十年，而前三十年的一些批评理念和方式方法也只有到了后三十年才得到充分展开并走向极端，现代文学批评以至整个现代文学的发展并不能简单地以政治生活的分期来做切割。如果说许著是以 1979 年作为现代批评的"终结"，那么周海波的《中国现代文学批评史论》则是以此作为现代批评"重建"的起点，将更长时段的文学批评历史作一体化的认识，这当然也有道理。上述这种在学术界带有普遍性的"世纪性总结"当然有时逢世纪之交的契机的刺激，但是二十世纪本身政治、文化以及文学发展自身的整体性却是内在的基础，研究者们经过一段时间的积累，有了对历史更完整更深入的思考，批评史的时限变化只是一个方面的反映。黄曼君主编的《中国二十世纪文学理论批评史》前身是 1995 年出版的《中国近百年文学理论批评史》，新作与原著相比，不仅将论述时间延长了十年至世纪末，而且将空间从大陆扩展到台、港、澳，体例则由原来的六编二十六章压缩为四编二十章，"对阶段间的内在联系及其概括，力求做到历史和逻辑的高度统一，体现事物发展的丰富性和复杂性、稳定性和曲折性"。这个例子从一个方面反映了批评史著述者们对现代文论批评总体性质、特点和发展规律认识的深化和反复探索的努力。

---

① 温儒敏：《中国现代文学批评史》，北京大学出版社 1993 年版；许道明：《中国现代文学批评史》，江苏文艺出版社 1995 年版。

② 包忠文主编：《现代文学观念史》，江苏教育出版社 1992 年版；包忠文主编：《中国当代文学理论史》，江苏教育出版社 1998 年版。

与此同时,现代批评史著的综合性明显加强了。无论是对于研究者个体还是学术界群体来说,批评家研究无疑是批评史研究的基础。出版于九十年代初期的温著虽然书名为《中国现代文学批评史》,但实际上是批评家论。作者在《自序》中称:"本书并不企求对现代批评史完备的叙述,而重在对主要批评派系作系统的彼此有联系的专论,其中力图贯穿对现代批评传统的了解与重估,其研究探索的意义大于历史记录的意义。"许著《中国现代文学批评史》也是以批评家论为基础的,分章基本上是以批评家群体为依归,其下节名上标出的批评家多至三十多位。经过一些年的积累,学术界已经不满足于这种以人物为纲的著作方法,杜书瀛等主编的《中国二十世纪文艺学学术史》就强调以问题为纲。该书《全书序论》中说:"抓住了文艺学学术研究中的重大问题,也就是抓住了学术发展过程中最主要的内容和它的精髓;以问题为纲,提纲挈领,也就把那些能够提出问题、解决问题的重要人物和著作分辨得清清楚楚。"换句话说,以问题为纲,某种程度上可以更好地体现历史的主要脉络。这部史著历史跨度较大,共三十九章,章、节标题中已经很少出现人物。庄锡华的《文学理论的世纪风标》也是一本以问题为纲的史著,不过作者没有全面展开写史,而是以对战争背景、文化传统、人性、西学东渐等重要问题的认识、论争为主要内容,即通过对影响全局的这几个关节点的梳理和剖析,进行有深度的总结反思。周海波的著作,除去新时期一编外,其分章论述的十位主要批评家和温儒敏选取的十位仅有两位不同,同样也有一章做数人的合论,但它与温著明显不同的是加强了对文论史整体趋势的描述,十一章外另有四章综论,而它的综论是以批评自身发展为主要线索的。这是另外一种加强综合性的思路。至于以思潮为纲,通过文学思潮的演进和流变、冲突和斗争,探询其中文学理论批评发展的轨迹,当然也是一种行之有效的研究文论史的路径。在这方面,席扬等人的《二十世纪中国文学思潮史论》所论虽然不完全限于理论思潮,但也是值得重视的新成果。

文学包括理论批评是不可能脱离社会的,中国现代文学包括理论批评的一个最鲜明的特点就是与社会政治之间的密切联系,因此研究现代文学理论批评史不可能也不应该孤立地限于文学自身,不可能也不应该孤立地限于理论批评自身。杜书瀛在《中国二十世纪文艺学学术史》中强调"内史"与"外史"结合的问题,是很有见地的。他所谓"外史",指的是研究、描述、分析社会历史条件及时代氛围,如社会结构、风俗习惯、政治权力、地理和人文环境、学者个人的才性等对学术产生影响的历史。除了和其他一些著作一样注意政治文化对现代文学理论批评的影响之外,这部著作引人注目的是介绍和分析了文学理论批评的学科建制,涉及大学文学理论教学,学术机构、团体的设置和活动,文学刊物的出版和编辑,学者的地位和精神状态,等等。这些"外史"性的内容是过去一般文学批评史以至文学史很少涉及的。其实,这些因素都和文学活动包括理论批评活动的开展有着程度不同的复杂关系,无论是做专题研究还是综合的通史写作,都是可以而且应该将其纳入自己的视野的。近年来,不少学者在这方面作了许多更为深入的开掘和探索,相信将来类似的史著也可以在杜著的基础上更全面地展示各种非文学因素、非批评因素对中国现代文学理论批评的影响,从而更深入地揭示中国现代文学理论批评史的面貌。

　　理论批评史的写作要求作者既具有较好的文艺理论修养,又熟悉文学发展的历史;既能对具体的历史事件做准确的把握,更应该从宏观上对历史的走向和趋势有足够的认识,是一项并不轻松的工作。希望有更多的人在这块土地上耕耘,希望有更多的成果在这块土地上丰收。

后　记

　　这本书是以我的博士论文为基础形成的。

　　一九九二年秋,南京大学为了改善教师队伍和博士生源结构,大力鼓励青年教师在职读博。这时,我读完硕士留校工作已经有八年了,学校的新政无疑在自己的心头激起一阵涟漪,唤起了似乎早已断绝了的继续深造的念头。因为所在的文艺学专业没有博士点,我选择了素有兴趣也稍有积累的现当代文学,获得了叶子铭教授的热情支持。这样,第二年春天,我就在距"青年"极限不远时又开始了新一轮的学生生活。

　　选择中国现代文学理论中的纯艺术思潮作为博士论文选题与我的硕士论文写作有一定关联。在包忠文教授指导下完成的那篇论文写的是三十年代的左翼文学思想,研究中必然涉及与之对立的其他作家、评论家以及他们的文学思想,对于周作人、梁实秋、林语堂等人的著作我正是在那时有了初步的接触,虽然在硕士论文里只是略有涉及,但对其加以系统梳理的设想也朦胧地形成并随着时间的推移而逐步显豁。因此,这时我自然地想到,硕士论文写"左"的,博士论文该写"右"的了吧。从八十年代开始的文学观念和文学研究方法的更新,对艺术自身性质与特点的探究，到了九十年代初也处在一个复杂而微妙的节点。我感觉，半个多世纪之前的这一批作家、评论家的探索，对当时乃至以后的文学理论建设应该不无启发，这个选题也是有现实意义的。我的设想得到了导师叶子铭教授和包忠文、许志英、邹恬等老师的肯定，并形成了《中国现代文论中的纯艺术思潮》的命题和初步构思。

因为一面读博，一面还继续承担着教学工作和本专业的行政事务，时间与精力有限，根据导师的意见，一九九六年夏天提交答辩的文本与最初设想相比，有较大的压缩与调整，形成了本书现在沿用的分上、下编即总论与个论两个部分的格局。参加答辩的除了导师以外，有苏州大学范伯群教授，扬州大学曾华鹏教授，中国社科院卢济恩研究员，南京大学许志英教授、董健教授、汪应果教授等。他们热情肯定了论文的创新意义和学术价值，同时也对这一课题的进一步深入研究提出了许多中肯的意见。二十年前答辩会场上他们谈笑风生的种种情景还历历在目，但物是人非，其中几位先生已经离我们远去多年了。叶子铭教授与我的师生情谊其实早于读博前多年，我撰写硕士论文和《文艺学论纲》时都曾得到他的指点；读博建立了正式的师生关系之后，他对培养计划的制定、课程的安排与进展、学位论文的选题与写作甚至阶段成果的发表，都无微不至地给予关心和精细的指导，他对现代文学发展历史脉络的总体把握和对资料工作特别是原始资料一丝不苟的重视，都给我留下了深刻的印象。这时他的身体已经不是太好，闲谈中也常会对络绎不绝的评审、稿约表示无奈，对已经初成气候的请客送礼之风不以为然，他曾回忆"文革"中的经历，指着家中的一个立式碗橱告诉我那是当时自己学木匠活的成果，听着看着，我体味着他从青年才俊到著名学者的人生经历，不禁唏嘘不已，总为他的精力未能更多地用在学术上惋惜。这次重回这个课题的写作，拾掇旧稿，撰写新稿，恩师生前的点点滴滴，又不时活跃在眼前。这本小书，也算是给先生一份晚交的作业吧。

答辩前后的一段时间里，论文的各个部分分别由《中国社会科学》、《文学评论》、《中国现代文学研究丛刊》、《文艺研究》、《社会科学战线》、《江苏社会科学》、

《南京大学学报》等刊物发表,得到各家编辑的关心与帮助。其中,《中国社会科学》的责任编辑王兆胜先生是中国社科院林非教授的博士生,和我同期毕业,刚报到上班正好收到我的稿子,读完后热情来信提出意见,对于稿件修改和发表起了关键作用。他对论文原来标题中的"文论"两个字特别提出建议,希望能表达得更自然、更简明些,把"文论"改为"文学"。应该说,标题改后确实明快得多,也没有损伤原来的意思。他的这一坚持,我至今感激。

完成答辩以后,依当时的趋势,估计两三年后也应该出书了吧。对这个选题我还是抱有一种隆重感,总觉得需要坐下集中精力来好好干个一年半载,才能完成。在其他似乎更急的事情面前,这件事也就多次放下来了。谁知,这个一年半载竟然拖了二十年才抓了回来,不能寻找工作变动等客观理由,只能归咎于自己了。

当年开题和答辩时,大家都说这个题目有难度。难在哪里呢?许志英老师强调的一个原因是,现代文论中的纯艺术思潮在过去只有零星的研究,因此较少积累;现在要做总体研究,就有相当难度。回忆起当时泡在中文系的特藏图书室里,翻阅那些已经发黄发脆的民国书刊,查找困难,阅读也很辛苦,一方面固然是出于尽量使用第一手资料的追求,另一方面也因这些作家著作的再版工作当时多数还在起步阶段,有不得已的苦衷。而在研究方面,我所论及的人物、派别,虽然多数都已有人研究,但步履参差,确实显得零星。相比之下,现在的条件可说是今非昔比了。王国维、梁实秋、周作人、沈从文、李长之、萧乾等人的文集、全集都已经出版,许多原始资料和研究成果在网上都能检索、下载。为了统一起见和读者查对方便,这次成书时主要的引文均采自较新的版本,但也在不妨碍整体一致的情况下保留了一点原始版本的引文,这里面多少也有点对那些故纸堆的怀念吧。和二十多年前相比,不仅资料发掘与整理更为扎实,对相关人物、派别的研究也更为深入和广泛,这些积累为整合性的思潮研究提供了扎实、雄厚的基础,而且从自由主义、审美主义、纯文学等角度切入的现代文学思潮研究的长足进展,也为纯艺术角度的研究提供了很好的借鉴。这么说,似乎这项研究比起当年来不那么难了,其实，以我的体会是更难了。所谓总体研究或宏观研究，不仅要看到研究对象，还要看到别人对相同研究对象的研究，如今两者都暴增了，岂不是比物资匮乏的年代更难了？所以，我一方面尽可能多地认真阅读这两方面的资料，一方面缩短了下编即个论的战线，虽然并不情愿，但也算是量力而行吧。

现在的结构维持了答辩提交本的格局，篇幅增加了一倍多。补充的部分，有的发表过，多数是新写的。附录所收的两篇文章，前一篇本来准备作为绪论的一部分用的，可以视为本书选择研究视角的背景说明；后一篇是关于现代文学批评史专著的评述，涉及范围虽比本书所论要大，但也属文学思潮理论研究的重要背景。这两篇文章反映了当时我对学术界相关情况的认识，虽然已是明日黄花，但对于读者了解学术界相应研究的发展脉络和提出纯艺术思潮研究的背景或许还有帮助，因此一并录以备考。

文学在发展，对文学的研究也未有穷尽。对于我来说，这种研究已经没有学位、职称、考评等功利性的束缚，收获更多的是泛舟学海的兴味。本书论述的不当之处，敬请读者批评；书中所涉及的对象与问题，当然尚有广阔的探究空间，有待今后与同好共同努力，责任与乐趣当尽在其中。

作者

2017 年初夏于南秀村

图书在版编目(CIP)数据

中国现代文学中的纯艺术思潮 / 胡有清著. －南京：
南京大学出版社，2017.8
ISBN 978－7－305－18996－8

Ⅰ. ①中… Ⅱ. ①胡… Ⅲ. ①中国文学－现代文学－
文学研究 Ⅳ. ①I206.6

中国版本图书馆 CIP 数据核字(2017)第 166239 号

出版发行　南京大学出版社
社　　址　南京市汉口路 22 号　　　　邮　编　210093
出 版 人　金鑫荣
书　　名 中国现代文学中的纯艺术思潮
著　　者　胡有清
责任编辑　刘　平　　　　　　　　编辑热线　025－83592148
照　　排　南京南琳图文制作有限公司
印　　刷　江苏凤凰通达印刷有限公司
开　　本　787×960　1/16　印张 16.25　字数 240 千
版　　次　2017 年 8 月第 1 版　2017 年 8 月第 1 次印刷
ISBN 978－7－305－18996－8
定　　价　46.00 元

网址：http://www.njupco.com
官方微博：http://weibo.com/njupco
官方微信号：njupress
销售咨询热线：(025) 83594756